中国海洋大学文学与新闻传播学院 编

中国海大

天津出版传媒集团

天津人民出版社

图书在版编目（CIP）数据

遇见：中国海大 / 中国海洋大学文学与新闻传播学
院编. -- 天津：天津人民出版社，2024.7. -- ISBN
978-7-201-20631-8

Ⅰ. I267

中国国家版本馆CIP数据核字第2024JV0677号

遇见 ：中国海大
YUJIAN : ZHONGGUO HAIDA

出　　版　　天津人民出版社
出 版 人　　刘锦泉
地　　址　　天津市和平区西康路35号康岳大厦
邮政编码　　300051
邮购电话　　（022）23332469
电子信箱　　reader@tjrmcbs.com

总 策 划　　王轶冰
责任编辑　　苏　晨
装帧设计　　明轩文化·王烨
　　　　　　TEL:123674746

印　　刷　　天津市豪迈印务有限公司
经　　销　　新华书店
开　　本　　880毫米×1230毫米　1/32
印　　张　　12.25
插　　页　　4
字　　数　　210千字
版次印次　　2024年7月第1版　2024年7月第1次印刷
定　　价　　88.00元

编辑委员会

（按姓氏笔画排序）

海大中文人

——纳百川，不失『我』（代序）

徐 妍

一

照理说，为这本即将面世的散文集写序的人，并非一定是我。可是，当中文系主任熊明教授邀我为散文集《遇见——中国海大》写序时，我竟然一点也未推辞地应了下来。连我自己都好生奇怪。或许，就在那瞬间，一种渴念在这本祝赠学校百年华诞的特别礼物上悄悄留下自己指纹的心愿占领了我内心。

然而，当我开笔写时，方发现真若将熊明教授所言的"宏观视野和情怀"落实到纸上，却并非易事。在逐篇阅读了这本散文集后，僭越的惶恐包围着我，同时也有骤聚隐秘、丰盈的欣悦。

这本散文集的编选计划是由中文系同仁发起的。在中文系同仁看来,能够在2024年庆贺学校的百年华诞,是生命中幸运和幸福的事情!而在迎接人类所有庆典的表达形式中,中文人最信赖的,唯有文字。作为中文人,大多相信这个理儿:无论时间如何流逝,那些发自人心深处的、与社会历史相交融的美妙文字,远比个人生命更长久。而况,海大中文人自带中国海大人的特质:梦想与行动同在。于是,说做就做。在修斌院长和周妮妮书记的大力支持下,中文人拟写征文稿、推送征文稿、扩散征文稿……,在一个多月的时间里,一本精巧、别致的散文集书稿就被编选得有模有样了。

这本散文集的写作者是以我们海大中文人为主体的今日中国海大人。我们中,有中文系的先生和同仁,有学院的领导和同仁,还有留校的学院毕业生。特别令人感动的是,著名翻译家林少华先生、曾担任过学院党委书记的学校统战部部长陈篪教授也接受了邀请,倾情撰文。海大中文人因这本散文集而越聚越多,海大中文人的同盟也在扩大。在此,我所理解的"海大中文人",不止于基础学科意义上由汉语言文学建构起来的某个特定的知识群落,更是人文与科学相交汇的、热爱中文阅读与写作的中国海大人的精神共同体。我之所以这样说,是因为海大中文人所置身的中国海大是一所有着独特的历史和气质的中国大学:她,拥有百年历史,虽因历史风雨而两度中断了自身的发展历程，但如同一棵百年老树，枝干可断，根脉相连。因此，这个园里的海大中文人固然安身立命于汉语言文学学科基础上创建的人文世界，也同时生活在海洋、水产等自然学科所构建的科学世界。犹记得2004年10月，学校主办的首届"科学·人文·未来"论坛上，科学家与文学家以对话的形式复现了历史上中国海大前身的精神传统，浸润了今日中国海大人的精神文化。还记得2013年12月13日王蒙先生、冯士筰院士、方奇志教授、徐妍教授（主持人）在文学与新闻传播学院乐海堂围绕数学与文学的关系进行对谈，传递出文学家与科学家对文学、对人生、对命运的哲思，导引在场的学校师生进入到一个有限又无限、有穷即无穷的精神世界。正是由于人文与科学在21世纪的中国海大交汇，这本书的写作者，即海大中文人才享有了承续学校历史文脉、创造学校未来图景的新型精神共同体。在此意义上，海大中文人亦是中国海大人的精神共同体。

这本散文集的名字是《遇见——中国海大》。这个充满诗意、带有某种传奇色彩的名字，是由中文系主任熊明教授来起的。这个名字寄寓了熊明教授一个人对中国海大的深厚情感，也内含了海大中文人的共同心语，还隐匿了海大中文人与中国海大相遇的命运谜题。为何这样说呢？在一个人的一生中，有谁会预料到遇见谁？遇见了，会怎么样？这本散文集中的每一位海大中文人都在以不同的海大生活体验和情感体验，来讲述遇见中国海大的来由、遇见中国海大后的新生。通过海大中文人的讲述，中国海大也因此而呈现出它所独有的温度、深度和气度。可以说，海大中文人与中国海大的相遇是一场双向奔赴、一种同体共生、一对相互依存。海大中文人因相遇中国海大而汲取了科学与人文相汇合的海大力量，中国海大也因相遇海大中文人而加速了第三次人文振兴的历史进程。海大中文人在奔赴中国海大后，日渐体悟出了王蒙先生所题词的中国海大校训的精神内涵：海纳百川、取则行远。中国海大在接纳海大中文人时，始终高度尊重个体生命的自由与发展，此中深意恰如中国海大原校长于志刚教授在卸任之际所言："让老师自由开心地教书研究，学生勤奋向上地读书成长，是校长的天职！"总之，正是由于与中国海大的相遇，海大中文人自觉追寻着这个时代中的中国海大人的理想生命形式：纳百川，不失"我"。

二

这本散文集的章节结构，是熊明教授依照散文的主题类型来精心划定的。细心的读者可从它讲究的章节编排中，看出这本散文集回环往返的结构。每一章节的题目都是四言诗句,构成各个章节的题眼。在章章节节中,缭绕于字词句章以及标点的,是海大中文人绵长的情思和无尽的哲思,由此表达了海大中文人对中国海大人的理想生命形式的追寻。

全书共六章。每一章或诗性抒怀或哲性沉思或追述过往,皆采用了海大中文人所倾心的个人化的表达方式。不约而同地深描出海大中文人相遇中国海大后,在百年中国海大的起伏跌宕的历史与现实中,如何步入追寻"纳百川,不失'我'"的理想化生命形式的路途。

首章"菁菁风华"奠定了这本散文集的暖而不灼、忆而不悔的总基调,展现了作为精神共同体的中国海大人的"纳百川,不失'我'"的生命传奇。首章是由中国当代著名翻译家、作家林少华先生的散文《大学的温度——我和海大》所领衔的。这篇散文不以长度取胜,但张弛有度的叙述节奏与从容洒脱的叙述风度彰显出一位文章家深厚的艺术功力。再配置以温情的叙述目光、亦庄亦谐的叙述语调,依托于坚实的海大生活细节,鲜活地展现出21世纪中国海大三任校长——管华诗、吴德星、于志刚在学校第三次人文振兴历程中对人文学科的兴趣、支持和重视。在林少华先生的追忆中,管华诗校长"不但注重海洋、水产和南极考察等主打学科,而且对《挪威的森林》、对外国文学也有兴趣。大而言之,具有人文情怀。我也因此明白了海大肯破例把我要来的深层缘由,得以最后安下心来"。吴德星校长细致入微地体察到林少华先生在临近退休之时对学校的眷恋之情,动情地挽留道:"林老师,别退休,再干五年,我再给你五年!"特别令人泪目的细节是:2023年底林少华先生的"讲座教授"聘期到了,已年逾七旬,忽然接到即将卸任的于志刚校长的手机短信:"林老师一定要接受学校续聘!"这就是教育家型的于志刚校长!无论何时何地,为了学校的未来发展,目光如炬,一丝不乱。三任校长之所以如此看重林少华先生的翻译作品和续聘问题,固然是因为林少华先生是学校的"文化名片",更因为他们所心心念念的是中国海大的第三次人文振兴。学校党委统战部部长陈鷟教授是天赋高、文史哲俱佳的学者型领导干部,本章的《海大三记》不仅可窥其别才、别识、别趣,而且可窥21世纪中国海大的新生、新颜、新变。在《〈崂山校区记〉诞生记》中,陈鷟部长深情地回忆起崂山校区只用了三年时间就从一块奠基石神奇地变为现代化的大学校园的神奇过程;在《〈海大颂〉诞生记》中,陈鷟部长深挚地讲述了在喜迎学校九十华诞之际,这首由海大人自己作词、作曲、演唱、制作的校园歌曲的诞生并传播的过程;在《王蒙文学馆诞生记》中,陈鷟部长讲述了在喜迎新中国七十华诞的2019年10月,中国海大人用四个多月的时间就建成了"以王蒙先生与青年、与海大的关系为主轴""全面展示了王蒙先生生平和文学创作历程"的王蒙文学馆。三篇诞生记浓缩了21世纪中国海大人的精神内核:有梦想、敢担当、重传统、创新路。首章最后一篇散文《"院史长廊"筹建记》是青年学者、现代青岛文学史研究者李莹博士的手笔。这篇记述散文语调看似平静,实则内含一位学校毕业生返回母校执教后的喜悦之情,如开篇所述:"2020年博士毕业时,我最大的心愿就是能够回到母校工作。那年的最后一天,我在行远楼人事处办理好入职手续,出门时冬雪飘飞,心里却满是游子归家的温暖与幸福。"在整体内容上,这篇散文以一位母校毕业生的视角,记述了文学与新闻传播学院的院史长廊的筹建过程,串联起了中国海大文学院的历史和今日,进而又通向了未来:"走过院史文化长廊,安静却总能感受到院史给予我们的力量,鼓励我们接续文脉,为学院、学校的第三次人文振兴勇毅前行。"这段心语,传递出中国海大一代青年"文新人"对未来之路的自我期许。

二章"红烛如炬",一语双关,源自中国海大前身,即国立青岛大学三十二岁的文学院院长兼国文系主任闻一多于二十四岁时所创作的现代经典诗歌《红烛》中的核心意象,寄寓了诗人闻一多在理想与现实的矛盾与冲突中对光明的勇毅追寻精神,更隐喻了中国海大"后来者"对闻一多"红烛"精神的敬意和承继。本章由学校繁荣工程二级教授刘怀荣的《追怀闻一多先生》一文开篇,开启了沉郁顿挫、一唱三叹、跨越时空的追怀、感念与致敬。刘怀荣教授的散文在开篇就瞬间抵达了闻一多的在矛盾与冲突中"烧"出光来的"红烛"精神内核："作为国立青岛大学唯一的一位文学院院长,他在这两年里,有成绩,也有遗憾;有快意,也有无奈。追怀这一段历史,让我们生出无限的感慨。"如此重评闻一多在青岛时期的矛盾心理,是对青岛时期闻一多的忠实解读,也是中国海大中文人,作为闻一多"红烛"精神传承的"后来者"的精神自况。或许,正因如此,在这篇散文中,刘怀荣教授以文学史家的笔法、知彼知己地细数闻一多在国立青岛大学担任文学院院长和国文系主任时延揽人才的实绩、育人的实绩、由诗人转型为学者的实绩。其实,在20世纪三四十年代的国立青岛大学或国立山东大学,于理想与现实的矛盾与冲突中有所作为,且"烧"出光来的何止闻一多一人?曾做过十年采写和编辑的媒体人工作、撰写过几乎所有媒体类型文章的新闻系主任欧阳霞教授的散文《远去的背影》所追怀的,便是20世纪30年代执教于国立青岛大学或国立山东大学的一个个发光的生命体——梁实秋、杨振声、沈从文等旅居青岛的现代名家和青岛本土的现代名家王统照。这篇散文在叙述语调上如岛城的春风一般和煦、湿润、诗意,不疾不徐地重述了20世纪30年代国立青岛大学和国立山东大学时期现代名家旅居青岛的日子。那些远去的20世纪30年代国立青岛大学和国立山东大学时期的现代名家,在这篇散文中,被"原画"复现。经由这样的讲述,梁实秋、杨振声、沈从文和王统照等曾在青岛的衣着、气质、课堂、交谊、雅事等非但没有在时间的流逝中远去,反而时时鲜活地复活于中国海大人的记忆深处。特别是这些现代名家的"有所为"和"有所不为"的胸襟和风骨,在未来的日子里,再生为世纪海大的新人文传统。在半个多世纪后的1995年,青岛海洋大学中文系被重建。毕业于山东大学中文系的孟华教授担任了重建后的首届中文系主任,于1999年在德国特里尔大学获哲学博士学位的刘润芳教授担任了第二届系主任,先后师从著名学者张松如先生和辞赋学家龚克昌先生的冷卫国教授、先后师从葛本仪先生和臧克和先生的刘中富教授、先后师从刘雨先生和曹文轩先生的徐妍教授相继担任过重建后的中文系主任。先后师从米寿顺先生和张可礼先生的韦春喜教授曾兼任过中文系主任。现如今,中文系主任是先后师从田廷柱先生、顾奎相先生、李剑国先生的熊明教授。特别值得记取的是,在中文系重建后最初的日子里,中文系与新闻系、对外汉语系以及外语系,不分彼此,你中有我,我中有你,皆为一大家的中文人。中文人的罗贻荣教授就是典型一例。罗贻荣自学校重建中文系的1995年起就成了海大人,曾担任过新闻系主任、后又担任中文系比较文学与世界文学学科带头人和学院副院长。不知是否是湖北人的关系,罗贻荣的秉性里与国立青岛大学国文系主任闻一多的个性有地域文化上的某些相通，具有温和中的激越一面，因此也是在学院的重建和发展过程中打过许多硬仗的人。而这一大家的中文人的"大家庭总管"便是为学校的人文学科重建和发展而将个人生命"烧"出"红烛"之光的杨自俭先生。杨自俭先生自1977年任职于学校至2009年辞世，因勇挑重担而身兼数职，曾任学校外语系高年级教研室主任、对外汉语教学中心主任、外国语学院院长兼国际语言文化交流学院院长、文学院常务副院长兼新闻传播学院院长，在学界担任中国英汉语比较研究会会长。特别是先生六十岁后，应学校之需，挂帅出征，为学校文科的重建与发展付出了他的所有！然而，就在先生刚刚享有荣休的自在生活时，却病了，终别我们而去，但同时为我们留下了最宝贵的遗产。这份最宝贵的遗产的精神特质，恰如时任学校党委书记的于志刚教授所言："'讲真话，抒真情，办真事，求真知'的'真'的精神。"（于志刚《为人为学，为人在先——深切怀念杨自俭先生》。）杨自俭先生的"真"的人格与"真"的学问相同一的生命境界和学术境界确如罗贻荣教授在《追忆杨自俭先生》一文中的追忆：初识时，"质朴、和蔼、直率，不乏风趣"；接触多时，感知到"对晚辈在学术上的努力和进步先生不吝赞词，但其实他对做学问有高标准"。徐妍教授在《那一年，人间四月——永远缅怀杨自俭先生》一文中，将先生的"真"视为做事与做人的认真精神。"当先生向全院教师讲到当下学界的一些弊端时，一脸严肃地提醒老师们：一定要认真做事。先生又加重语气，说：'你不信认真？谁不信谁吃亏！'"。至此，经由一次次追忆，海大人的历史精神和当代精神汇合到一起、跃然而出。至本章的压轴之作，即陈篪教授的随笔《沧海月明——怀念将生命献给海洋事业的海大人》，海大人所构筑的世纪海大形象获得了新的体认。陈篪教授现任学校党委统战部部长、曾担任文学与新闻传播学院党委书记，还是唯美、深情的《海大颂》的作词人。这篇散文饱含深情地记述了为探索海洋奥秘而英勇献身的年轻校友王成海、叶立勋、为保护施工船只安全而牺牲的年轻校友郝文平。在对英雄表达敬意的过程中，世纪海大的精神特质鲜活地呈现出来："海大不仅仅是一所有形的大学，她还是一个特殊的精神家园。这个精神家园，是在人类社会共同的精神文化支撑之下，一代代海大师生在与国家高等教育和国家海洋事业同呼吸、共命运的过程中，形成的精神的聚合体。它内化了海洋的深沉与博大，也蕴积了海洋人的坚韧与执着。它立足于海大校园而辐射向社会、国家、人类乃至宇宙。"

三章"星耀山海"，呈现了世纪海大新图景。本章共收录八篇散文随笔。作者们不约而同地以深情的笔调记述了世纪海大引航人、自1993年7月至2005年7月间担任学校校长的管华诗院士和中国海洋大学首任文学院院长王蒙先生如何在21世纪之初共同开启学校第三次人文振兴，以及由此而结下的一位科学家与一位文学家的深厚情谊。管华诗院士是药物学家，1995年当选中国工程院院士，首创了我国第一个现代海洋药物藻酸双酯钠，构建了国内外第一个海洋糖库，堪称中国现代海洋药物研究的开拓者与奠基人；王蒙先生是与共和国同行的中国当代作家、文化部原部长，于2019年9月17日获得"人民艺术家"的国家荣誉称号。彼时，21世纪伊始的中国大学恰受到全球化的影响，经由第四次工业革命的推动，大学的传统学科界限不断被打破，学科间的"围栏"逐渐消解，知识大融合渐成重大趋势。而且，21世纪中国若想建设海洋强国，就必得进一步关心海洋、认识海洋、经略海洋，加快海洋科技创新步伐，而中国海大承担着谋海济国的时代使命，也便在21世纪初期迎来了世纪海大得以诞生的历史性机缘：2002年11月，经教育部批准，青岛海洋大学更名为中国海洋大学。那么，21世纪的中国海大向何处去？除了重点推动、深化海洋科技创新，中国海大因历史原因而两度中断的人文传统怎么办？在历史、现实与未来的交汇处，管华诗院士与王蒙先生相遇相知，且为世纪海大树立了山海人格的典范。何以这样说？他们共同倡导了科学与人文相融合的世纪海大的新文化传统，共同开创了世纪海大所独有的"科学·人文·未来"系列论坛,共同为21世纪中国大学如何实现科学与人文的联姻探索了一条独特的路径。王蒙先生还倡导创建了"驻校作家制度""名家课程体系",二十多年过去,如今已成为学校的著名学术品牌,也有力地推动了中国海大的人文传统的重建。正是基于世纪海大的诞生记,在本章《真诗意 永华年》中,香港大学哲学博士,1997年心许青岛海洋大学,曾担任院、系主要行政工作,堪称院、系攻坚能手的李扬老师,不仅回顾了他缘何成为海大人的心路历程和二十八年前学院、系的队伍、基础、面貌和家当,而且作为历史亲历者讲述了管华诗院士在世纪海大诞生期的诸多感人细节和超群的高远目光,在此基础上,文章引用了管华诗院士为文学院创办的《作家研究文丛》所写的序言中的一段话:"经过20世纪,我们已清楚地看到,科学技术的进步不仅涉及科学知识的深刻变革,也涉及人的观念的变革,科学与人文因素相互作用、相互渗透,都在加速进行,二者的关系愈来愈不可分离……人文教育极有利于思维能力的开拓。所以今天我们应大力倡导有人文精神的科学精神和有科学精神的人文精神。未来的世界应是科学精神与人文精神统一的世界,也就是真善美统一的世界……我们建设高水平、有特色的综合性大学的发展战略就是在这种精神的指导下制定的。我校的发展史使我们认识到,要把我校建成高水平、有特色的综合性大学,仅有海洋水产等理工学科是不够的,必须大力加强人文社会科学学科的建设。"管华诗院士的这段序言,与其说是为一本书作序,不如说是为世纪海大的未来图景作序,这段话语内含了深具山峰人格的科学家型的大学校长对世纪海大的未来发展道路的总体规划。正是由于有了这一总体规划,在世纪海大的发展史上,吴德星校长主政时期延伸了科学精神与人文精神相统一的总体规划,于志刚校长主政时期多年联系文学与新闻传播学院,深化了科学精神与人文精神相统一的总体规划。如今的中国海大,迎来了张峻峰校长。在21世纪中国大学林里,中国海大已然实现了特色与综合并行、科学与人文交融,这对于这所两次中断了人文传统的大学来说,有多来之不易,就有多神奇! 所以,无论多少语言,都难以表达我们对管华诗院士的无限敬意! 也难以表达我们对坚持科学精神与人文精神相统一的中国海大校长们的深深敬意! 所以,李扬老师向来诙谐、幽默,但这篇散文的语调庄严、庄重,可谓是一字一句寄崇敬。与李扬老师的《真诗意 永华年》异曲同工,陈鹭教授的《写心的人》以"校办人"的近距离视角、凭借真诚之心、通过一个个感人至深的细节,真切地讲述了管华诗院士的真诚、智慧与仁德,进而令人信服地构筑了中国海大园里的一个真实存在的神话。阅读至此,我禁不住插播一段我珍藏了二十年的记忆影像:2004年底,当我入职约半年时,幸运地获得了参评教授的机会;当我向校学位委员会汇报时，或许因为些许紧张而提前了一分钟结束；当我志忐时，听见管校长说，"徐老师的研究面很宽呢"，这轻轻一语，让我惭愧，但也足以激励我至永久。本章的另外四篇随笔寄予了海大中文人对王蒙先生的致敬之情。"国际格林奖"获得者、曾于2005年夏至2010年6月相继担任学院常务副院长和院长、引领学院学科发展、奠定学院良好风尚的朱自强教授的《最好的学习——在海大遇见王蒙老师》一文，值得反复阅读。本文的题目取自英文的名言——最好的学习方式，就是向最好的人学习，但本文的时空则转换至中国海大园："因为遇见王蒙老师，我才有了数不清的'向最好的人学习'的机会。"朱自强教授的个人体验道出多少海大中文人的集体心声：王蒙先生是值得我们学习的最好的人，尽管王蒙先生的博识、强记与智慧是学不来的，但王蒙先生自信的人格力量会如春风润物一般浸润到我们的生命深处。李扬老师的《墙后面的王蒙》一文恢复了他特有的风趣、俏皮、独到，发现了被人们所忽视的王蒙的本真性格："'墙'后面的王蒙，是一位饱经沧桑、历尽坎坷，却仍然有着旷达明朗胸怀的作家、有着本真性情的诗人，是一位智慧充盈、蕴藉万千、灵光四射而又可亲可敬的长者。"是啊，世人多说王蒙先生很复杂，但海大中文人眼中的王蒙先生的复杂是以本真为底色的。王蒙先生是"深的湖"，更是"海的梦"，可以说海洋人格才是王蒙先生的核心性格。青岛现当代作家研究中心主任徐妍教授和王蒙研究所所长温奉桥教授所写的《"我们的王蒙先生"与我们的"海大精神"》《在海大,遇见王蒙》皆从大学教育的角度致敬王蒙先生,展现了尚未被人们论及的王蒙先生作为教育家的一面。尽管王蒙先生对教育家的身份敬谢不敏,但他对中国海大的人文教育的意义远超乎他的想象,也远超乎中国海大本身。这样,经由海大中文人的讲述,不仅记下了一位海洋科学家和一位文学家在中国海大园缔结的世纪神话,而且在中国海大园树立起山海人格。

四章"情归海大",紧扣一个"情"字铺排开来。四章首篇是中文系主任熊明教授的《海蓝 天蓝》。本文追忆了"我"与海大的情缘,也同时描摹了"我们"海大中文人的各有情趣,在追忆中一下子接通了中国古典诗文的唯美风格,在带有岛城特有的节奏里接通了20世纪30年代闻一多等中文人的现代气韵,更展现了海大中文人缘何成为有情人的文化基因。那么,熊明教授触目所见缘何是海蓝、天蓝?其根本原因在于:海大蓝与青岛蓝交汇、共生,如同百年前的中国海大前身与青岛这座城市共命运。可见,这个"情"字,是海大中文人的生命温度,更是我们的文化担当。历史文化系主任、马淑华教授的《我的海大我的海》文史结合、情理合一、柔柔弱弱的肩膀上坚韧地担负着一位历史文化学者的时代使命。学院副院长、七

○一代学者中少有的学问家，张治教授的《在海大的悠长岁月里——记北归六年的一些改变和感想》未谈及治学之大道，却道出了齐鲁之乡男儿南去北归的心曲，也在有意无意之间道出了夜半时分才能吐露的隐秘：今日以学术为志业的学者，在内心里与其说依旧恪守着传统的"父母在，不远游"的古训，不如说背负着传统与现代的双向情感。如何安身、安心、安神？情之深重，既是海大中文人的前行动力，同时也是负载。周硕博士的《我与海大的缘分》亦是动人的回归之心曲，但因回归者是最青春一代学成归来的青岛子弟，色调颇为明丽和欢快，字里行间带有欣喜之情。的确，怎么能不欣喜呢？海大人的后代真真切切地承续了海大人父辈的梦想。本章随笔，虽由海大中文人的一幅幅自画像出发，但终构成了海大中文人的群像。五章"踥步锵锵"、六章"春晖樱雨"就不再逐一鉴赏了，留给读者去阅读。相信读者会在这些文字世界中，感受到担任了十年学院院长的修斌教授通过《海大日本研究的回顾与展望》一文所传递的谦逊、谨严等美德，也会感知到曾担任学院院长的薛永武教授借助《沧海一粟——我为海大写寸心》一文所表达的竭尽心力的工作精神，还会感知到学校名师工程讲座教授于慈江的《邂逅在"以诗接驳远方"的路上》一文中所践行的诗美育人的教学理念……

由上述散文随笔写作的内容来看，这本纪念集中的所有作品都是作者与海大相遇的言为心声的表达。有的是他们与海大相遇时两情相悦的欣喜,有的是他们彼此相遇后大波大澜的生命故事的余波或涟漪,有的是他们彼此相处时的"困顿"与片段印痕。从容怡然、云淡风轻、唯美深情、平实真挚的文字之间与文字深处,皆为作者因与海大相遇而重新开启的自我探寻之旅,同时因与海大相处而获得的情感归属,而相遇的时间与背景则是20世纪与21世纪中国更替后的时空交错与时代变迁。因此,在一位讲述者和追忆者那里,娓娓铺陈的,细细讲述的,是几代海大中文人的共同愿景:面朝大海,重续文脉、追随时代、坚守信念。尽管未来的路不一定比过去和现在更平坦,但拥有了过去与现在,才可能拥有未来。

三

一座有魅力的面向21世纪的中国海大,应该是有骨骼、有精神传统的大学。在此意义上,这本散文集中的海大中文人虽个性不同、际遇不同、语言风格不同,却在写着一个共同的主题:以海大中文人的生命形式承继中国海大前身的历史文化传统、重造世纪海大的新文化传统。

世纪海大的新文化传统的重造,对于海大中文人来说,首先要以海大中文人的生命形式践行学校校训,且将校训精神化,以期抵御当下"内卷"浪潮中的生命内耗。何谓海大中文人的生命形式？在2019年9月教师节大会上,我曾有幸作为教师代表发言,其中有一段描述性的语言表达了我对海大中文人的理解:"海大中文人属于同一族类,享有共同的精神语码。海大中文人是明亮的,同时自带忧伤;是激情的,同时也是韧性的;是梦想的,同时也是务实的;是修辞的,同时也是立诚的……他们特别追求对现实世界的超越和批判,同时更追求对现实世界的关怀和建设。这耐人寻味的悖论或许正是追寻理想主义的海大中文人的宿命！海大中文人的首届文学院院长、国文系主任闻一多先生就是一位宿命而悲情的理想主义者。多少年过后,对于我们这些海大中文人的'后来者'而言,理想主义依然入骨入髓。"如今,数年过去了。数年里,这个世界又发生了亘古未能发生的许多猝不及防的大事件和激变,使得我们这代人曾经视为生命信念的一些语词都变得面目全非。但真正的理想主义始终是海大中文人所理解的海大人的生命形式,舍此就意味着停止自我探寻和放弃精神归属。事实上,海大中文人对海大人的精神特质的认知即是对学校校训的践行。2003年春天王蒙先生题写的"海纳百川,取则行远"这一校训,在我看来,就内含了王蒙先生对21世纪海大精神的期许。而"海大精神",作为中国海大所蕴含的一种独特的精神气质,既涵盖了历史上中国海洋大学前身所具有的民族文化精神与爱国主义精神,也汇聚了世纪海大所追寻的科学精神和创新精神、竞争精神和国际合作精神等多个方面的精神,但任何精神都离不开理想主义精神。概言之,"海大精神"是由中国现当代社会演进中的"海大科学精神"与"海大人文精神"共同构成的一代代海大人的理想主义精神内守。海大中文人对海大精神的追寻与对自我世界的探寻都生发于理想主义的动力源和信念塔。例如:二十年里,一直带着中文学科向前走的朱自强教授多次言说的"随遇而安"并非"躺平",而是这个时代里稀缺的富有独立行动力的理想主义精神。再如:一个人就是一支队伍的于慈江教授,自加入中国海大这个大家庭,就哪里需要到哪里,用诗歌照亮学生的内心。心怀理想主义、践行学校校训的老师们遍及海大园,尽管这样的老师们很可能一辈子都不会提及理想主义这个词,却静默地做着发光发热的事情。

世纪海大的新文化传统的重造,对于海大中文人来说,其次要以海大中文人的生命形式,遵从文圣常先生所树立的"业师、经师、人师"相统一的为师标准,以此反拨当下大学中的教师形象的危机态势。不知从哪一天,大约是教育产业化之后,大学教师就免不了成为被诟病的对象。然而,知识分子型的大学教授一直存在于大学校园。仅以海大园来说,令海大人无比敬仰、如精神雕塑一般影响海大人的文圣常院士就是一位以身作则的海大人的永远的精神导师。那么,什么样的好老师才能称得上精神导师? 2014年文圣常院士获得"中国好教育烛光奖"后,他的学生管长龙接受采访时所说的内容就是一位精神导师的特质:一名好的老师就要传授知识,真正的知识是有启发意义的,所以老师可谓"业师"。老师不仅传授了知识,而且使学生进步到事业的高度,可为"经师"。老师还能教导学生怎么做人,这就是"人师"。从"业师"到"经师"至"人师",才称得上大学校园的精神导师。只是,如文圣常先生这样的精神导师是思想者型的科学家,看似寻常,实则难以企及。但海大园里的好老师们就在我们身边。其他院系里的好老师们暂且不说,单说本书中学生眼里的导师就是对学生影响深远的好老师:他们是徐德荣教授所写《为儿童文学学科不懈努力的朱自强教授》、石飞飞同学所写的将中华传统文化视为学者使命的刘怀荣教授、谢亚文所写的"在学术、工作上严谨,却有一颗童心,几分闲趣"的李扬老师。因汉语言文学的专业属性,海大中文人的工作常被人们误解为"做白日梦者"。其实,海大中文人是描摹梦想者,但更是以科学精神追寻"白日梦"、以现实关切实现"白日梦"。在此意义上,海大中文人正是以文圣常先生所树立的"好老师"为标准,自觉做"人师",而不做"技师"。

世纪海大的新文化传统的重造,对于海大中文人来说,再次要以海大中文人的生命形式来承担自身责任。何谓海大中文人的责任？以海大人的身份，立足于审美教育的专业岗位，一步步地重建被两度中断了的海大人文传统，进而与所有海大人一道共建世纪海大的新人文传统。海大人文传统，在我看来，犹如一棵断臂之花树，断树不断根。每逢春天，春花盛开时，海大人文传统自会有它重生的可能。作为海大中文人，我们虽不能驾驶东方红号行远于海，但可以驾驭文学研究世界的审美性行走天下、承担时代使命。审美，关涉个人趣味，更关涉国民趣味。中国当代社会自 1949 年 10 月 1 日，经 1978 年 12 月 18 日至 22 日的十一届三中全会，迄今已经走过了"站起来、富起来、强起来"的三个历史阶段，但 21 世纪中国人如何美起来？21 世纪中国人如何获得审美的生命形式？这也是一个时代命题。海大中文人的责任就是以审美教育的方式育人。海大中文人所追寻的"业师""经师"和"人师"都离不开文学语言的审美性，而审美是个性、是多样性、是丰富性、是差异性、是创造性。唯其如此，海大中文人深知，在这个语言因多种冲击而被荒漠化的时代，从事文学语言工作的人是单薄、贫乏、弱力的，但我们决计付出行动，从一字、一词、一标点、一课、一文、一书出发，以期为青年学子提供审美性的一瞥，为我们的校园种植下一块青翠的草坪，为我们的湖水荡漾着波心……最根本的，为人自身成为审美的"人"。

这是一本格外素朴的书、一本充满真情的书、一本流淌着温情的书、一本怀念过往的书、一本迎向未来的书……在这本书中,生长着海大中文人与中国海大相互共生的生命联系。熊明教授为这部书所起的名字富有真意和深意:《遇见——中国海大》这个书名,有深情、有留白、有命运的传奇色彩、更有双向奔赴的深厚情谊。书中的一篇篇散文随笔承载了海大中文人与中国海大相遇的过去,记述了相遇后的一个个现在,祝福了百年华诞后中国海大的未来。在过去、现在、未来的时空交叠里,海大中文人甘愿如浪花一般汇入大海,并收获大海一般的情怀:纳百川,不失"我"。

　　　　　　　　　　2024 年 7 月 11 日 写于中国海大浮山家园

目录

菁菁风华

从渔山到浮山,崂山,西海岸

一百年,那么远,那么近

但你在我眼里,依然,风华菁菁

大学的温度
——我和海大

林少华

　　中国海洋大学（简称海大），1924年至2024年，百年华诞，百年校庆——之于海大的"千禧年"。人生苦短，一如谁也不能重逢千禧年，谁也不可能再次赶上百年校庆。漫说再次，一次都有些偶然。何其有幸，得以躬逢其盛！作为海大的一分子，此时此刻，我多么想有一部足以传之后世的学术巨著或有一项举世皆惊的科技成果来献礼啊！抑或捐赠一座校史馆也可聊表此心。遗憾的是哪一样我都徒呼奈何，姑且草此短文以为祝贺。

　　自不待言，一所大学要有高度、深度、广度、力度以至气度。而我最想说的是温度——海大是一所有温度的大学。

　　温度，自然是个体感受的冷暖程度。"春江水暖鸭先知"，大学冷暖谁先知？是在第一线教学、钻研的一个个普通教员。而且毋庸讳言，一所大学的温度首先取决于作为一校之长的校长的温度。

我于1999年秋季开学之前从广州的暨南大学来到青岛的中国海洋大学（时称青岛海洋大学）。光阴荏苒，尔来二十五年矣。其间历经管华诗校长、吴德星校长、于志刚校长三个时期。管校长时期我调入海大。因为暨大不肯放人，所以我是在一无档案、二无户口、三无报到证的"三无"情况下破例调入的。我没有直接接触过管校长，间接地也仅有一次——外语学院当时的书记一次对我说，管校长问："林少华老师翻译的《挪威的森林》怎么不送给我一本呢？"听得我吃惊不小。文科出身的人倒也罢了，而百分百理工科出身的校长居然知道《挪威的森林》！吃惊之余，分外欣喜，赶紧找出一本兴冲冲托书记转交过去。事情固然很小，但颇有象征性——海大校长不但注重海洋、水产和南极考察等主打学科，而且对《挪威的森林》、对外国文学也有兴趣。大而言之，具有人文情怀。我也因此明白了海大肯破例把我要来的深层缘由，得以最后安下心来。

日升月落，斗转星移，十几年后我到了退休年龄。当时外院没有博士点，无所谓博导待遇，六十岁一刀切退休。说实话，我极不情愿退休。看了大半辈子书，刚刚发酵冒出新念头，甚至时觉文思泉涌，闸门怎么就"咣当"一声落下了呢？又好像莫言兄当年在高密东北乡吃肥肉馅饺子，吃得正投入的时候突然被人把盘子端走了，以致好半天都缓不过神，兀自怔怔坐着不动，幻想饺子重新端来。如此过程中，忽一日时任校长的吴德星校长通过秘书找我去一下校长室。实不相瞒，在海大十几年，我连党支部副书记或院长助理都没当上，别说校长室，连处长室都几乎摸不着门。不过这话就不多说了，百年校庆之日还发牢骚，实在有失体统。反正我步行去了离外语楼不远的行远楼里的校长室。进门落座不久，吴校长就把那盘饺子端了上来，他说："林老师，别退休，再干五年，我再给你五年！"我一边按捺如愿以偿的兴奋，一边坦言自己有些另类。吴校长说，当校长的一个常识，就是包容另类；我又直言禀告自己没有国家项目、省部级课题什么的。吴校长略一沉吟，缓缓说道："一个教授有影响，比拿得一千万元的项目还重要！"按理，这句话未必具体说我，但毕竟当时坐在校长面前的只我这么一个教授，不可能纯属泛泛之论，况且校长肯定不会是让我来校长室听泛泛之论的。谬承知遇，夫复何求。我当即激动地表示：只要学校需要，休说五年，五十年也在所不辞！事后有"双肩挑"同事告诉我："非博导直接延聘，你是第一个，校长特批！破例！"是啊，作为海洋大学，若关乎海洋研究倒也罢了，而文科教员得此破例，如何能不让我心生暖意！

另一方面,任何人都不可能天天有暖意相伴。"逝者如斯夫",五年聘期转眼过去,2017年冬天我迎来延聘期内最后一节课。不怕大家笑话,那天我特意选了一件深褐色隐形条纹法兰绒西服、一件浅粉色进口免烫衬衫和一条丝质绛红色花纹领带披挂上阵。最后一课,得来点儿仪式感!下课后我手捧十名研究生送的花束离开教室,回到空荡荡的办公室坐了好一阵子,颇有些不胜感慨。解脱?怅惘?留恋?落寞?第二盘饺子吃完了也意犹未尽?都不确定。较为确定的只有一点,我是在暗暗期待院里某位领导推门进来对我说一句慰问话:"林老师,这么多年来您辛苦了!"然而门始终未被推开。也罢,院领导都忙,何况人家也不知道今天是我上最后一节课的日子。于是我轻轻叹了口气,毅然提包出门,朝校车站踽踽独行。暮云四合,夕晖迷离,气温骤降,北风正紧……

冬去春来,大地回暖。我心中也有暖风吹来。万万没有想到,学校决定在崂山校区图书馆设立"林少华书房"。图书馆通知我为书房去看房子,直接把我领到原来作贵宾室用的A305室。南侧一排落地窗,"映日荷花别样红"的映月湖一览无余。东侧窗外,远山近岭,郁郁葱葱,一派生机。满室清风,流光溢彩。我说这么好的房间俺可受用不起,去那边看看吧,背阴的也行。图书馆馆长低声告诉我这是于志刚校长亲自选定的,设立"林少华书房"也是校长办公室做的决定,你就别客气了！再说另一边是办公区，人来人往不方便……我听了，纵然迂腐如我，也只有感动而已。此外还能说什么呢？

五年过后的2023年12月8日，我终于有了说点什么的机会——学校党委学生工作部、海洋与大气学院党委主办的第十四届"学术人生·书籍共享"研究生读书活动闭幕式在"林少华书房"举行，我碰巧坐在刚退任的于校长身边——有生以来第一次在会上与校长比邻而坐——发言时我得以一吐为快：于校长在任期间想必做过无数个决定，而最可我心、最英明正确的决定就是设立"林少华书房"！说法固然是半开玩笑，而心情却是再真实不过的。一句憋了至少五年的心里话！

容我补充一句。2019年金秋时节，"林少华书房"在崂山图书馆举行揭牌仪式，从北京来校不久的田辉书记致辞说："鉴于林少华教授的文学成就和社会影响力，学校决定在图书馆设立'林少华书房'，这是学校文化建设的又一力作。"并且希望师生共同努力，把海大建设成为弘扬科学精神、汇聚人文气象的文化家园、精神家园。

除了设立书房，学校还在此前的2018年12月29日另聘我为"中国海洋大学'名师工程'通识教育讲座教授"，于校长亲临讲座会场颁发聘书，之后没有抽身离开，而是坐在下面全程听完不止一个半小时的讲座。结束时还给我看了手上的笔记本，很认真地说"记了不少金句"。如此这般，我由五年前延聘的外院日语专业教授变更为学校通识教育讲座教授,也因之从上完最后一节课那个寒冷的日子走了出来——换个说法,因了这第三盘热气腾腾绝对够温度的肥肉馅饺子!

尤其令我感动的是,事情还有下文。一晃又五年过去。2023年底讲座教授也到聘期了。这回我已年逾七旬,酒足饭饱,自当离席歇息,而后扛起铺盖卷,彻底告老还乡,吟风弄月,汲水浇园。岂料第四盘饺子端了上来——教务处方奇志处长劝我不要退休:"学校需要你,学生需要你,哪怕痴呆呆坐在这儿直勾勾眼望天花板也行啊……"几乎与此同时,手机接得于校长短信:"林老师一定要接受学校续聘!"其时正值其即将离任之际,却依然惦记着他认定的这张所谓校园"文化名片"。实不相瞒,刹那间我心里涌起一股热辣辣的情感,眼角不由得有些湿润。校长的温度,海大的温度,大学的温度。于是我乖乖接过续聘三年的聘书,校长签名"张峻峰"——校长换了,温度没换……

最后请允许我引用五年前在"通识教育讲座教授"聘任仪式上讲话的最后一段来结束这篇小稿:

以主流评价眼光看来,我绝不是多么值得喜欢和看重的人。不是早年海外留学归来的博士,不是任何一项政府奖项的获得者,不是国家重大社科基金项目主持人,更不是长江学者,不是教育部以至国务院学科评议组成员。一句话,不是可以填进表格、写进学校工作汇报的人。尽管如此,校长仍对我如此青睐。这意味着,校长们看重的不是我一个人,而是某一类人,即在某种意义上大体游离于主流评价体制之外的边缘性大学教员,宁愿给这类人网开一面。而这正是中国海洋大学比海洋还要大的精神格局,也是其煦暖如春的暖人温度!

2024 年 3 月 5 日

陈　鹭

《崂山校区记》诞生记

2004年10月24日，建校八十周年之际，学校举行了建设崂山校区奠基仪式。当时，在一片高低起伏、荆棘密布的丘壑当中，新校区建设指挥部用铲车铲出了一片小小的相对平整的空地，在几辆工程车的衬托下，布置了一个临时的会场。仪式进行当中，我四下里望了望，眼前一片乱岗。就在这样一片乱岗上，今天埋下去一块奠基的石头，几年之后就能长起一个现代化的校园吗？这不会是一个美好而遥远的梦吧？

但是崂山校区真的开工了。校长办公会由此常设了一个议题——听取工程建设情况汇报，研究相关问题。有时候我们像在听指挥部描绘一座海市蜃楼,有时候像在听他们讲一堂关于建筑学,或者工程管理学,或者行政审批程序的课程,有时候又像在听他们痛苦地求援。有那么多的问题需要汇报,有那么多的问题需要研究,有那么多的问题需要决策。学校好像面临一场战役,大家都在战斗中学习。

建设指挥部租用了西校门对面的一栋二层楼房。有时候,学校相关的会议到这里现场召开。大家站在指挥部的楼上往马路对过望去,一大片工地,相信很多人也都看不出个子丑寅卯。就看到指挥部的同志们常常灰头垢面,晒得黝黑,嘴上起着燎泡。常常会听到工地上遇到了这样那样的麻烦:有人坐到炮眼上阻止施工了;天降大雨影响进度了;施工队有意见,指挥部领导被围住,人身安全也受到威胁了……不断地有这样的困难重重而又逢凶化吉的信息传来。校区的建设就在这样的战斗中推进。

2006年夏天,学校安排干部轮流到工地值班。那时教学楼已基本完工。值班室就设在教学楼一楼。我在这里值了两天班。白天烈日炎炎,待在室内也热得透不过气来,只能对着电扇猛吹。晚上放下蚊帐,蚊帐外面密密麻麻全是蚊子。有天晚上,十一点多去夜巡,发现学生宿舍楼附近有主水管漏水。我一个电话打给刚刚回家休息的王磊副总指挥,他又自己开车赶到现场指挥处理。看到他疲惫的样子,我有些后悔。

冬天,我也来工地领教过一次肆虐的寒风,那天我戴的安全帽被风刮跑,追出去老远才按住。过去的五年,不知道参与崂山校区建设的同志们忍受了多少煎熬。

2007年9月,一期工程终于完工了,校区正式启用。直到那时,我才发现新大陆似的看到,这里真的变幻出了一个美丽的现代化校园。这个校园顺应山岭丘壑的走势和起伏,因势赋形,巧借天工,功能布局合理,建筑错落有致。那时园中的绿化还少,正好看到了建筑典雅恢宏的全貌和道路的蜿蜒平阔。这个校园的建成启用,使得学校从此摆脱了办学空间局促的困境,得以更加从容地展开学科专业的布局、教学科研改革和校园文化建设,为迈向建校百年发展目标构筑了重要的载体。9月17日举行的启用仪式上,吴德星校长发表了《让历史记住今天》的讲话。

2008年3月31日,行远楼启用,学校党政系统整体迁入崂山校区。随后,作为第十一届全国运动会女篮赛场的体育馆日渐成型,韫秀奇美。而作为负责馆内音响灯光效果以及舞台设计的付圣雪教授却为之疲惫不堪。校园里绿化越来越好,满园秀美。谁来了都说美。时任青岛市委书记阎启俊说:"来到这里眼前一亮"。时任青岛市市长夏耕说:"近年来青岛市我最满意的工程有两个,一个是奥帆基地,一个是海大崂山校区。海大的这个钱花得值!"

崂山校区的建设在我的心里由问号起而以叹号止。这么美的校园,这么好的建设者,学校八十余年厚重独特的文化底蕴和近十余年的跨越发展,让我萌生了要写点东西以资纪念的冲动。于是我开始构思写一篇《崂山校区赋》。就此,我与许多领导和同事进行过交流,得到了他们的肯定和支持。

　　2008年秋,初稿《崂山校区赋》草成。它简约记述了崂山校区诞生的过程,力求雅致传神地描绘出校园的建筑和风貌,集中展示海大厚重独特的文化理念(文中自然嵌入了校训"海纳百川,取则行远",嵌入了"谋海济国""树人立新"等重要理念,还有环境科学与工程学院和水产学院两个学院的院训)。第一时间,我悄悄将初稿发给了两个人,一个是海大文学与新闻传播学院古代汉语专家冷卫国教授,一个是学校新闻中心的赵新安老师。他们两位都是我佩服的文章高手。两位老师都对文稿给予了肯定,并很快回复了重要的修改意见,使文稿得以完善。此后,我又小范围请教了党委校长办公室的几位同事。李睿青、蒋秋飚、解玮玮、刘海波等同志都提出了很好的建议。经过一段时间的沉淀,我正式将文稿提交到校长办公会。

　　2009年6月30日,校长办公会讨论通过了文稿内容,采纳了机关党委魏世江书记的合理建议,将文稿题目更改为《崂山校区记》。会议决定邀请著名书法家启笛先生写成毛笔书法作品,后制作成石刻置于校园,作为建校八十五周年的一份献礼。根据会议精神,文稿在校园网公开征求广大师生的意见。一周时间,该文有一千三百四十一人次点击,六十余名师生通过电话或电子邮件表达了意见,七位师生反馈了书面意见。整体上都给予了肯定。季岸先、赵可胜、薛永武、蒋同济、王秀海等同志提出了一些很好的修改建议被采纳。两周之后《崂山校区记》定稿,并交付启笛先生。2009年9月启笛先生完成书法。学校八十五周年校庆前夕,新校建设指挥部负责完成了石刻的制作。2009年10月24日,在八十五周年校庆日的前一天,学校举行了"中国海洋大学《崂山校区记》揭幕仪式"。仪式上,校党委书记于志刚教授发表了热情洋溢的讲话,他的讲话既代表了学校党委和行政,也表达了他个人对于校园建设乃至人文文化的深刻理解,令参与校区建设的同志们和作为本文作者的我深受鼓舞。

我相信,多年以后,当人们欣赏和享受着崂山校区的典雅与美丽的时候,人们一定会记得那些为校区建设付出艰辛的人。其实这付出艰辛的人中,既有奋战在建设一线的指挥部干部职工,也有为之殚精竭虑的决策者,同样有与学校甘苦与共、风雨同舟的每一位师生员工。其中有你也有我!而这篇《崂山校区记》,也许是能够领起大家回想的一个引子吧。

2009年10月26日

附：

崂山校区记

泱泱中华,浩浩蓝疆,求民族复兴之道,必兴海以图强。中国海大,精卫情长,负谋海济国之志,致树人与立新。适逢千禧,国运日昌。海大乘势而起,跨越发展,建崂山校区,续百年梦想。

鳌崂巍峨,黄海苍茫。山海钟灵毓秀,天成兴学佳壤。海大幸甚,东至于此,度山岭丘壑,辟荆棘洪荒,因势赋形,巧借天工,历经艰辛,兆兴土木,寒暑五易,乃成其功。

于是,五子顶下人文蔚起,楼宇参差;南北湖间金柳拂岸,曲水流觞。园中路平阔兼盘山越水,建筑群恢弘契旧风新尚。行远楼凭高起拥海之势,图书馆依山呈攀登之阶,教学楼振翅如风鹏正举,体育馆韫秀似奇贝涵珠。院系群庭院深深,生活区山阳昭昭。满园嘉木葱茏,处处琪花闪烁。兼有雨过芳沁涵闸,日晴鸟鸣青山,夏夜鱼读朗月,冬晓雪映橙红。

居园中,学者更上层楼,游目骋怀,望峰峦叠嶂,眺海阔天空,知壁立千仞之妙,明海纳百川之机,浩海求索,立言济世,同天地玄黄之朴而归于灯火阑珊之时,恍惚间疑兰亭在兹,不免有景行行止之嗟。学子曲径探幽,山重水复,睹名家巨擘,闻洪钟大吕,沐盈科归海之泽,承取则行远之教,牧海唯真,敏学笃行,秉星空律令之说而起于东方欲晓之辰,顿悟中知杏坛再造,油然生高山仰止之叹。嗟夫,"日月之行,若出其中;星汉灿烂,若出其里",魏武鸿篇,宛吟斯园。

美哉,海大,以崂山之石为础,铸就千秋基业。壮哉,海大,与万顷碧波相望,托起一片丹心。他年兴海强国日,名耀神州世界时。信之!

中国海洋大学 谨记

己丑年秋月(书章)

注:中国海洋大学崂山校区于2004年10月24日——学校八十华诞之际奠基,2006年7月22日,一期建设完成并启用。2009年二期完工,崂山校区建设按规划基本完成。校区建设凝聚了全校师生员工的勇气、智慧和心血,为建设世界知名、特色显著的综合性、研究型高水平大学奠定了重要的基础。为此,2009年10月24日——建校八十五周年之际,作文铭记。

《海大颂》诞生记

建校九十周年之际,歌曲《海大颂》与师生和校友们见面了,得到了大家的认可。作为词作者,我深感荣幸。校报资深责任编辑纪玉洪老师拟为本期校报月末版《厚重海大》组稿，邀我回顾一下歌曲创作的过程，遂有了下面的文字。

记得是2013年6月5日，张静副书记在行远楼第三会议室召集了一个研究筹备校庆活动的会议，有党委宣传部、校友会、文科处、文学与新闻传播学院和艺术系等单位的负责同志参加。会议专设了一个议题：研究校园歌曲创作。校友会陈忠红秘书长汇报了兄弟高校相关情况和海大校友们关于需要一首海大歌曲的呼声。张静副书记介绍了山东大学110周年校庆时推出的一首歌曲，即由其校友作词、著名作曲家戚建波作曲的《我的山大我的家》。这首歌深情感人，得到了山东大学师生和校友的广泛认同，起到了很好的凝聚人心的作用。会议决定，通过校报、网络，在全体师生和广大校友中征集，争取让海大也能产生一首唱得响的属于海大人的歌。当时作为文学与新闻传播学院的党委书记，我也参加了会议。会议结束，在走出会议室门口的时候，张书记叫住我，指令我必须创作一首歌词参选。我当时心里也没底，但为领导的信任而激动！

会后，我便开始了调研和思考。先从网上搜索了很多大学的校歌进行研究，发现校歌也有很强的时代性。新中国成立前的老牌大学，其校歌歌词都是古典诗词形式，典雅庄重，曲调也简洁朴实一些；新中国成立后到20世纪末出现的一些大学校歌，歌词大都直白硬朗，曲调基本是进行曲形式，令人振奋;而近十余年出现的校歌,词曲均有通俗抒情的趋向,清新感人。典雅方能显出大学之文化品位;深情才能令人感动而萦怀;振奋则朝气蓬勃,面向未来。三者均有可取之处。我想这三者并不矛盾,何不尝试一下,将此三方面追求都融于一首歌曲之中呢?于是想到了我一直在努力追求的古为今用的古典诗词形式。

我与文学院的师生们交流,听他们的意见。四言、五言、七言乃至词的形式,先后都尝试过。力求清新自然,典雅深情,而又振奋人心,关键是要写出海大的特点和海大人的心声。几经反复,另起炉灶,前后纠结了二十多天,终于在五言诗上找到了感觉。当我吟出:"我是一滴水,投入你怀中。方知知无涯,忘情情更浓。"这几句开头时,自己也莫名地战栗感动了!

而一旦感觉找对了,全篇便几乎一气呵成。我将一些海大的标志性符号元素自然地嵌入歌词,让海大人一看就懂,感到亲切。又将校园四季的景致描画出来,诗情画意,引起师生、校友对校园和往日生活的怀想。而描画景致的用词又借用典故,借喻师生美好的追求和高尚的情怀。而将学校的办学宗旨和宏伟目标,以对国家民族博大深沉的情感形式,体现于歌曲高潮部分,自然而震撼。内容、形式、意境、情感,均实现了预想的目标。

2013年6月28日，我怀着激动的心情，将初稿电子版发给张静副书记。很快，张书记回复邮件说："没读完，我就掉了眼泪……"她对歌词给予了高度肯定，同时也提出了几点重要的修改意见，将词中"八关山上月，五子顶下风"中的"上""下"两个方位词改作动词"读"和"揽"，使得画面更具动感。同时建议自然嵌入学校的办学宗旨。之后，我又征求了中文系主任徐妍教授的意见，她在给予高度肯定的同时，建议将"红烛照长空"一句中的"长"字改作"星"字，改此一字意境陡升。可见教授功力！

经过修改，我觉得更有信心了，随即发给了一直高度重视学校文化建设的时任党委书记于志刚书记，也很快得到了于书记的肯定。于是，作为征文投稿，歌词在2013年8月29日的校报第四版上发表了，同时配发了歌词释义。当时歌曲暂定名为《梦萦那抹蓝——献给海大的歌》，歌词创作至此告一段落。

进入2014年，校庆筹备工作紧锣密鼓。在征文投稿中，歌词《梦萦那抹蓝——献给海大的歌》得到了较高的认可，负责校庆师生晚会的校团委和校庆办考虑请作曲家谱曲，用于校庆晚会演出。经校庆办和团委建议，校长办公会研究决定，拟请学校艺术系主任康建东教授来为歌词谱曲。团委林旭升书记联系康老师转达了学校的决定，我也与康老师联系介绍了歌词的释义和创作思考。康老师接受了这个任务,后来据他自述,感到压力很大。

9月初,康建东教授完成了曲子的创作,并推荐艺术系仲秋同学和水产学院刘世杰同学两人演唱。9月23日下午,第一次正式的试唱安排在大学生活动中心会议室,团委林旭升书记、程振明副书记、康建东教授、文学与新闻传播学院李刚老师和我到场,听仲秋、刘世杰试唱。当前奏响起,继而仲秋和刘世杰各唱一段之后,林书记、程书记、李老师和我都感到非常兴奋,在我们的称赞声中,康建东教授的表情由忐忑、期待而至于舒展愉快。两位同学唱完之后,我们都给予了肯定,同时也提出了很多细节上的处理意见。之后,他们又调整试唱了两遍,直到我们基本满意为止。当天整个过程,我们都请李刚老师录像记录了下来。

接下来,艺术系孙道东老师接手了带领学生排练的任务。孙老师激情投入,在演唱技巧上对同学们给予了细致的指导,很快便灌录合成了第一版。

9月30日的校长办公会听了试唱录音,讨论审议了词曲和演唱效果,对作品给予了肯定,同时也提出了修改建议。最终,歌曲名称采用了于志刚校长提议的《海大颂》。因为在众多的歌名提议中,《海大颂》这个标题最符合歌词内容。孙道东老师也带领学生,在演唱方面做了改进,特别是在最后高潮一段采用多人合唱的形式,很好地营造了宏大的气势。

　　10月20日晚,歌曲演唱版合成。当孙道东老师发给我录音后,我立即分享给各位校领导和同事们。张静副书记回复邮件说:"太好了!……"于志刚校长听过之后,回复短信说:"很好!最后两句还不够味,其余都很好,很棒!等寒假我约上你和康建东,我们把酒切磋。"得到领导和同事们反馈,孙道东老师再度带学生到录音棚,对歌曲高潮部分做了更为合理的处理。

　　接下来几天时间,学校广播站播放了歌曲《海大颂》。与此同时,新闻中心视频部的吴涛老师负责,完全用学校的录像素材,制作合成了《海大颂》视频MV。

　　10月25日上午,建校九十周年庆祝大会开始前,作为最后一个暖场视频节目,现场播放了歌曲《海大颂》,效果极好,引起了师生和校友共鸣,烘托了节庆的气氛。当天,歌曲视频被上传到优酷、腾讯等网站。当晚隆重、热烈、深情、充满正能量的师生庆祝晚会,又以此歌曲作为压轴节目,再次引发了师生、校友的关注,网络上的点击、转发量大增。作为词曲作者,我和康建东老师得到了很多领导、同事、师生和校友的祝贺。

　　一首由海大人自己作词、作曲、演唱、制作的校园歌曲《海大颂》就此诞生,并传播开了。

附 1：

《海大颂》歌词

我是一滴水，投入你怀中。

方知知无涯，忘情情更浓。

八关山读月，五子顶揽风。

登高观沧海，行远东方红。

东方有学府，晨曦洒梧桐。

红瓦映蓝天，绿树听呢哝。

仙山道悠远，樱海花想容。

石阶飘枫叶，寒窗立雪松。

百川来归海，蓝梦共潮涌。

先师有遗训，红烛照星空。

硕学志宏才，储英备国用。

浩海求索是，谋海济国功。

山海鉴日月，天地与君同。

附2：

《海大颂》歌词释义

歌词《海大颂》以五言形式写成，分三段加一句合乐结句。第一段为大写意。开头两句"我是一滴水，投入你怀中。方知知无涯，忘情情更浓"以平实的语句开头，用"水滴"和"大海"来喻指学子与母校海大的关系，以哲理性的生命感悟，写出学子投入母校后对母校和对自我的发现，感受到知识的无涯和自我的渺小，感受到母校深厚无边的情怀，也因此而激发了自我知性与灵性的迅速成长。

接下来"八关山读月，五子顶揽风"用两处海大的天然标志粗线条勾勒海大"形象"，再用"登高观沧海，行远东方红"表达出海大的"旨趣"与"目标"。句中自然嵌入"行远"和"东方红"两词，凡海大人一唱便会联想起"海纳百川，取则行远"的校训和海大人为之自豪的"东方红号"海洋科考船。

第二段以抒情为主，用几个最富海大特色的校园景致，具体描摹师生在海大学习生活的细节，引起大家的怀想。

起首"东方有学府"，采用顶针手法，自然从第一段大写意过渡到第二段的抒情与描摹。而且此处"东方"一词不仅指出海大在中国的东方，在亚洲的东方，也明确她在世界的东方。将海大直接放到世界的坐标中了。随后而来的"晨曦洒梧桐"

"红瓦映蓝天,绿树听呢哝""仙山道悠远,樱海花想容""石阶飘枫叶,寒窗立雪松"都是海大人再熟悉不过的一年四季中海大的景致。正是这些四季的景致映照和记录了我们每一个海大人在此学习生活的经历和情怀。读来,必然往事历历在目,唤起我们对青春岁月的记忆。而且,其中"石阶""枫叶"和"寒窗""雪松",分别是恩师和学子的指代意象。

第三段以载道为主,在前面写意与抒情基础上,自然升华出海大和海大人的社会担当。

"百川来归海,蓝梦共潮涌"写全体海大人从四面八方而来,融汇于海大,大家共同涌起铸造蓝色辉煌的梦想。"先师有遗训,红烛照星空""硕学志宏才,储英备国用""浩海求索是,谋海济国功"则表达出海大的历史底蕴和办学宗旨。其中"红烛"既喻指老师,也正是海大先师闻一多先生的一首著名诗歌。"星空"则喻指海大所培养的无数优秀的人才。"硕学志宏才,储英备国用"来自《校纲》中"研究高深学术,培养硕学宏才,应国家之需要"。接下来"浩海求索是"正是海大人的工作和目标,"谋海济国功"是海大的价值取向。

最后一句合乐结句"山海鉴日月,天地与君同"再回到抒情上来,表明山与海将见证我们所经历的岁月,我们海大人永远在同一片广阔天地间建功立业,心手相牵。海大人的精神与贡献将与天地齐,与天地共久长。

2014年12月11日

王蒙文学馆诞生记

2019年10月17日，在喜迎新中国七十华诞、中国海洋大学建校九十五周年之际，在王蒙先生荣获"人民艺术家"国家荣誉称号后的第十八天，王蒙文学馆在中国海洋大学建成开馆了。它是迄今为止，国内外收藏展示王蒙作品及其版本最多最全面的展馆。它集文化展览、学术交流、修读研讨、革命教育于一体，全面展示了王蒙先生的生平、文学生涯、巨大成就和他2002年受聘中国海洋大学顾问、教授、文学院院长以来，对中国海洋大学的帮助，乃至于对高等教育的贡献。

2002年4月，卸任中国文化部部长不久的王蒙先生，受聘中国海洋大学顾问、教授、文学院院长一职，由此开启了他对中国海洋大学的关心与支持。王蒙文学研究所也正式在中国海洋大学成立，办公地点设在中国海洋大学鱼山老校园内的闻一多故居——一多楼中。王蒙的大批著作、手稿、证书、名人赠送的字画等被集中收藏到这里。

从那时起，学校就一直在酝酿专门建设一个高水平的、开放的王蒙文学馆，向师生和社会展示王蒙先生的成就，充分发挥王蒙文学成就对大学师生的人文影响和熏陶，提增学校的文化氛围。

但是建设王蒙文学馆，不仅要有丰富的馆藏资源，还需要有清晰的建馆思路,要有对王蒙先生的人生及其巨大成就的深入研究和深刻理解。还要有好的设计专家,有最合适的场馆。

凡事水到渠成,因缘聚合。就在学校即将迎来九十五周年校庆之际,似乎一切条件都在必然与偶然中成熟了。

大约是2019年6月的某一天,快要下班的时候,我路遇于志刚校长,他正领着几位同事要去崂山校区图书馆,实地查看和选择建设王蒙文学馆的场所。此次路遇便成了我全程参与王蒙文学馆建设的开始。

在大致查看了几处可能使用的场所之后,于志刚校长指示由宣传部牵头,图书馆负责场馆建设,文学与新闻传播学院和王蒙文学研究所负责展览内容的提供,并明确要求10月中旬开馆。时间相当紧迫。

整个建设过程中,图书馆王明泉馆长以高度的责任心和紧迫感,自始至终把控着建设进度和质量,进行了整体协调推进。图书馆胡远珍副馆长、贾瑞主任等多位同志积极参与,协调组织场馆建设,筹措图书资源,做了大量烦琐细致的工作。

文学院,特别是王蒙文学研究所温奉桥所长及其团队,则做了大量耐心细致的展品收集整理、展览内容梳理、文稿起草、展品布展等工作。其间,温奉桥教授一直克服着眼疾病痛,圆满完成任务。

而校友彭晏的辞约旨丰设计公司在展览招标中胜出,他们带着对海大的感情和对王蒙先生的崇拜之情投入到设计和布展中,使王蒙文学馆的设计充满匠心,风格稳健而又富有新意。

文学院修斌院长、刘建书记、温奉桥所长和我经过反复研究商讨,最终形成了整体设计思路:

王蒙文学馆以王蒙先生与青年、与海大的关系为主轴,分"青春万岁""王蒙在海大"两部分,设计理念凸显王蒙文学成就与教育和大学的融合性、一体性,力求简洁、大方、书卷气和学术性。"青春万岁"突出王蒙作为一代文学大家与青春、青年、奋斗和国运的主题,主要展出王蒙先生人生足迹图片、文学创作以及有关书画作品等。"王蒙在海大"主要通过实物、图片、书籍等,展示王蒙对高等教育、对海大发展的贡献,展示王蒙先生的学术成就和以海大为主导的王蒙研究。

此外,还暗含两条线索:一是在"青春万岁"板块,利用王蒙先生关于老子、孔子、庄子、李商隐、曹雪芹等的作品,把王蒙放到中国文脉中去展示;二是在"王蒙与海大"板块,用闻一多、老舍、沈从文、梁实秋等文学名家在校工作时间点,串起海大文脉,将王蒙先生放到海大文脉中去展示。

后来,整个设计布展,利用浮雕文字、图片、时间轨迹、图表等多种形式,加上书籍、手稿、名人字画、王蒙先生旧物等的展示,很好地实现了设计思想。

经过于志刚校长联系,著名作家冯骥才先生为王蒙文学馆题写了馆名。

经过四个多月的紧张奋战,王蒙文学馆终于建设完成。它展示了王蒙先生三百余种不同语种、版本的著作,以及几百幅图片和大量王蒙先生珍贵手稿、书信、实物等,全面展示了王蒙先生生平和文学创作历程,列出了王蒙创作年表,王蒙所有文学获奖情况和重要的文学活动。展示了王蒙先生加盟海大以来,提出并积极推进的驻校作家制度、名家课程体系、"科学·人文·未来"论坛,王蒙先生给海大提出的校训"海纳百川,取则行远",在王蒙先生引荐和带领下来到海大举办演讲和出席学术活动的所有专家学者,以及海大主导的王蒙研究学术成果。生动、立体地展示了王蒙先生丰富的人生历程、杰出的文学成就和永不停歇的探索精神。

而就在布展即将完成之时,王蒙先生荣获"人民艺术家"国家荣誉,给整个展览带来了巨大惊喜和最好的落脚点。

10月17日当天,王蒙文学馆揭牌仪式如期举行。党委书记田辉在致辞中指出:王蒙先生是当代文学的见证者、引领者,近七十年来,先生辛勤耕耘,向当代文坛奉献出了一大批精品力作,为中国文学事业发展作出杰出贡献。先生是人民艺术家,在新中国成立七十周年之际,获得"人民艺术家"国家荣誉称号,他用深情的笔触,描绘了中国社会的发展进步和文化的繁荣兴盛,见证并推动了中国当代文学的发展。先生为海大的发展做出了重要的突出贡献,先生加盟海大近十八年来,创设"名家课程体系"、建立"驻校作家制度"、开办"科学·人文·未来"论坛、凝练提出"海纳百川,取则行远"的校训,这一系列文化创新举措,开国内高校之先河,为海大重振人文、再创辉煌奠定了坚实基础。田辉说,学校为全面展示王蒙先生的杰出成就、传播先生的高尚品格,记录先生对海大的贡献,在图书馆建设王蒙文学馆,希望通过这种形式镌刻下海大文脉的传承与创新。王蒙文学馆将成为学校新的文化坐标。

当天,王蒙先生与众多前来出席"王蒙与中国当代文学"研讨会的嘉宾一起,参观了王蒙文学馆。参观结束时,王蒙先生说:"超出了我想象的好!"

至此,海大校园里又多了一个高水平的文化场馆。未来,将有多少人会在此领略王蒙先生的文学风采,受到他的智慧与精神的浸染,会有多少学术交流在此充满文化气息的场馆里进行,会有多少学子在此诗意盎然的修读区内回味"青春万岁"!

为这个展馆,温奉桥教授和我准备了一个后记。

　　　王蒙是一部读不完的大书,这儿展示的仅仅是这部大书的几个册页;王蒙是一片浩瀚的海洋,这儿展示的仅仅是海洋里的几朵浪花。

王蒙是一位少共:他认识"组织部新来的青年人"。王蒙是一个传奇:他真的做到了"青春万岁"。王蒙是一种象征:他是那只飞越千年的"蝴蝶"。王蒙也是一种力量:他的名字叫"来劲"。王蒙是一颗星:那是只巨大的"夜的眼"。王蒙有一个信念:那是他心底永远的"布礼"。王蒙咏一曲情歌:那是灿烂的"春之声"。王蒙怀一个憧憬:那是无垠的"海的梦"。王蒙是一首诗:一首快乐的"逍遥游"。王蒙是一幅画:"杂色"衬出他的纯净与高洁。王蒙是一部历史:又岂止"半生多事"。王蒙是一部奇书:是一部"大块文章"。王蒙是一支晴雨表:他感知"季节"的变换,知道人间的冷暖。王蒙也有种状态:那是"尴尬风流"。王蒙是一个魔术师:他玩过"活动变人形"。王蒙有着特殊的口味:他喜爱"坚硬的稀粥"。王蒙是一道风景:是"这边风景"。王蒙是个贯通先生:他知道"中国人的思路"。王蒙有一种睿智:叫作"笑而不答"。王蒙也做过大官儿:他知道"中国天机"。

愿我们的展览能让您认识王蒙,走进一个丰富多彩的文学世界!

王蒙文学馆等你来!

2019 年 10 月 23 日

『院史长廊』筹建记

李莹

2020年博士毕业时，我最大的心愿就是能够回到母校工作。那年的最后一天，我在行远楼人事处办理好入职手续，出门时冬雪飘飞，心里却满是游子归家的温暖与幸福。现在，回到母校已四年了，这份幸福感仍然如初。

初回母校，恰逢文学与新闻传播学院建制九十周年。为了纪念学院建制九十周年，接续海大文脉，助力海大第三次人文振兴，学院时任党委书记刘健策划启动挖掘学院历史项目，计划在学院一楼走廊的两侧墙面以文化长廊的形式展示百年院史。筹备工作初期，学院时任党委副书记吉晓莉、行远书院的路越老师、申国菊老师、团委孙志德老师和于文倩老师等都已着手相关工作。

得知我的研究重心与近现代青岛的文学、文化有关，学院也吸纳我加入院史挖掘团队。我们的文学与新闻传播学院始建于1930年国立青岛大学，九十年沧桑变幻，九十年人事更迭，要在史海中钩沉海大文学与新闻传播学院的点点滴滴，我深知这项任务之艰巨，对于我来说无疑是考验。然而我明白，沿着历史的光轴回溯，在青岛近现代文学地图上，我们的海大群贤荟萃，是青岛最为重要的文化地标，有如灯塔。海大的悠长文脉，不仅为青岛的文学与文化注入了精魂，也滋养了一代又一代的海大人。作为海之子，挖掘院史，在历史中还原学院师生的生动样貌，感悟先贤前辈的学养与风骨，既是一份神圣的使命，也让我获得了源源不断的动力。

为了推进院史挖掘工作，工作组每周五上午开碰头会，不仅讨论整体思路、版块设计等整体性构想，也涉及史料查阅、检查图片清晰度等细致入微的部分。万事开头难，更何况"白手起家"。有时，遇到好不容易发现的线索中断了，难免情绪低落，刘健书记这样鼓励我们："工作中有很多思路，只有尝试过了，才知道是对是错。即便错了也不要紧，我们再调整，找新的路。"修斌院长也常常以史家的独到目光，为院史挖掘提供文献方法和思路，还为大家讲述"八马同槽"这一历史佳话如何成就了学校的第二次人文振兴，个中细节生动有趣，映现了院史中的史学传统一脉。

报刊、网络上的文献远远不够，我先后在青岛市档案馆、山东省档案馆、国家图书馆、上海图书馆、中国第二历史档案馆等地查阅相关文献史料。为了配合资料收集工作，团委的兼职辅导员于文倩老师还特地组建了院史挖掘的学生小分队，查阅院史的相关文献，当时在读的硕士生王梦雅、本科生赵彩玲就是小分队的成员，她们曾分别与我一同去山东省档案馆、山东大学档案馆搜集1930年至1958年文学院入学的新生名单。旅途中，难免舟车劳顿，但哪怕找到一个相关的名字，都令我们手舞足蹈，满心欢喜。

　　初步汇总文献后，文化长廊的整体框架也落定了，分为七个篇章，最后分别命名为"山海鉴日月""红烛照星空""行远东方红""硕学育宏才""峥嵘存风华""八关山读月"和"恰同学少年"，力图从学院建制、教师档案、培养学生、著述佳作、文人交游、学生活动等方面呈现院史的立体化镜像。七个标题的灵感源自陈鷟部长的《海大颂》，不过已经得到了陈鷟部长的"授权"。

　　整体版块明晰后，院史挖掘工作组开始梳理每个部分的系统脉络，并确保资料的准确性。比如，"山海鉴日月"部分所呈现的学院建制史，即1930年至2007年院系设立及其动态调整，从国立青岛大学文学院至中国海洋大学文学与新闻传播学院，每一个发生变动的节点的信息务必保证真实可靠。为此,学院诚请学校党委常务副书记张静、统战部部长陈骛、宣传部部长蒋秋飚、时任宣传部副部长孟凡指导工作,此间得到了学校领导的大力支持。

我们的学院自成立就汇聚了文坛内外的知名作家、学者,闻一多、梁实秋、沈从文、闻宥、方令孺、游国恩、陈梦家、老舍、张怡荪、萧涤非、丁山、黄公渚、台静农等都曾在鱼山路5号担任教职。他们一生履历丰富,其代表性作品常常为各种版本的文学、史学著作征引。但每位先生所深耕的学术领域各有不同,若详细梳理并精准概括出每位先生在学院期间的代表性活动,确实并非易事。刘健书记请张治教授和黄湘金教授把关,在"红烛照星空"版块,张治教授和黄湘金教授精心订正、撰写每一位先生的简介,反复推敲,详述每一位先生在青岛的从教、治学经历。

为了更传神地表现先生们执教海大时的风采,张治教授从他的藏书家朋友处搜罗张怡荪先生、姜忠奎先生的照片,并商定简介写法要统一体例,增加了个人简介部分的籍贯信息。又附一份仔细打磨后的简介作为范例:

> 姜忠奎(1897—1945),1932年至1938年在校任教,字叔明,号鞺斋,又号星烂,山东荣成人。著名经学家、语言文字学家。曾师从大学者柯劭忞,1918年毕业

于北京大学中文系。以研究《说文解字》而著名,受闻一多礼聘来校,讲授文字学、诗学概论、谶纬研究、目录学和儒学研究等课程。讲授文字学课程时,极注重学生的基本功训练,要求每个学生都要以篆体书写《说文解字》五百四十个部首。平生治学重视"利人利民",并有强烈的爱国情怀和志气。因愤懑于日寇侵华而去职,屡次拒绝日伪政府所提供的职务,讲学中又宣扬民族大义,故深为日人所忌。1945年初,姜先生被日军抓走,从此音信全无。直至半个世纪后,其家人才从报纸上辗转得知当时他即被日军所杀害。有《国学史纲》《论语类编》《说文转注考》《说文声转表》《六书述义》《大戴礼训纂》《诗古义》《孟荀参同考》《纬史论微》《儒学》《荀子性善论》等著作传世。

张治教授还分享了罗念生先生家人提供的多幅清晰照片,极为珍贵。如此,三十九位教员各设一版,图文并茂,自成体系。

相较于教师,学生的名单少见于经传,一度成为工作组的瓶颈。直到有一天,吉晓莉副书记提到学校的校史团队将到山东大学档案馆查阅资料,这让为文献所困的我们看到一束光。立刻决定,由我跟随校史团队一同去山东大学。在去往济南的高铁上,我见到了此行的领队魏世江部长,还有杨洪勋老师、王淑芳老师、杜华军老师等。得益于校史团队给予的机会和帮助,我终于见到了心心念念的学生名录,有的写在入学卡片上,有的誊抄于泛黄的、有细密横线的账本上,有的则是经过整理后打印出来的。1958年,文学院师生西迁济南,虽然从此山海相隔,但此行让我切切实实地感受到了山东大学与中国海洋大学同宗同源的血脉亲情。1964年,毛泽东主席写给中文系教授高亨先生的信,信封上不是还赫然写着"青岛山东大学"吗?

坐在弥漫着故纸气息的档案室里,在笔记本上一行一行抄录这份1930年至1958年入学文学院的学生名录,"1930级中文系臧克家",他就是以三句诗被闻一多先生破格录取的:"人生永远追逐着幻光,但谁把幻光看做幻光,谁便沉入了无底的苦海"。"1934级中文系徐中玉",徐中玉大学二年级即遥编天津《益世报》的副刊《益世小品》,并以稿费所得支付每年二百块钱的学费、生活费,是多么自强自立啊。就这样,一笔一画,一行一页,字里行间演绎着"九一八"事变后连夜乘火车赴南京请愿的担当、支援"一二·九"爱国学生运动的壮怀、立志开拓文化荒岛的决心、预报革命形势暴风雨的敏锐……翻阅现代报纸、期刊、档案中的所得,桩桩件件都在此处有了具体的署名。

我们在多地档案馆、图书馆查到的文献，经过中国菊老师的整理、连缀，聚沙成塔，院史文稿的初稿也就初具规模了。从初稿到最终定稿，凝聚了学院老师的心血与智慧。学院党委组建了"院史挖掘专家指导组"，其中有修斌院长、刘怀荣教授、韦春喜教授、张治教授、熊明教授、徐妍教授、马树华教授、黄湘金教授、杨瑞芳老师等。中国菊老师将初稿打印后分别呈给专家组的老师审阅。收到老师们返回的修改稿时，感受到了学院专家治学的严谨之风。满篇的红笔订正，无论是知识性问题，还是字词、语句、字号、标点符号等细节问题，比如，初稿提及文学院教师任教的系所时，有的使用了"中文系"，有的使用了"国文系"，修斌院长细致地指出"要将名称统一"；刘怀荣教授指正"崂山"在原作典籍中写作"劳山"；熊明教授反复强调先生在校任教时间的准确性……专家组的老师们不厌其烦地指导，提出真问题，并给予宝贵意见，让我获益匪浅，深受启发。这些手稿一直保存在我的书架，时时刻刻鼓励我，认真做事，严谨作文。

　　也有时，来不及反馈纸稿，专家组的老师们就通过微信传递最新发现的问题，在校正学生名录时，收到黄湘金教授微信："1950年学生名单中的'鲁曰举'，我疑写法有误，查到《中国中等专业学校高级讲师人名辞典》第89页有'鲁日举'，1953年毕业于山东大学中文系，当是同一个。但这本书也只能算二手文献,还是得去核对原初出处。(这份名单中,录袁世硕先生与他同年同学,若求准确,可向袁先生求证。)"黄老师可谓是我的一字之师了。

经过多次校改,文案终于定稿。可是,要将院史承载的文化开宗明义地展示出来,还要有提纲挈领的部分,于是刘健书记召集我们准备前言和每个篇章的序言。撰写前言和篇章序言,不仅需要斐然的文采,更需要与院史会心地对话,谁来写呢?刘健书记提出向中文系主任熊明教授约稿。是啊,我们的首任院长闻一多先生当时兼职中文系主任,中文学科的生机、蓬勃已然成为学校历史上的第一次人文辉煌,而如今担起学校第三次人文振兴的重任,中文人更是责无旁贷。今天,到了文学与新闻传播学院,一进门就可以看到熊明教授为院史文化长廊而撰写的《前言》:

中国海洋大学文学与新闻传播学院文脉悠长,自国立青岛大学文学院、国立山东大学文学院至中国海洋大学文学与新闻传播学院,从鱼山路5号到松岭路238号,从八关山到五子顶,百年风雨与荣光,兴衰断续与国家、民族命运根叶相系,心脉相牵。八关山下两度人文荟萃,既启青岛城市文化新纪元,也为中国现当代文学史写下华美一章。

1930年6月,国立青岛大学创办文学院,著名学者、诗人闻一多先生首任院长兼中文系主任,延揽沈从文、闻宥、方令孺、游国恩、陈梦家等现代著名作家、学者任教。1932年9月,国立青岛大学更名为国立山东大学,增聘老舍、张怡荪、萧涤非、丁山、黄公渚、台静农等一大批名家担任教职。杏坛初开,天下英俊臧克家、庞泽波、丁观海、徐中玉等相继入学,鱼山路5号一时星月同辉,河汉灿烂。衡文论史,有《唐诗杂论》《楚辞讲疏》之新著;观海听涛,有《边城》《骆驼祥子》之初构;雅集嘉会,有"酒中八仙""窄而霉斋"之美谈;师生情长,有"闻臧""萧臧"之佳话;求知问道,有《励学》《新地》之创办。欣欣荣荣,八关山下迎来第一次人文繁荣。

　　1937年,抗日战争爆发,战事波及山东,国立山东大学西迁,并于1938年6月停办,师生云散。1946年1月,国立山东大学在青岛复校,文学院亦复建兰堂,重开杏坛。先后聘请王统照、陆侃如、冯沅君、王仲荦、黄孝纾、丁山、赵纪彬、杨向奎、殷焕先、萧涤非、丁西林、孙昌熙、徐中玉等著名学者执教。至1950年,鱼山路5号又一次贤哲毕至,彦士咸集。冯沅君、陆侃如、高亨、萧涤非四人同事,有"冯陆高萧"之美称;杨向奎、童书业、黄云眉、张维华、赵俪生、郑鹤声、陈同燮、王仲荦八人甫聚,成

"八马同槽"之奇观。同研高深学问,各擅"独断之学",开文史研究领域一代风气;共育专门人才,有教无类而因其材,树教书育人之标范。肃肃雍雍,创造了八关山下的第二次人文繁荣。

1958年10月山东大学迁校济南,文史两系虽亦随迁,八关山下,人文之根底不枯,传统之精神仍在。校园之一草一木、一廊一柱,人文厚积;师生之一言一动、一文一课,风流不减。值中国海洋大学百年华诞,重振人文,文学与新闻传播学院师生为追怀前贤,规模有道,承继传统,赓续文脉,特设此院史长廊。

字字玑珠,文心自见。熊明教授的院史文化长廊前言呈现了学院源远流长、绵延不绝的文脉,也寄寓了海大中文人对重振海大人文的愿景,与傅根清教授为前言所作的《沁园春·文心》一词相互辉映。与前言写作同时进行的,还有每个篇章的小序。当时距交稿时间越来越近了,如何精准提炼出七个篇章的精髓,在篇章之初起到导引作用,成为困扰我的难题。徐妍教授雪中送炭,连夜通读校史资料,寻找线索。尽管时间紧张,但就如1930年学校开学典礼日期一类的细节,徐妍教授都反复确认才落笔,一篇又一篇,打磨、确认、定稿,正如:

1930 年 9 月 20 日，国立青岛大学在原俾斯麦兵营举行了开学典礼。毕业于北京大学国文系的校长杨振声宣誓就职，国立青岛大学正式成立。文学院自此坐落于山海之间，以日月为笔，以家国为系。杨振声效法蔡元培担任北京大学校长时所倡行的"兼容并包、学术自由"的办学方针，广纳名家学者，实施专家治校。闻一多、梁实秋、游国恩、沈从文、方令孺、陈梦家等名家学者先后聚集于青岛，执教于文学院……20 世纪三十年代和四十至五十年代的两度人文辉煌，为青岛、为学校、为学院奠定了人文传统的底蕴，也为 21 世纪以后"人民艺术家"王蒙与学校学院联姻、振兴学校学院的第三次人文辉煌提供了前缘。

　　万事俱备，汇聚了文新人心血的院史文化长廊终于落地，并定于 2021 年 5 月 26 日上午 9 点举行剪彩仪式。为此，学院精心准备，并邀请王蒙先生和中国海大时任校长于志刚为院史文化长廊剪彩。5 月 26 日那一天，正值学校的"王蒙文学馆"开馆，王蒙先生与来自全国的知名作家、学者一同莅临文学与新闻传播学院，并与学院师生一起参观院史文化长廊。刘健书记亲自当"导游"，为专家学者们解说院史与个中典故。修斌院长致开幕辞，诚挚恳切。正如修斌院长在揭幕仪式的致辞中所讲："我们的文化长廊一定还有可以完善之处,请方家多多见教。"

的确,挖掘院史是每一位文新人的使命,我们任重道远。如今,院史文化长廊也成为学校的一道亮丽的风景,每有到文学与新闻传播学院调研考察的领导专家,一定先参观文化长廊。平常的日子,走过院史文化长廊,安静却总能感受到院史给予我们的力量,鼓励我们接续文脉,为学院、学校的第三次人文振兴勇毅前行。

2024 年 3 月 12 日初稿

2024 年 3 月 28 日定稿

红
烛
如
炬

晨曦与夕照中那些远去的背影，和

安静的透过窗户的玲珑的烛光

是这山海间最美的风景

追怀闻一多先生

刘怀荣

　　1930年6月，闻一多先生辞去武汉大学文学院院长之职。8月受校长杨振声的邀请，来到国立青岛大学，9月被正式聘任为教授、文学院院长，兼中文系主任。这一年他只有三十二岁。1932年7月国立青岛大学被解散，闻一多也于8月间受聘为国立清华大学中文系教授。作为国立青岛大学唯一的一位文学院院长，他在这两年里，有成绩，也有遗憾；有快意，也有无奈。追怀这一段历史，让我们生出无限的感慨。

一

　　1930年8月，闻一多应时任校长杨振声之邀，与梁实秋一起来到国立青岛大学。9月他被正式聘为文学院院长兼国文系主任。在主持院务工作期间,在延揽人才方面颇有成绩。梁实秋在《谈闻一多》中说:

> 一多除了国文系主任之外,还担任文学院院长。在中国文学系里,一多罗致了不少人才,如方令孺、游国恩、丁山、姜叔明、张煦、谭戒甫等。(参见梁实秋《谈闻一多》。丁山、张煦来校或在闻一多去职之后,但按照梁实秋的说法,他们的到来,也应与闻一多任院长时所做的工作有关。)

《青岛大学一览·职教员录》也记载:

> 这学年(笔者按:指1931年),青岛大学文学院新聘讲师有赵少侯、游国恩、杨筠如、梁启勋、沈从文、费鉴照,兼任讲师有孙承谟、苏保志、孙方扬、张金梁、刘崇玑,教员有谭纫就。(参见闻黎明《闻一多年谱长编》。)

上述诸人中,游国恩(1899—1978)为著名楚辞学家,张煦(1893—1983)是著名藏学家、语言文字学家,丁山(1901—1952)是著名史学家、古文字学家,沈从文是著名小说家,都是为人熟知的大家。其他人在各自的领域也多卓有建树。兹择要简述如下：

方令孺（1897—1976），著名诗人、散文家。1923年留学美国，在华盛顿州立大学和威斯康星大学攻读西方文学。1929年回国后，在国立青岛大学国文系任教，并开始创作新诗，与林徽因同为"新月派"著名的两大女诗人。

姜忠奎（1897—1945），字叔明，1918年毕业于北京大学中国文学系，曾任河南中州大学教授、北京大学教授，长于诸子和文字学，擅画，著有《儒学》四卷、《说文转注考》《纬史论微》凡十二卷、《说文声转表》《荀子性善证》三卷等。

谭戒甫（1887—1974），湖南省湘乡县（今涟源市）人，长于先秦诸子、楚辞、金文。著有《墨辩发微》《公孙龙子形名发微》《墨经分类译注》《庄子天下篇校释》《校吕遗谊》等。

杨筠如（1903—1946），毕业于清华大学国学研究院，师从王国维，著有《九品中正与六朝门阀》《荀子研究》《尚书覈诂》（上海商务印书馆1934年出版）等。

梁启勋（1879—1965），字仲策，梁启超大弟弟，毕业于哥伦比亚大学，专业为经济学。长于填词，是著名词学家，著有《词学》《词学铨衡》《中国韵文概论》《稼轩词疏证》六卷、《曼殊室随笔》五卷等，《海波词》是其咏梅专集。

费鉴照（生卒不详），闻一多在国立第四中山大学（现为南京大学)外文系任教时的学生,著有《现代英国诗人》《浪漫运动》,闻一多曾为他的前一部书写过序。

国立青岛大学文学院能在较短的时间内延揽这么多的名家,与闻一多个人的影响力显然分不开,这对后来在国立青岛大学基础上建设的山东大学而言,其重要性不言而喻,对我们今天的学科建设也是极富启发意义的。

二

不少介绍闻一多的文章,都说他在青岛才完成了从诗人到学者的转型。其实闻一多的学术研究开始得很早,1926年5月,他发表《诗的格律》,从传统律诗与新诗的关系探讨新诗理论,已初步显示出向古典的回归。1928年在武汉大学任教期间,他先后发表过《杜甫》(发表于《新月》月刊第1卷,传记,引言部分)《杜少陵年谱会笺》(发表于武汉大学《文哲季刊》),他还对《庄子》进行了校释,并发表了论文《庄子》(发表于《新月》月刊第2卷)。

此外,有关唐代研究的一系列工作,在武汉大学时也已经开始。有的学者以为,闻一多存世手稿如《唐代文学年表》《初唐大事记》《全唐诗人小传》《全唐诗人补传》《唐诗笺证》《全唐诗选》《见存唐人著述目录》《唐代遗书撰人考》《唐初四杰合谱》《新旧唐书人名引得》《唐代研究用书举要》《全唐文选》《唐人小说琉证》《唐器物著录考》《说杜丛钞》《唐诗人生卒年考》《长安风俗志》《少陵先生交游考略》(手稿)等，大约是从1929年就已开始整理编写。而《庄子思想的背景》《庄子校释》《庄子校补》《庄子札记》《庄子人名考》(手稿)，约写于1930年。(参见许毓峰、徐文斗等编的《闻一多研究资料》。)

梁实秋在《谈闻一多》中也说："一多在武汉时即已对杜诗下了一番功夫，到青岛以后便开始扩大研究的计划，他说要理解杜诗需要理解整个的唐诗，要理解唐诗需先了然于唐代诗人的生平，于是他开始草写唐代诗人列传，积稿不少，但未完成。他的主旨是想借对于作者群之生活状态去揣摩作品的涵意。"所谓"草写唐代诗人列传"，当指《全唐诗人小传》《全唐诗人补传》。可见，至少这两项成果，或者前一项，是在国立青岛大学任教时开始的。上述学术工作始于何时，已很难准确考查。但至少有相当一部分是在国立青岛大学时期完成、继续深化或开始的。把这一时期看作是闻先生重点研究唐诗的一个阶段，应该是没有问题的。

这一时期，闻先生还开始了对《诗经》《楚辞》的研究。"他决心要把《诗经》这一部最古的文学作品彻底地整理一下，他从此埋头苦干，真到了忘寝废食的地步……他的研究的初步成绩便是后来发表的《匡斋尺牍》。在《诗经》研究上，这是一个划时代的作品。"(参见梁实秋《谈闻一多》。)当然,闻先生在这方面的研究,大多是离开国立青岛大学之后才陆续完成和发表的。1932年8月开始,他在清华大学任教五年,先后讲授过的课程有:大一国文、王维及其同派诗人、杜甫、先秦汉魏六朝诗、《诗经》《楚辞》、杜诗、唐诗、乐府研究、中国古代神话研究等。而他陆续发表于《清华学报》等刊物的《岑嘉州系年考证》《〈天问〉释天》《高唐神女传说之分析》《〈诗·新台〉"鸿"字说》《〈离骚〉解诂》《〈诗经〉新义》等重要论文,大多方法新颖,思路独特,以卓越的见识受到学界的称赞。

闻先生的这些成绩,与他在青岛时期的努力当然分不开。尤其可贵的是,他对教学与研究的完美结合,正如梁实秋所说:"他不是'温故而支薪'的教书匠,他是随时随刻地汲取新知。真正作到教学相长的地步。"(参见梁实秋《谈闻一多》。)这在今天也依然是值得我们学习的。

三

1930年前后的青岛,文化的落寞与今天无法相比。梁实秋就说过:"青岛虽是一个摩登的都市,究竟是个海陬小邑,这里没有南京的夫子庙,更没有北京的琉璃厂,一多形容之为'没有文化'。"(参见梁实秋《谈闻一多》。)但就当年闻先生的

同事们来说,有几点却是我们今天的大学教授们无法比拟的:
一是他们每月四百多大洋的薪水;二是他们的年龄;三是他们
多是能文之士,无论所学是什么专业,国学功底都很深厚。这
大约正是当时出现"酒中八仙"的三大原因。我们不妨把这
"八仙"在1930年的年龄罗列如下:

姓名	年龄	姓名	年龄
杨振声(1890—1956)	40	邓仲纯	待考
陈命凡	待考	刘康甫(1892—1968)	38
赵太侔(1889—1968)	41	方令孺(1897—1976)	33
闻一多(1899—1946)	31	梁实秋(1903—1987)	27

　　其中,邓仲纯是著名教育家邓艺孙的次子(其弟邓以蛰即
邓稼先之父),他与陈独秀为怀宁同乡,也是情同手足的世交,
早年曾一同留学日本,与著名诗僧苏曼殊关系密切。邓仲纯
在日本学的是医学,但因有家学渊源,对国学也有很深的造
诣,当时在国立青岛大学做校医兼任国文系讲师。后来与老
舍、台静农也是非常要好的朋友。他弟弟邓以蛰生于1892
年,因此,1930年他当在40岁以上。陈命凡年龄不详,他是学
校秘书长,校长的得力助手,年龄当小于杨振声。还有一个重
要的原因,杨振声、赵太侔家眷均不在青岛,闻一多的妻子在
1931年暑假回到了湖北老家,方令孺也是一人在青岛。这也
是造就"酒中八仙"的主要原因之一。

梁实秋说："此地虽无文化，无妨饮食征逐。杨金甫、赵太侔、陈季超、刘康甫、邓仲纯、方令孺，加上一多和我，戏称'酒中八仙'，三日一小饮，五日一大宴，不是顺兴楼，就是厚德福，三十斤一坛的花雕搬到席前，罄之而后已，薄暮入席，深夜始散。"（参见梁实秋《谈闻一多》。）

在另外的记载中，黄际遇（1885—1945）也是"酒中八仙"的主要人物之一。他是国立青岛大学理学院院长，授课专业是数学，但国学功底很深，尤长于骈文和弈棋，并数十年坚持记日记，他在青岛的日记尚有《万年山中日记》二十四册、《不其山馆日记》三册存世。其中，有很多关于同仁饮酒的记载。

晚应杜毅伯、闻一多之招饮于顺兴楼。同席陈季超、梁实秋、杨金甫、赵太侔、黄仲诚、吴子春、谭葆慎、刘康甫。七时许入坐，觥筹交错，庄谐横生，应召顿洗，信友朋之欢娱，尤旅羁之慰藉也。同游者皆曰：久无此乐矣。洗盏更到已交子刻，归思浩然，急召车返。被酒甚，不能阅书矣。（参见《万年山中日记》1932年6月18日。）

晚赴顺兴楼，嘉宾莅止，肴馔亦精，大学同人，素负豪酒之名。今则东邑几空，雅会不常，非复旧时丝竹矣。诸客犹举籍籍之名，来相纵臾，只可鼓其余勇，以与周旋。终席酣藏，迭为射覆，笑谑间作，酩酊尽欢。偕太侔、毅伯诣宋树三处品茗。迨以车来，先生已颓然横卧，不能夜坐矣。"（参见《万年山中日记》1932年10月15日。）

以上两次宴饮都在顺兴楼，前一次在闻一多离开国立青岛大学之前，后一次则在闻一多已去清华之后。所谓"久无此乐矣""今则东邑几空，雅会不常，非复旧时丝竹矣"，都透露出此前类似的活动是很多的。"庄谐横生""笑谑间作"，可见"大学同人，素负豪酒之名"良非虚言。当时诸贤，雅集尽欢，及校长与诸位教授的交谊之深，从中可见一斑。

四

作为新月派的主要代表诗人，闻一多北上后，不仅与远在上海的徐志摩、饶孟侃等人联系频繁。在他身边，也有梁实秋、方令孺、沈从文、臧克家、陈梦家（1932年3月到国立青岛大学任教）等新月诗人。费鉴照、赵少侯等也是《新月》的作者。国立青岛大学俨然成了新月的一个重要阵地。陈梦家、臧克家素有"闻门二家"之称，是闻一多引以为自豪的两大弟子。曹未风曾说："闻氏在青岛的书斋里，桌子上放了两张像

(相)片,他时常对客人说,我'左有梦家,右有克家',言下不胜得意之至。"(参见曹未风《辜勒律己与闻一多》。)在中国海洋大学一多楼东面,臧克家撰写的闻一多纪念碑碑文中有"先生在校,为时仅二年,春风化雨,为国育才",对闻先生在培养人才方面的贡献做了简要的总结。诸位当然也应该包括对学生及晚辈的奖掖和扶持。

但遗憾的是,来青之后,诗人闻一多已基本"金盆洗手",退出了诗坛。作于1930年,发表于《诗刊》1931年1月创刊号的《奇迹》,堪称"一篇《锦瑟》解人难",被认为是他的封笔之作。尽管经学者们考订,发现在此诗之外,他还有以"沙蕾"的笔名在1935年3月22日《武汉日报·现代文艺》第6期发表的《我懂得》,以及一直为梁实秋所保存的《凭籍》(参见陈子善《闻一多集外情诗》)。但1930年以后,闻一多的确不再创作新诗。有人猜测,方令孺的《灵奇》《诗一首》(发表于《诗刊》1931年1月创刊号,《灵奇》发表于《诗刊》1931年10月第3期),有可能是对闻一多《奇迹》的回答。(参见孙玉石《闻一多〈奇迹〉本事及解读》、桑农《本事新词定有无——方令孺与闻一多》。)不过这也仅仅是猜测而已,文学作品,尤其是中国古典诗词,原本就以多义性为佳,这与"诗无达诂"的传统,形成天然的呼应。关于这几首诗的公案,也许正当作如是观,而不应刻意索隐。

20世纪30年代,中国政局混乱,各大军阀、政党和派系之间的关系错综复杂,进而影响到青年学生。闻一多在国立青岛大学短短的两年居然遇到三次学潮,可见罢课和反抗在那个年代的流行程度。而1932年6月爆发的第三次学潮,则将矛盾直接指向他。学生的《驱闻宣言》里,不仅有"闻一多纠集新月派霸占学校领导权"的控诉,也给闻一多扣上了"不学无术"的帽子。梁实秋感叹说:"在整个风潮里,一多也是最受攻击的对象之一。有一个学生日后回忆说,'记得当时偶尔走经青岛大学旁的山石边时,便看见过一条刺目的标语——驱逐不学无术的闻一多'。'不学无术'四个字可以加在一多身上,真是不可思议!"(参见梁实秋《谈闻一多》。)学潮的后果,不仅仅是直接促成杨振声和闻一多的辞职,也结束了国立青岛大学的短暂历史。1932年7月3日,国民政府教育部电令解散国立青岛大学,不久即改为国立山东大学。黄际遇在学校被解散的第二天写道:"晚饭后仍往一多处茗谈,泽丞(游国恩字)在坐,实秋后至。一多志笃学高,去世绝远,蒙兹奇诟,势不得不他就矣。"(参见《万年山中日记》1932年7月4日。)这也许就是这所大学在那个时代的宿命,"去世绝远"的闻一多又如何可以避开?但如果不是平白地"蒙兹奇诟",也许清华园里会少一份精彩,而追寻诗骚、神话秘密的那些力作,依然会以如此神采存留于世吗?这似乎已经超出了我们的想象范围。

追怀闻先生在青岛的遭遇,想象他当年的悲喜与无奈,再看看他在《青岛》一文中的一段话:"那儿再有伸出海面的栈桥,去站着望天上的云,海天的云彩永远是清澄无比,夕阳快下山时,西边浮起几道鲜丽耀眼的光,在别处你永远看不见的。"我们或许会疑惑:那"几道鲜丽耀眼的光",真的"在别处你永远看不见"吗?不禁想到老杜"鸡虫得失无了时,注目寒江倚山阁"(《缚鸡行》)的话来,对黄山谷"坐对真成被花恼,出门一笑大江横"(《王充道送水仙花五十枝欣然会心为之作咏》)的诗句,实在是别有会心。历史从来不可以假设,何况我们都是俗人。

2024 年 3 月 5 日改定

欧阳霞

梁实秋：流连而不忍离去

当梁实秋在台北的家中接过女儿辗转从青岛带去的一瓶海沙时，已经是一个垂暮的老人了。晚年的梁实秋每每凝望海沙的时候，那些曾经呼啸在他年轻血管的，曾经流淌在他激情笔端的，曾经让他哭、让他笑、让他歌的往昔生活一瞬间从心底涌起⋯⋯

1930年夏天，梁实秋通过闻一多结识了国立青岛大学校长杨振声，杨振声邀请梁实秋和闻一多赴青岛任教，那一刻伸向梁实秋的橄榄枝如同一道生命的曙光般意义非凡。那时延续了三年的文坛论战令梁实秋精疲力竭，他也早已厌倦上海令人窒息的喧嚣和刻薄。1927年1月，梁实秋在《复旦旬刊》创刊号发表文章《卢梭论女子教育》，对法国启蒙思想家卢梭关于男女平等教育、注重女子经济独立等观点进行了批评。梁实秋认为男女在"自然"上便是有差别的、"不平等"的，所以即使主张女子经济独立，即使女子比男子做得还好，"她已失去了她的女子特性"。此文一出，立刻引起轩然大波。最先惹恼的是复旦大学的学生。一位署名"振球"的女生写文章质问梁实秋："我们不晓得梁先生的居心究竟怎样？难道要我们女子永处于被男子玩弄、压迫的'特性'地位，男子可以做的事，我们永远不好去做吗？"另一位署名"研新"的学生则写文章讽刺梁实秋，大意是：梁老师你是不是误解了卢梭的男女平等观念？你所谓的男女有别，不是瞎胡扯吗？

生于书香门第，求学于清华大学和哈佛大学，思想理念深受其老师白璧德影响的梁实秋，一时间承受不了学生的批评，他立刻致信《复旦旬刊》编辑部称："吾人撰述学术文字，首宜屏除意气，在文字方面尤当力求点检，粗俗鄙陋之词句，与讥讪挪揄之语调，皆应避免，因讨论学术之文字，体例固应如此。近人为文，常趋于轻浮一派，且喜牵涉个人，非所以讨论学术之道也。秋之专攻，在于批评，故读他人评我之文最为欣幸，惟批评之态度必须求其严谨耳。"显然，这封信更多的是个人权威受到学生挑战后的情绪释放，回避了对问题的回答和讨论。由此可见,梁实秋那时完全没有论战的准备,他做梦都没想到一个强大到他无法抵御的论敌正在向他走来。1927年10月,鲁迅应陈望道邀请到复旦大学演讲。读到《卢梭论女子教育》一文后,树人兄眉头一紧,心生警觉,这位名不见经传的作者岂不是要开新文化运动的倒车吗?于是,鲁迅在《语丝》周刊上连续发表《卢梭和胃口》《文学和出汗》《拟豫言》等文章驳斥梁实秋,刀刀见血,飞花摘叶皆可伤人。随后,鲁迅的好友郁达夫也在《北新》半月刊发表《卢梭传》《翻译说明就算答辩》等文章,接着复旦学生,劝告梁实秋"多读几年卢梭的书再来批评他罢"。当时留学归来的梁实秋只有二十四岁,虽因写了几首新诗被称为"豹隐诗人",但与已是文坛巨擘的鲁迅论战,简直就是以卵击石。但年轻气盛的梁实秋还是奋起应战,不断写论文坚持将永恒不变的人性作为文学艺术和文学观,否认文学有阶级性;不主张把文学当作政治的工具;批评鲁迅翻译外国作品的"硬译"……一石激起千层浪,梁实秋遭到左翼作家群体的围攻。于是,这场文坛论战如无法扑救的山火般熊熊燃烧,绵延不绝,论战主题扩展到"文学的阶级论与人性论""第三种人"、翻译理念、文艺政策等话题,也逐渐由学术争论发展到意气之争。梁实秋在《答鲁迅先生》中影射鲁迅等左翼作家"通共""通俄"。是可忍孰不可忍!鲁迅撸起袖子写下了后来收入中学教材的名篇《"丧家的""资本家的乏走狗"》。"资本家的乏走狗"这顶帽子,梁实秋一辈子都没有摘掉。而这场论战一直延续到鲁迅去世。

1930年,杨振声为新成立的国立青岛大学招揽人才,梁实秋和闻一多携手奔赴青岛,逃离了沪上的纷争。

青岛红瓦绿树,三面临海,"山坡起伏绿树葱茏之间,红绿掩映",梁实秋纷乱的心绪渐渐被安抚,他决意远离文坛硝烟而潜心读书、教书和写作。梁实秋在青岛鱼山路7号(现为鱼山路33号)租下一栋小楼,任教于国立青岛大学外文系,担任英国文学史、文艺批评等课程的教学。在课堂上,他声情并茂地讲授西洋戏剧的代表作和发展史;讲授莎士比亚的生平和剧作;讲授弥尔顿的史诗《失乐园》……梁实秋对自己的教学自信满满,他对学生说:"我讲课,只要听之者不是下愚,不是根本不听,总能得其梗概,略具颖悟,稍加钻研,必可臻于深到。"而学生也总是将敬佩的目光投向梁老师。

那时候,梁实秋天天步行到校,身着中式裤褂和飘逸长袍,行走于崎岖小路,风神潇洒,旁若无人。除了教学,梁实秋更多的时间用在读书、写作和翻译上。他给自己制定了一个庞大的读书计划,书目中包括《十三经注疏》《资治通鉴》《二十一史》。

梁实秋还兼任国立青岛大学图书馆馆长。学校初建,藏书不多。为了学校的图书建设,本不想再回上海的梁实秋还是赴沪采购图书,并四处搜罗各类书籍。当梁实秋听说崂山太清宫藏有一部珍贵的《道藏》时,立刻求助教育部帮忙将《道藏》移至国立青岛大学图书馆,但未能如愿。躲在青岛的梁实秋还是躲不过鲁迅的利剑,鲁迅写文章指责梁实秋,大意是:你凭什么利用职务之便,在大学的图书馆下架我的书?梁实秋没有应对。直到1964年,梁实秋在《关于鲁迅》一文中提及这段旧事,说:"我个人并不赞成把他的作品列为禁书。硬说是我把鲁迅及其他'左倾'作品一律焚毁了,其实完全没有这样的一回事。我生平最服膺伏尔泰的一句话,'我不赞成你说的话,但我拼死命拥护你说你的话的自由'。我对鲁迅亦复如是。"

梁实秋是个特别热爱生活的人,对家庭生活更是充满了想象和期待。到青岛的第一天,他就认定青岛旖旎的风光和凉爽的气候宜于定居。他在《忆青岛》中说:"我是北平人,从不以北平为理想的地方。北平从繁华而破落,从高雅而庸俗,而恶劣,几经沧桑,早已无复旧观。我虽然足迹不广,但北自辽东,南至百粤,也走过了十几省,窃以为真正令人流连不忍去的地方应推青岛。"青岛的干净是"无风三尺土,有雨一街泥"的北平不能比的。

梁实秋租住的房子有宽敞的院子,资料记载院子里栽种了六棵樱花树、两棵苹果树和四棵海棠树。但我估计并不会有樱花树,他在《忆青岛》中说:"樱花是日本的国花,日本和我们有血海深仇,花树无辜,但是我不能不连带着对它有几分憎恶!"我想大概也不会有海棠树吧,梁实秋的名著《雅舍小品》,写于1940年抗战中的重庆,其中《病后杂谈》篇开头写道:"鲁迅曾幻想到吐半口血扶两个丫鬟到阶前看秋海棠,以为那是雅事。"

梁实秋常常自己动手在院内种花植树,一座寻常屋舍,在他的手中变得性灵情致,每当看着孩子们在繁花如簇的院子里嬉戏打闹时,他深切地感受到生活的美好。贤良的妻子、乖巧的儿女、美丽的青岛,他多么想就这样波澜不惊地生活到老。那时候,在他的晚年掀起爱情巨浪,让年逾古稀的梁实秋秒变情窦初开少年的韩菁清女士还未出生。

"我们虽然僦居穷巷,住在里面却是很幸福的。世界上没有一个地方比自己的家更舒适。"在青岛这处幽雅的小院里,梁实秋度过了一生中家庭生活最幸福的四年。也正是在这里,梁实秋开始了最为后人所钦仰也是规模最为浩大的工程——《莎士比亚全集》的翻译。

1930年底,在胡适提议下,中华教育文化基金编译委员会将莎士比亚戏剧的翻译列上工作日程。胡适选定闻一多、梁实秋、陈西滢、叶公超和徐志摩为翻译委员,计划五至十年完成。梁实秋始终毫无保留地投入到翻译工作,他"广泛收集参考资料,发掘未经删节的版本,经过反复斟酌后选择了散文体翻译"除了每周教十二小时课之外,就抓着功夫翻译"。而其他四人,出于种种原因,并未投入这项工作。

翻译是很寂寞的事,尤其是面对莎士比亚多达三十七种的戏剧,外加三部诗集,梁实秋为此"穷年累月,兀兀不休"。这项巨大的翻译工作在他离开青岛以后间断了,直到1967年,梁实秋翻译的《莎士比亚全集》才最终完成并出版,前后花费了近四十年。胡适一直关注着莎士比亚戏剧的翻译工作,他对梁实秋说,等全集译成之时他要举行一个盛大的庆祝酒会。可是,胡适先生没有等到《莎士比亚全集》的出版就去世了。

在青岛的后两年,梁实秋专心治学,也渐渐形成了保守温和的人生态度。他不走极端,不冒风险,但也坚守原则,不随波逐流。青岛山明水秀,但"没有文化",也没有适当的娱乐,天长日久,梁实秋感到日子有些乏味了。本就好酒的梁实秋于是呼朋聚饮,推杯换盏,猜拳行令,经常是薄暮入席,夜深始散。曾应邀到青岛演讲的胡适说:"青大诸友多感寂寞,无事可消遣,便多喝酒。连日在顺兴楼,他们都喝很多的酒。"梁实秋说:"送往迎来以及各种应酬,亦无不出于饮食征逐的方式"。

青岛也绝非世外桃源,20世纪30年代的中国,社会动荡,这一切都不能不影响到梁实秋的宴席，也击碎了他娴静优雅的名士梦。

国立青岛大学爆发学潮，校长杨振声辞职。1932年7月，教育部决定解散国立青岛大学，改为国立山东大学。杨振声、闻一多相继离开青岛，梁实秋却留下来继续在国立山东大学任教。但酒席散了，朋友走了，让梁实秋"流连不忍去"的青岛也越来越空洞起来。正在梁实秋彷徨无着的时候，从北平传来了胡适先生热切的召唤，在给梁实秋的信中，胡适写道："我希望你和朱光潜君一班兼通中西文学的人能在北大养成一个健全的文学中心，我感觉近年全国尚无一个第一流的大学文科，殊难怪文艺思想之幼稚零乱。此时宜集中人才，汇于一处，四五年至十年之后，应该可以换点气象。"胡适又说："看你们喝酒的样子，就知道青岛不宜久居，还是到北大来吧！"尽管当时国立山东大学校长赵太侔先生再三挽留，但梁实秋还是于1934年7月离开了青岛。

2022年12月9日

沈从文在青岛的日子

照片上的沈从文，嘴角总是挂着善意的含情的微笑，像个孩子般纯真又明媚。他用天性中的朴实、天真和自由看这个世界的一切,心地明净。

20世纪30年代,在写作是否可以传授,作家能否培养的质疑声中,新建立的国立青岛大学校长杨振声将"文学创作"列入中文系课程,并"亲登讲坛讲授'小说作法'课"。杨振声在清华大学任文学院院长时就曾与俞平伯、朱自清等一起开设了"高级写作"课。

1930年杨振声到上海邀请闻一多、梁实秋加盟国立青岛大学,同时他也多方打听,想要物色一位写作课老师。徐志摩和胡适向他推荐了当时在中国公学教书的沈从文。当时,杨振声有过一瞬间的犹豫,因为在教育部对大学师资的要求中,大学学历是重要条件,而国立青岛大学的教师,许多都有海外留学的经历。沈从文只有小学学历,按说根本没有进入大学体制任教的机会。但杨振声校长只是片刻犹豫后,坚定地向沈从文发出了邀请。然而,沈从文不仅没有因此感激落泪,反倒犹豫不决。这个自称为"乡下人"的小学毕业生,对自己的才能笃定不疑,像意大利记者法拉奇所说:"我仅凭天赋便能胜过你们苦心钻研。"事实上,在年轻时他就以文学创作和对文学的独到见解,得到很多大学校长的赏识。在国立青岛大学向沈从文发出邀请之前,沈从文就曾在胡适主持的吴淞中国公学以及陈源主持的武汉大学文学院执教。

之所以没有立刻答应杨振声的邀请,其原因或可从沈从文致好友王际真的信中得到答案,他说:"我不久或到青岛去,但又成天只想转上海,因为北平不是我住得下的地方,我的文章是只有在上海才写得出也才卖得出的。"由此可见,青岛并非沈从文的理想之地,他生怕离开上海之后,写不出文章。可是,正值时局动荡,上海各私立大学已停办,如果抛弃教职,专职写作是难以养活自己的。无奈之下,1931年8月沈从文才离开繁杂的上海,来到偏于一隅的青岛任教。他在日记中写道:"学校还是照常上课,地方安静,不会出什么事故。"

沈从文租住在青岛福山路3号,这里一幢德式小楼,庭院曲曲折折,通过石阶可以进入院内,再通过石阶才能进入居室,到了窗口就能望见阳光下随时变换颜色的海面和天光云影了。

沈从文在国立青岛大学中文系任讲师,讲授中国小说史和高级作文课程。在文学创作上自信满满的沈从文,对于教书一直没有信心。性格内向、不善言辞的沈从文第一次登上讲台,竟一句话也说不出口。待了十分钟,才径自念起讲稿来,仅十分钟便讲完了原先准备讲一个多小时的内容,然后望着大家,再也无话可说,最后在黑板上写道:"今天第一次登台,人很多,我害怕了。"学生被他的"可爱"逗笑了。

沈从文自知理论不足,他在文章中说:"为了补救业务上的弱点,我得格外努力。"沈从文要求学生"脱去一切陈腐的拘束""忘掉一切名著一切书本所留下的观念或概念",他不断鼓励学生"一支笔学会大胆恣纵无所畏忌的写下去""这个人所读的书即或不多。还依然能写出很完美很伟大的作品"。他教学生写作,反反复复经常讲的一句话是:要贴近人物来写。他从不给学生出命题作文,谁爱写什么就写什么,自己命题。他给学生作文写的批语,常常比学生的作文还长。沈从文以亲自创作实践的方式向学生示范不同的写作方法和技巧。《三三》就是他在国立青岛大学时为学生示范创作的小说。沈从文在青岛教书期间,"写作很勤,经常出入图书馆,查教学材料"。

然而如此的教学努力,并没有获得他预想的教学效果。由于沈从文重感觉和经验积累而不注重系统传授知识,再加上他讲话声音小,湘西口音重,学生很难听懂。据沈从文自己回忆道:"刚开始有大约二十五人很热心地听讲,但是后来越来越少,一年以后只剩下了五个人,其中还有两个是去旁听的。"

但是,总是有与他惺惺相惜懂得他的学生,正如汪曾祺说:"沈先生的讲课是非常谦抑,非常自制的。他不用手势,没有任何舞台道白式的腔调,没有一点哗众取宠的江湖气。他讲得很诚恳,甚至很天真。但是你要是真正听懂了他的话——听懂了他的话里并未发挥罄尽的余意,你是会受益匪浅,而且会终生受用的。听沈先生的课,要像孔子的学生听孔子讲话一样,举一隅而三隅反。"而沈从文也在青岛发现了一个可造之才,他说:"在那里两年我并不失望,因为五个同学中有个旁听者,他所学的虽是英文,却居然大胆用我所说及的态度和方法,写了许多很好的短篇小说。"沈从文所说的学生就是国立青岛大学英文系学生王弢(1930年入校,后改名王林)。1932年,王林在《现代》杂志第二卷第二期发表了小说处女作《岁暮》。1933年之后,王林曾在沈从文主编的《大公报》的文艺副刊发表小说,并且在《现代》《国闻周报》等杂志上也崭露头角。1935年,王林完成长篇小说《幽僻的陈庄》,沈从文亲自为其作序。沈从文称赞"他那勇于在社会方面寻找教训的精神,尤为稀有少见"。

沈从文一生关怀和提携青年人,对学生更是有求必应。学生写得好的习作,沈先生就寄到相熟的报刊上发表。"经他的手介绍出去的稿子,可以说是不计其数了。"汪曾祺回忆说,"我在一九四六年前写的作品,几乎全都是沈先生寄出去的。他这辈子为别人寄稿子用去的邮费也是一个相当可观的数目了。"臧克家第一本诗集《烙印》出版时,也曾得到沈从文的帮助。

沈从文在青岛教书时,置身于精英群体中,性格又略显孤僻,所以在集体中始终居于边缘位置和游离状态。而且他的小说《八骏图》又不小心讽刺了闻一多和梁实秋，让闻先生和梁先生气不打一处来，也不和他一起玩，沈从文似乎被同事和学生孤立了。也恰在此时，1931 年 11 月的一天，徐志摩空难的消息，犹如晴天霹雳刺向他的心头，让沈从文悲痛到无法言语。沈从文连夜坐车赶到徐志摩遇难地——济南开山，为挚友办理后事。

徐志摩对沈从文有知遇之恩，是知己，是伯乐。一个风流多情的"贵公子"，一个大山深处的"乡下人"，因文相遇，因文相知。

二十岁时，沈从文从偏远的湖南湘西老家跑到北京，一心想读大学，可是小学学历的低起点未能推开任何一所大学的求学之门。偌大的北京，让他茫然失措，从家乡一路背来的书没有一本给他指明方向，天赋的写作才能也没能打动报刊的编辑。北漂的日子眼看着不知飘向何方了。就在这时，沈从文生命中的贵人出现了，他的人生从此迎来了巨大的转折。当年，只比沈从文大五岁，但在文坛已是声名显赫的徐志摩从英国游历回国后，成为《晨报副刊》的主编。有一天，徐主编意外地在废纸篓看到了沈从文的文稿，徐志摩惊叹"多美丽生动""浓得化不开的情怀""天才般的写作才华"……从此，徐志摩一篇又一篇地刊发沈从文的文章，最多的时候，一个月发表了七篇。不得不承认，徐志摩对文章的鉴赏水平如同他对女性的欣赏品味一样高超。除了借"一己之便"为沈从文发表文章,徐志摩还不遗余力地向朋友推荐沈从文。梁实秋说:"由于徐志摩的吹嘘,胡适先生请他到中国公学教国文,这是一件极不寻常的事,因为一个没有正常的适当的学历资历的青年被人赏识,是很不容易。"也就是在中国公学教书时,沈从文对学生张兆和一见钟情。张兆和是民国著名教育家安徽富商张冀牖的三小姐,又是公认的中国公学校花,而沈从文只是一个来自边远湘西山间的清贫男子。沈从文开始频繁地写情书给张兆和,半年写了上百封,却无法打动张兆和。张兆和甚至将沈从文的情书交给校长胡适,希望胡校长管一下这位老师的师风师德。胡适对张兆和说:"他顽固地爱着你。"张兆和说:"我顽固地不爱他。"

在沈从文困苦难当的日子里,是徐志摩的提携,让他走向了文坛,并逐渐走向辉煌。沈从文感慨道:"没有徐志摩,我这时节……不到北平去做巡警,就卧在什么人家的屋檐下,瘪了,僵了,而且早已腐烂了。"

"轻轻的我走了,正如我轻轻的来;我轻轻的招手,作别西天的云彩。"至爱的朋友就这样猝然远离了,沈从文的心情如过路船残留在海上的一缕淡烟般空洞。

在寥落的生活里,一堆日子悠悠地过去了,"青岛不值钱的阳光,同那种花钱也不容易从别处买到的海上空气"抚慰着他那纠缠在爱恨离愁中的心,"海边既那么宽广无涯无际,我对于人生远景凝目的机会便多了些……海放大了我的感情和希望,且放大了我的人格……"。还有一个原因是,在沈从文的苦苦追求下,他的爱情突然峰回路转,张兆和终于答应了他的求婚,并飞奔到了青岛。在青岛的日子大概就是沈从文爱情的巅峰时刻,之后的张兆和以及高青子再也没有给予他刻骨铭心的爱恋。沈从文的心境开始疏朗,眼目开始明爽。他感觉到生命的自信正在寂寞里迅速增长,心中蕴藏着的充沛能量就要爆发了,他清晰地意识到,一个创作高潮即将到来,于是沈从文开始夜以继日地写作。他糅合诗歌、游记、散文抒情,他打破文学形式尤其是小说文体的界线,他的艺术感觉异常超越,他从大自然体会着生命的丰富和伟大;找寻着爱与美相交融的情感;创造着人性中的庄严、健康、美丽、虔诚;抒发着浪漫主义与古典主义的情怀……

在青岛教书的两年里,沈从文写了几十篇中短篇小说和散文,构思成文之快,令人叹服,常常数日之内,便有新作问世。他不仅创作了《八骏图》《三三》《泥涂》《三个女性》等重要小说作品,而且也写出了《记胡也频》《从文自传》《记丁玲》《月下小景》这些散文名著,进入了文学创作的成熟期。沈从文在后来回忆这段创作生活时写道:"可能是气候的关系,在青岛时觉得身体特别好,每天只睡三四个小时,写作情绪特别旺盛。我的一些重要作品就是在青岛写成或在青岛构思的。"

1933 年夏天,在崂山带着大海潮湿气味和草木香味的微风里,沈从文遇到了一个如晨曦般清透的姑娘,她穿着白色孝服从河里舀了一舀水,摆船走了。此情此景突然勾起了他十七年前在湘西县城里看到的那个温柔的姑娘,两个女孩以及身边的张兆和就这样叠合着存在了他的心中,后来便成了不朽名著《边城》中的翠翠。

1933 年,沈从文从崂山回来不久,杨振声已经辞去国立青岛大学校长之职,到北平主持中小学教材和基本读物的编写工作。杨振声来信邀沈从文,于是在上半年学期结束后,沈从文便打点行装,离开青岛,去了北平……

2022 年 12 月 29 日

王统照:青岛新文学的拓荒者

在中国海洋大学鱼山校区图书馆前的草坪上,王统照先生的雕像谦和地独守在阳光和青草间,引领着每一次瞻拜仰望和每一次肃然起敬的目光。王统照是 20 世纪前五十年中唯一真正与青岛联系最为紧密,在青岛居留时间最长的作家。

1913 年,十六岁的王统照在完成私塾教育后,离开家乡山东诸城到了济南,进入育英中学读书。五年后,王统照前往北京,就读于中国大学英国文学系,随后在新文学运动的初期,他与茅盾、郑振铎、许地山等十二人发起建立了中国新文学史上第一个纯文学团体——文学研究会。这一时期,王统照创作、翻译了大量小说、散文和新诗,成为与叶圣陶、冰心、朱自清等齐名的具有影响力的作家。

1926年7月,王统照接到母亲病危的消息,匆忙辞职从北京赶回故里。1927年,母亲去世后,王统照似乎再也没有逗留在家乡的理由了,于是他决定举家迁到青岛。20世纪20年代的青岛"风景美丽如绿洲,文化冷落如沙漠",王统照之所以定居于青岛,是因为青岛之"地广俗朴,风候宜人"。他托人在青岛买下了观海山西坡的一亩多地,盖了十几间平房。这里的风景让正在经受丧母之痛的王统照感受到了心情的平复,"每天下午,太阳光正射在院落里,夕阳西下,照得海水一片通红,海色天风,最适人意"。为了看海,王统照还在书房外特意修了一座小平台,起名为"望海台"。每到黄昏,王统照瘦弱的身影就会出现在望海台上,凭海临风,任风将长衫高高地吹起。

迁居青岛后,王统照先后在铁路中学和市立中学任教,1929年,王统照发表了在青岛完成的早期作品《刀柄》《火城》。此后,他又创作了《海浴之后》《沉船》等。经过济南、北京的历练,王统照最终在青岛完成了人生蜕变,也完成了一个作家的职业积累。

1929年9月1日，王统照创办了青岛历史上第一份新文学刊物《青潮》月刊，由青岛书店出版发行。王统照在《青潮》发刊辞《我们的意思》一文中写道："文艺自不能以地域为限，但在这风景壮美及近代的新都市的各种刺激与现示的青岛，我们平常想望着有这种刊物，这不是为'河山生色，乡土增光'，或是迎合社会需要之陈旧的与投时的货品的观念，但在天风海水的浩荡中迸跃出这无力的一线青潮也或是颇有兴致的事吧。"表达了试图推动青岛参与到全国性的办刊办报的运动中去，成为中国文学阵地的宏大愿望。

然而《青潮》并未如王统照所愿成为表达思想的广阔天地和长久力量，在它的创刊号上除了《我们的意思》《编辑后》两篇发刊辞和编者按之外，登载的全部作品包括王统照的小说《刀柄》、李同愈的小说《父子》、王玫的诗《漫漫夜》、杜宇翻译的数首外国诗歌、德国哈森克莱弗的喜剧《决定》、姜宏翻译的童话《小彼得》、庸人的长诗《石堆前的幻梦》、息庐翻译的丹麦甲考孙的《两个世界》以及提西、梦观的两篇小品文。其中，王统照、李同愈、杜宇、姜宏、王玫等人皆为《青潮》的编辑。《青潮》虽称为月刊，但实际上时隔三个月，也就是1930年1月1日才出版了第二期，之后就因为经费与稿源等原因被迫停刊了。

但夭折的《青潮》却像报春的第一抹新绿,意想不到地引发了青岛文化的春天。自《青潮》之后,青岛的报刊和学生创办的文学社犹如雨后春笋,特别是所谓文艺刊物正各自在这大时代中争着,奋跃着,挣扎着,呻吟着他们未来的革命。这究竟是一个蓬勃的现象"。青岛当地"报章繁兴,印刷鼎盛,以视前期,不啻相去十倍"。据统计,20世纪30年代青岛的中文报纸有《青岛时报》《青岛民报》《正报》《青岛晨报》等近二十份,外文报纸有《泰晤士报》《大青岛报》《青岛公报》等近十份,外文报纸的数量超过了天津、汉口等城市,直追上海(十一家)。这是一个前所未有的青岛报业发展的时代,"在社会上,在思想上,在我们这样民族的国家里,一切时代意识的认识已给予我们对于渺茫的前程有微光的启示与希望……"。

王统照是青岛新文学的拓荒者,是文人圈中的核心人物,他在观海二路49号的居所自然成为青岛文人们的聚集地。虽然那时王统照并非大学教授,但当时在国立青岛大学(国立山东大学)的杨振声、闻一多、老舍、洪深等常常登上他的望海台谈文论道,把酒品茗。每当这时候,王统照的眼里就会放射出异样的光彩。观海二路49号更是文学青年的向往之地,当时还在国立青岛大学求学的青年臧克家更是得到了王统照的帮助和提携。臧克家在回忆文章中写道:"剑三(王统照字剑三)很重友谊,真诚待人,给人以温暖,如陈年老酒,越久越觉得情谊醇厚。对我这个后进，鼓励、扶掖，不遗余力。我的第一本诗集（即《烙印》），他是鉴定者、资助者，又做了它的出版人。没有剑三就不可能有这本小书问世。"在观海二路的书斋里，青岛的文人们一同"送走过多少度无限好的夕阳，迎接过多少回山上山下的万家灯火"。

王统照在《〈银龙集〉序》中说："民国十五、六、七年间，我寂居海隅，身体多病，消磨日子于种种的苦闷情绪之中，渐渐把已往的青年心理与对人事的简易看法逐渐改变。沉静悒郁的寻思，冷眼默看的观察，虽然有'离群'之苦，却增加了人生的清澈认识。"在"国破山河在，城春草木深"时刻，王统照的望海台，让他看到了大海的苍茫，也让他看到了"在北风呼啸的天气里，衣服褴褛的穷人流浪在街头，侵略军的水兵酗酒行凶，国民党的警车横冲直撞……"，于是他深入青岛社会，了解民情，调查采访，开始了《山雨》的创作。这部以青岛和胶东为背景的小说，描写了动荡的时局，农村的破产，预示了风暴即将到来，并深刻分析了"北方农村崩溃的几种原因与现象，以及农民的自觉"。无论是农民与城市的突发性的无奈遭遇，还是新生的青岛一代对背井离乡者命运的影响，《山雨》都是具有开拓意义的叙述尝试。1933年《山雨》出版后，社会反响强烈，成为新文学史上现实主义里程碑式的奠基之作，因与茅盾的《子夜》同一年出版，因而，那一年被文学评论界称为"子夜山雨年"。然而《山雨》的出版,也让王统照遭受了飞来横祸,国民党中央宣传委员会以《山雨》"颇含阶级斗争意识……予以警告,勒令禁止发行",王统照被列入"危险人物"黑名单中。此时的王统照不得不离开青岛返回故乡,变卖田产,被迫赴欧洲游历了一年。1935年春,王统照回国,在青岛创办《避暑录话》周刊,1937年,迫于青岛时局的紧张,王统照举家迁往上海,这一去,就是八年。

1945年夏,抗战胜利后,王统照全家再次迁回青岛。回到观海二路,眼前的宅子已是家徒四壁,家具、藏书、资料都被日本人抢劫一空,王统照不禁从心底涌起无限悲凉。1946年8月,国立山东大学在青岛原址复校,王统照应聘为国立山东大学中文系教授,主讲中国现代文学史、现代小说等课程。他看到被劫后的学校图书馆已无藏书,便将自己尚存的三百多种线装地方志转赠给了学校。王统照知识渊博、学问高深、治学严谨,在教书的日子里,他不断教导学生如何明辨是非,分清敌我,走上革命的道路。他恨不得将毕生所学所悟倾其所有教给学生。在学校期间,他一面教书,一面继续文学创作。仅1946年至1950年的四年期间,王统照所写的小说、诗歌和译作达一百三十余篇。

在青岛解放前夕的日子里,王统照奋不顾身地支持"反内战、反饥饿、反迫害"罢课示威游行,支持学生运动,从不向任何势力低头。他在演讲中高呼:"国无宁日,何谈学习!同学们!我们坚决支持学生运动!学生的行动是正义的,誓做你们的后盾!"郑振铎在《忆王统照先生》一文中写道:"表面看起来,王统照先生是随和得很的人,但他是有'所不为'的!他是内方外圆的,其实对不正义之事,他从来不肯应付,或敷衍一下,他疾恶如仇。他从来没有向任何罪恶势力低过头。他在国立山东大学做教授的时候,乃是一盏明灯,照耀着学生们向光明大路走去。"

1947年夏,王统照因支持学生运动,遭到校方解聘。同年,他的《银龙集》出版。此后不久,王统照在一个他相信光明的时代即将来临的时候,离开青岛前往济南任职。

2024年2月24日

追忆杨自俭先生

罗贻荣

　　生命中总有这样的人,他已离开你,但他的言行以及与他有关的事与物却挥之不去,时常不经意间在脑际浮现。杨自俭先生就是这样一个人。

　　一直想写点什么倾吐心中的怀念,但考虑到笔拙墨浅,这份情感便一直放在自己心中。时逢海大百年校庆,中文系两任系主任熊明教授和徐妍教授吁请献文,于是又想起这位在海大恢复人文学科建制的事业中扮演过重要角色、为中文学科发展和它今天的壮大奠定坚实基础,也曾指引过我的人生之路的师长,正好借此机会实现一个心愿,也对应"征文启事""缅怀昔日先贤……海大之一人一事……一情一感、一念一想、一亲一爱……形诸笔端"的题旨。杨先生的品格、地位与贡献,学界和本单位皆有公论,我仅从一个晚辈的亲身经历来谈些我记忆中的所见所闻与所感。

我1995年来海大时,杨自俭先生是外国语学院院长兼我所在的对外汉语教学中心(中文系前身)主任。初见先生的印象,质朴、和蔼、直率,不乏风趣。那是一个伏案于办公室、头发已花白的年长学者,办公室里除了办公桌还有一张硬板床;一家人住在红岛路一个被他戏称为"冷热斋"的套间,不太宽敞的屋子里堆满书籍,和他们住在一起的还有他年迈的父亲。先生很多时间都在办公室里度过,那一百三十多篇文章、十多部译著和编著大部分都是在那里完成的。

杨老师跟年轻人谈话,大抵都是在对他们如何做学问方面进行鼓励、引导,几近言必称学问。他在不同的场合强调学术研究是一位大学教师的立身之本,这在我一个不算勤奋或曰有些惰性、又常常受小说翻译和事务性工作牵扯的人听来,暗觉芒刺在背。一次我去先生家(那时他已搬进浮山校区"静远斋")拜访,先生高兴地从书架上取下一本他刚收到的作者签名赠书,曾繁仁教授主编的《20世纪欧美文学热点问题》,告诉我书里有一篇专论我的译著《小世界》的文章,书中还收入了我的"译后记"。这是我第一次知道那本书。先生对我说:"你还年轻,将来一定会超过我。"虽然自觉绝无这种可能,但先生的鼓励还是让我感动。杨老师还对我的具体学术研究方向和方法提出建议,他说我可以研究英美小说理论发展史,先做历史梳理并进行批评研究,这样可以为将来进一步理论创新打下基础。当时英美小说理论的系统研究在国内的确还基本是空白。但凡我有些许杨老师那样的勤奋,按他的指点去做,今天做课题就不需要花时间补课了。

我的第一本学术著作《走向对话》出版时,忙于学会(时任中国英汉语比较研究会会长)工作和自己的教学、研究的杨老师拨冗为我作序。关于杨老师作序,任东升教授曾在一篇文章中写道:"杨自俭先生在国内译界享有崇高威望,……学人著书立说,以得杨序为荣。"现在重读先生为拙著所作序言,犹如聆听先生留给我的学术遗嘱,有万千感慨。序中,先生呼应拙著主题别开生面地采用了此前三十一篇"杨序"中未有过的对话形式,提问者为"W",代表"Who",回答者为"AO",代表"Author+Others",这一形式让不同时间和空间、不同身份、与作者有着不同关系的人卷入对话,就拙著的价值和所涉学术问题展开讨论,此设计可以说深得巴赫金对话思想之精髓;对拙著的评论中,包含了先生对理论研究与应用研究的关系、成功的应用研究之标准、语言文学与文化比较研究的一些深层次问题、消费社会本质问题的深邃思考,以及对批判性研究方法、引述规范与学术道德、学术研究范围主次选择等问题的独到见解,言语之间先生对后学多有夸奖,不过我认为并非我真做得那么好,那是他对我的正面鞭策并提出更高的要求。先生作序,非应景敷衍,非倾心投入无以成此厚重之序。

对晚辈在学术上的努力和进步先生不吝赞词,但其实他对做学问有高标准。于志刚校长将先生的精神概括为"真",我认为这个"真"包含一个"做真学问"。在谈到各级各类研究项目和课题时,先生言道:"做了这么多项目,花了这么多钱,人文社会科学的重大问题,有哪一个是靠它们解决的?有些人傻,弄那么多课题累死自己,也没做出什么学问。"这是先生所说的又一句真话。当时年纪尚轻的我,将他的话简单地理解为他对这些项目意义或价值的不认可,自己某种程度上也受了这种误解的影响,一度长期对项目申报不感兴趣。但实际上,先生并非反对项目本身,而是对做项目有着更高的标准,他的话也体现了对学术界的一种批判精神,殊不知学术领域人畜无害但毫无意义的玄、空、大、水文章和项目成果并非罕见。先生自己在语言学、对比语言文化研究和翻译学领域的成就与学术引领作用受到学界公认,但先生没有出过一本自己的"专著",没有申报过一个课题,而以他"官至"国家一级学会两届会长、本校先后三个学院院长的身份便利,做这些事都是不难的。这一点,可能为学界仅见。以我的理解,先生对自己做学问的标准和要求尤高,认为自己还没有达到一定高度或者自成体系,不足以著书立说。

杨先生在学界的影响从一件小事上可见一斑。山西一所知名大学的一位研究生前来学院应聘,面试后我与应聘者攀谈,当得知面试时提问的是杨自俭先生时,她惊得瞪大了眼睛,"他就是杨自俭"!原来她本科读英语专业时读过先生的文章和他主编的书。

我曾有一段作为先生的下属与他共事的经历。不同学校不同学科有自己的发展渊源,就海大来说,是重建的中文学科孵化了新闻学科,而新闻学科初创时期的直接领导,就是时任文学院常务副院长、后又兼任独立出来的新闻与传播学院院长的杨自俭先生。这里简单介绍一下海大新闻学科的缘起:海大恢复中文系后的第一任系主任孟华教授有个创意,提议新设"网络中文信息处理与编辑"本科专业,将方案送到学校,在时任分管教学的副校长于志刚教授的支持下学校决定新建新闻系,并由我担任系主任。杨院长的渊博学识、丰富经验和卓越领导力,对新建系和学院的学科建设与发展规划、专业设置、人才引进,高层次学术交流,都是不可或缺的,他是当之无愧的掌舵者。建系伊始,杨院长就带我到北京大学、清华大学和北京广播学院(现中国传媒大学)考察,对标国内名校,了解新闻学科的发展趋势和建设经验。先生亲自为学院新生做讲座,传授为人为学的经验和心得,分析当前新闻教育所面临的挑战和问题。作为我的直接领导,杨院长对我这个新手和办公室素人的每一点付出,都给予肯定。在一次学院学科建设研讨会上,我做了有关国内外传播学研究和学科发展现状与趋势的发言后,杨院长说:"这个年轻人有一点非常值得肯定,就是善于学习新领域的知识。"在具体工作中,杨院长对下属既悉心指导又充分信任。我受委托为汉学系做了一个实验室方案,系主任刘老师说这个方案做得细致、合理,完全可用,并告诉杨院长方案是我做的,刘主任后来将杨院长的话转述给我:"我知道,他做事很认真,可以放心。"先生这句话让我心里一暖。在杨院长的带领下,新闻与传播学院初具规模,我作为系主任和副院长在近五年的时间里也愉快地投入了自己绝大部分时间和精力。学院建设了两个本科专业、多个实验室以及基本师资队伍,奠定发展基本框架。然而,由于我的学术兴趣、研究方向等原因,我对自己在新闻学院工作的定位始终是学院暂时人手短缺时的"客串",待适量的人才引进之后我要回到中文系。杨院长说,做领导是不得不干才干,他理解我在这个学院所做的学科建设、学术交流等工作的确跟我的专业没有什么关系,对我的学术研究也没有帮助,一番话饱含对年轻人学术前途的关心和体谅。他支持我出国访学,并亲自撰写推荐信,也理解我回国后回归中文系的想法。对先生来说,新闻学科的领导工作只是他一生事业中十分微小的一部分,但对该学科的创建和发展来说,先生功不可没。在他领导下工作几年,就我所得到的锻炼和先生给我的言传身教来说,是我人生经历的重要组成部分。

我曾经向先生抱怨自己忙于学院事务,没法做自己的研究。先生批评我说,会工作的人让别人跟自己一起工作,就可以挤出更多时间做自己的研究,有些事务性工作就是雨过地皮湿。但在我看来,先生自己对许多事情何尝不是亲力亲为。在每次会议,特别是需要做重要决定的会议(比如晋职评审推荐和排序、政策编制和修订)之前,他都会通读所有有关材料,做到心中有数,而不仅仅是会上听人汇报。这个我觉得许多人,包括我自己都做不到。作为领导和长者,他家的大门永远为同事敞开,随时欢迎来访,这也不是每一位领导都能做到的。尽管如此,先生每年仍有多篇文章发表,我曾连续几年替他将科研成果录入系统(先生虽然可以熟练地使用电脑写作,但不会或者不喜欢网上填表),对此甚为了解。现在想来,先生让我"代劳",是不是有鞭策之意?也许是"心虚"的我想多了。大家如先生,是我们的榜样,然而在许多方面,我们只能仰视。我是否可以做一个大胆假设,如若没有各种管理工作,先生将他一生所有的时间和精力投入学术研究,他的有着他所理解的创新理论并自成体系的专著也许就产生了。这个假设能否成立，可能还涉及一些无解的复杂问题。

先生对年轻人和同事亲切、随和、春风化雨，但他为人也十分耿直。这使他有时容易得罪人，也因在职务晋升、福利分配等问题上坚持原则而让某些同事感到不理解，蒙其恩者言其寡恩，说他"卡人"者有之，恨其不重用自己者有之，怨他挡道者有之。然而，先后在国内外多所大学待过的我认为，比他更为公正无私的领导，不多见。先生倡导学术、提携年轻人，千方百计为引进的优秀人才争取较好工作和生活条件，但做领导多年，他甚至没有为自己建过一个研究所。他的公正和原则，也不会因为"亲疏"而变形。我曾与一位海外归来、年长于我的同事同时申报教授职称，我的申请未获通过。有同事跟我说，我在杨先生手下工作，为院里和系里付出那么多，评职称理应向我倾斜，并问我，评审结果杨先生都没告诉你？我说没人告诉我。不久后先生对我说，那位跟我同时申报的老师的著作他仔细研读过，作者下了功夫，在学术上有较高价值，你还年轻，职称早一年晚一年别太在意。我并不自以为与先生"亲近"，我了解先生的为人，完全认可他的判断，承认那位同事的优势（当时我前面提到过的著作尚未出版）。

杨先生是一些人口中的"工作狂"，他难免对家人疏于照顾。作为父亲,他可能在帮子女扣好人生第一粒扣子后,其他的事情便无暇顾及。先生生前言谈之间常常流露出对师母为家庭奉献,特别是亲自接来老父亲赡养,为他分担作为家中长子责任的感激,也流露出对一双优秀儿女的自豪。先生给予家人的,是或许缺乏绵柔与朝夕的大爱。先生也曾叮嘱我,要管好孩子的教育,他用当时的流行词说,人生最大的悲哀是"父母退休子女下岗"。

先生还有几条"语录"我一直记得。我参加学校教学评估时他作为评估专家给我提出"方法论是钥匙"的意见,要重视向学生讲授欣赏和研究文学的方法,可能一下子做不到,但可以一步步向那方面努力。那之后我越来越认识到方法论对学生学习和研究的重要性,在本科教学中,我有意识地以各种理论方法、从不同视角分析同一部作品,并让同学参与讨论,我还专门给研究生开设本学科方法论课程。先生常说"做学问从提问题开始",这成为我写文章前首先考虑的事情,提不出新问题,便没有写的必要。先生还说,"想当官想赚钱就别来大学""早一天看穿名权利,早一天受益",近二十年前的"警世"之言,仿佛穿透时空。

人生是一部成长小说,在重要的"成长"阶段有杨自俭先生这样一位"领路人",乃我之幸。是先生让我懂得,做学问应该有怎样的标准,大家风范之为何,大家的成就如何创造出来,其声望是如何形成的。先生并非全无短处,但他的人格、精神、学问,尤其是他对后学和真人才的大爱,对真学术和大事业的追求与献身精神,是海大和海大中文学科人文积淀宝贵的一部分。

2024 年 2 月 28 日

那一年，人间四月

——永远缅怀杨自俭先生

徐 妍

　　2024年10月，海大人就要迎来学校的百年华诞了。在这一历史性的时刻，逝去的历史时光会被海大人庄严地追忆。那些为中国海洋大学的发展作出了非凡贡献的海大人应该被时间所铭记。

　　中国英汉语比较研究会会长、时任文学院常务副院长杨自俭先生就时时清晰地浮现于我的眼前。原来，杨自俭先生一直没有离开过我们的学校和我们的学院，也一直没有离开过我的记忆。此时此刻，2009年4月的画面仿若如昨……

　　回到2009那一年的3月至4月，天气转暖，大地回春。常常，一大早，在小而暖、静而幽的浮山校园里，迎春、连翘、桃花、梨花、樱花、紫荆、玉兰等竞相开放。那种海滨城市特有的清新之气，混合着一缕一缕悠然荡漾开来的花香，既报春，又报晓。姹紫嫣红的花朵，让人不禁想起李白的诗句：东风随春归，发我枝上花。可是，似乎一个瞬间，那些曼妙的生命又随着一阵疾风、一场苦雨飘然飞逝，寂然不见。可是，春雨过后，沐浴而出的太阳照样悠然自得地升起在天空，放射出耀眼的光芒，慰藉着茵茵绿草上聚拢又飘散的花魂。精灵一般的花魂，安静极了，人们无法想象狂风疾雨带给花儿们的伤痛。

"四月是残忍的季节"，艾略特在《荒原》中说。但好多年来，我一直迷惑不解。直到年岁增长，目睹如花朵一般美好生命的消亡，才真切体味出这诗句中的愤怒与绝望，凄清与悲凉。作家白先勇在中国海洋大学讲学时曾说过："一看见落花就心痛。"是啊，四月，正值春意盎然的季节，如春花一样美好的生命怎么会转瞬消逝了呢？

同样令我难以置信的是：四月，一向身强体健、精力充沛的杨自俭先生怎么会猝不及防地辞别了他所眷恋的海大的校园呢？我的电子邮箱里的《七十抒怀》一文，明明还散发着先生的情感的温热，怎么会竟然成了先生发过来的最后一封邮件！

2004年4月的温暖场景永难忘怀。

那是我来海大求职的温暖记忆。求职，对于20世纪90年代以后毕业的大学毕业生来说，是一个熟悉的生活内容。但对于我这个还保留着浓厚的计划经济时代印记的20世纪80年代大学毕业生来说，的确有些陌生。何况，全家搬迁，对于我来说，不是一件小事情。如何能够安心地将自己未来的日子和一个举目无亲的城市联系在一起？这对于四十岁从北京大学博士毕业、重新开始新生活的我来说，是一个未知数。青岛固然是一个让我一见钟情的海滨城市，可过日子最不可靠的就是一见钟情。我不能确定这个城市的某个角落是否能够为我提供一个温暖的心灵居所。但是，我一到海大浮山校区文学院，就见到了时任学院党委书记刘孔庆和时任学院副院长朱自强教授、院办主任刘世文等领导、老师，一种如归家般的温暖氛围让我消解了许多顾虑。中午，在一家风景宜人的自助餐店，我见到了时任文学院常务副院长的杨自俭先生。记忆中，那时刻是正午十二点已过，一位身着褪色的铁锈红夹克衫、面色红润、浓发夹带银丝的年长学者笑眯眯地向我们走来。经介绍，这位年长学者就是杨自俭院长！先生刚刚下课。先生的右手提着一个铁锈红的尼龙绸袋子，沉甸甸的，书脊的棱角清晰可见。这个尼龙绸袋子真真太平常了！完全不像一位名学者的装备。这个时代的名学者，大多配备着与名气、地位、学识相一致的各种品牌手提包和背包。有的新潮学者上课时还携带着考究的电脑包。而先生的尼龙绸袋子却大为不同，很难将它与中国英汉语比较研究会会长、语言学界和翻译学界的著名学者、中国海洋大学外国语学院院长兼国际语言文化交流学院院长、文学院常务副院长兼新闻传播学院院长等头衔联系在一起。如果不仔细打量,类似于北京大学新生误将季羡林先生当作校工的故事,恐怕也会发生在他的头上。整个午饭的过程,先生没有一句客套的话,仿佛已经将我当成了海大文学院这个家庭的一员。先生的话语不多,究竟说了哪些话,我后来已经记不真切了。但我却记下了他那带有山东鲁西南口音的普通话,亲切、温暖,让我感到心态很放松,竟忘记了自己此行的目的是求职。第二天,我早已忘记了先生就是我未来工作单位的院长,完全将他看作一位可亲、可敬的温暖前辈。先生也确实事无巨细地关心着我未来工作与生活的许多重要事情:从我过去的专业到未来的发展;从家人的生活到老人的健康;从孩子的上学到家人的工作。临别青岛前,先生赠以他新近翻译的、由译林出版社出版的英国小说家 E. M. 福斯特的经典小说《印度之行》。我满怀依恋地告别了海大的校园,期盼着早一点加入这个温暖的文学院大家庭。正是这份依恋和期盼,抚慰了我与生活了三年的燕园作别时的伤感。

2004 年 6 月上旬,我告别燕园,如期来到浮山校区的中国海洋大学文学院报到。我再次见到先生亲切、温暖的笑容。此后,在浮山校园,见到先生的次数多了起来。先生还是提着那个铁锈红的尼龙绸袋子,还是常常穿着那件褪色的铁锈红夹克衫,步履轻盈,也还是笑眯眯的,一副快乐得不得了的神情。可是,先生太忙碌了,我再难相遇四月里与先生漫谈的自在时光。据同事介绍:先生本已荣休,且已为荣休的人生做了一番规划,但学校需要他重新工作,便服从了学校的需要。返聘后,先生身兼数职,除了文学院常务副院长之外,还兼任新闻学院院长,还要承担外语学院的课程、从事科研等等。因此,先生每天总是忙得不亦乐乎,甚至没有午睡的习惯,每天睡眠不超过五小时,却依然精神饱满,也依然还是笑眯眯的,仿佛永远都是一副快乐得不得了的神情。不过,不久,在全院老师参加的一次会议上,我终于见到先生也有收起笑眯眯的神情的时候了。当先生向全院教师讲到当下学界的一些弊端时,一脸严肃地提醒老师们:一定要认真做事。先生又加重语气,说:"你不信认真?谁不信谁吃亏!"随后,一些小事情让我真正"领教"了杨先生所说的"认真"。一次,我去报销自己的科研启动费,先生竟很认真地过问我的每一张票据,叮嘱我:出租车费不合适报销过多。还有一次,我去北京开会,以为学院能够资助。回来后,先生对我说:"现在学院还没有这样的先例。"我只有用自己的科研启动费报销了全部的差旅费。最难忘的是我的书稿出版受阻,先生竟花费宝贵的时间认真地帮我阅读书稿,并提出宝贵的意见。2006年春季学期结束之时,先生完成了他被返聘的使命,终于卸掉了繁重的常务副院长的工作。

先生终于彻底荣休了。先生终于可以不必再以学院、学校的工作为自己最重要的事情了。先生也终于可以在晚年自由自在地和家人相伴了。我在早市上可以看到先生的身影了。先生可以买菜、过日常生活了。我在浮山校园里不止一次看到先生和夫人邵老师一道散步,先生可以心无挂碍地享受自己的闲暇时光了;不止一次地看见他提着那个砖红色的尼龙袋去外地大学讲学,先生也可以尽情地"云游四海"了。记得在先生彻底荣休后的第一个春节,我去拜年,看见了他的老父亲和老岳母。先生对我说:"将老人接来住,是早就想好的计划,就是一搁再搁。"荣休后,先生在有序地为家人"还愿"。终于,轮到先生偿还自己了。他写下了随笔《七十抒怀》,分享给学院的老师们。在这篇随笔中,先生写道:"七十岁,我的人生才刚刚开始。"我读后暗喜:先生在壮美的夕阳中,以素朴之心抵达了生命的彻悟和解放!在七十岁,先生终于可以做回自己了。他可以写自己想写的书和文章,可以圆自己的梦,还自己的愿,更可以随心所欲地做一切想做之事。在当代中国,有责任感、使命感的中国知识分子,大多在情感的天平上,将国家、集体、单位、同事、学生等等概念看得比"自我"更大。他们总是有充分的理由将"自我"默默地压抑在一个被遗忘的角落里。直到退休，他们才与"自我"再度相逢，也刚刚开始自我的人生。此时此刻，恍然一梦，一生中的大半时光已悄然飞逝。但也正因如此，中国知识分子才拥有了可爱和可敬的人格！

然而，上天有时终不遂人愿。日本南北朝时期的著名歌人吉田兼好的箴言道："死不是迎面而来的，而是自后追来的。"在先生准备开始自我人生重新开启之时，病魔偷袭而来。2008年春节前夕，在我回老家前，先去给先生拜年，得知先生的身体竟莫名地发起烧来。这是以前从未有过的现象。用先生自己的话说："我到现在，还没有进过医院，不会有大问题的。"当时他的老父亲正硬朗地坐在沙发上，我怎么会想到一向健康的先生已经患上了难以治愈的疾病呢？我宁愿相信先生的话。春节过后，新学期开始了。我投入紧张的教学之中，并没有问候先生。三月中旬的一天早上，我遇见了他的夫人邵老师，得知先生病情严重，刚刚从上海手术回来。从邵老师那里，我知道先生心态很好，恢复得也很不错，已经可以会客了。第二天晚上，我即刻去看望。先生明显地消瘦了，面色有些青灰，但还是笑眯眯的神情。聊了一会儿，我担心先生身体疲倦，便起身告辞。先生却一再挽留，临走时，说道："话还没有说够呢。下次有空再来。"后来，我隐隐不安，默默祝愿先生康复。可还是不安，不安中偶尔电话问候一下。每次问候，电话中的先生都谈笑风生,让不安的我反而不好意思起来。那年夏天,在学院主办的一次学术会议上,又见到气色红润的先生了。我说:"您胖了。"听了我的话,他回我以笑眯眯的快乐神情。

我相信了先生体质的强健和生命的奇迹。可是,又一个春节过后,我得知先生住院了。一种不祥的预感告诉我:这恐怕不是好兆头。生命是极其脆弱的,一个小小细胞的病变足以剥夺一个人的生命。果然,先生的疾病复发了。可生命又是极其强韧的,一个人的生命即使在死神面前也依然释放出强韧的光芒。就在2008年春天,先生在上海手术后,曾经仿学启功先生的《心脏病发,住进北大医院》而写出一首题为《我住进东方肝胆外科医院》的诗歌:"老杨今年七十一,突发恶疾吓坏妻。急飞上海来诊治,忙坏儿子和儿媳。/亲友电话声不断,人人都为我着急。东方肝胆医术高,妙手张余化险夷。/只是从此没了胆,勇气可能会降低。一日三餐改五餐,生活起居须大易。/友兰著史为楷模,调遣生命来抗疾。/未竟之事尚多多,大事未了怎归西?/生老病死不可抗,只应完全顺天理。生命自古有长短,只要尽力已足矣。"这首诗写于2008年3月15日,是先生大手术后第八天,此时他正病卧在上海东方肝胆外科医院腹腔镜科二号楼病房7层4床上。那是怎样惊心动魄、起死回生的八天!诗中的先生却还是一副笑眯眯的快乐神情。可是,这一次复发,先生能够逃脱死神的胁迫吗?

在大地回春的3月中旬,我和时任中文系主任刘润芳教授一道去医院探望他。那家医院远离繁华市区,四周一片寂静。走在那家医院的走廊上,我们的心情都无法平静下来,既希望早点见到先生,又怕见到先生憔悴的病容。几乎没费一点周折,我们顺利地找到了先生静养的病房。那是我记忆中最安静的病房了。四周几乎没有任何声响。病房里的空气也似乎停止流动了。先生的夫人邵老师在静静地守护着,就连窗外那棵清幽的广玉兰也静静地伫立着,树枝雄伟,叶子油亮亮的,不发出任何声响。窗外的天空洁净、清澈,缕缕阳光柔和地照射到病床上。先生消瘦了许多,但病床上的他似乎感受不到身体的痛苦,仿如睡婴一般安静。或者,先生在梦乡中回到了生命原初的婴儿时代? 我们不想惊扰先生,就和每天守候着他的邵老师悄悄地说上几句。也可能是因为我们的窃窃私语惊扰了他,他从梦中醒来。我们靠近他的床边,以往红润的气色不见了,曾经宽厚的手也瘦削极了。我们不禁难以掩饰难过之情。“没事。”先生竟然清晰地、轻声地说道。真不知道是我们来探望他,还是他来安抚我们。幸好,这个时候不知窗外谁的手机打断了房间的寂静。“手机。”先生提醒道。“是外面人的。”邵老师告诉他。一对一答中,我们恢复了镇静的心态。我们该告辞了,嘱咐先生多保重,他轻轻地却用足力气回声道:"保重!"这是我听到的先生生前的最后一句话。

4月照例如期而至。鲜花盛开的日子里,时光飘逝得最快。赏春、惜春、挽春、送春、别春等等,温馨的、感伤的情绪,在这个月份体验得最为浓郁。我们常常推崇西方人自觉的死亡意识,其实,花儿与人相比,更加悟得"向死而生"的道理。苏东坡的《梨花》绝句,所谓"梨花淡白柳深青,柳絮飞时花满城,惆怅东栏一株雪,人生看得几清明"者,除了感叹春光易逝,人生如寄,还深切体察了梨花之魂灵。人与花儿比,面对死亡,则难以那么淡定、洒脱。别的不说,单说人在这个世上的各种情感、念想就难以割舍对生命的执着之心。4月上旬,我和丈夫一同去探望先生时,最后弥留的他已经不能说话了。他究竟依靠什么力量来度过最后的日子? 他最后的日子都想些什么? 他已经不能再告诉任何人了。但是,我想,作为一代学者,他最割舍不下的固然有亲人、朋友,应该还有他未竟的事业,如他在诗中所说:"未竟之事尚多多,大事未了怎归西?"据邵老师后来告诉我,入院后,先生恳切地对医生说:"医生,我不想走啊! 我还有那么多的事情没有做完呢!"所以,在生命最后的日子,除了希望能够资助出版个人文集,先生对单位没有提出任何要求。据我所知,先生虽然不能说两袖清风,但也可谓节俭一生。那条我亲眼看到过的跟随了他多年的铁锈红尼龙绸袋子可以做证:他根本就不懂物质社会中盛行的享乐主义。陪伴先生一生的夫人邵老师也说:"他不会花钱。"花费在他自己身上的,最昂贵的大概就是入院之后的自费药品了,如白蛋白。不过,我想先生对此是不会有任何遗憾的。他所抱憾的是:刚刚回归自我的书写世界,便永别了这个深爱着的世界。

这一年的4月永远地过去了。先生在这个4月里永别了他生活的校园、至爱的亲友和眷恋的人世间。但是,那飘逝的4月和远行的先生在许多人的记忆中依然鲜活! 在海大的校园里依然笑眯眯地看着、看着……

如今,中国海洋大学就要迎来百年华诞了。您为之付出了全部心血的文学与新闻传播学院也发展壮大起来了! 祈愿您的在天之灵含笑安息!

2010年4月12日初稿

2024年2月29日修订

沧海月明

——怀念将生命献给海洋事业的海大人

陈 鷟

　　"问世间情为何物,直叫人生死相许?"此情岂止于爱人之情。那些境界高远,追求卓越的人,对于事业的热爱之情,同样可以生死相许。几十年来,在深厚的人文底蕴和科学精神熏陶之下,海大人自然形成了海洋般坚韧执着的群体品格,形成了谋海济国的共同追求。在海大人中,有三位特殊的代表,他们忠于海洋事业,将生命献给海洋的英雄事迹震撼人心,集中彰显了海大人魂系海洋,献身海洋的"精卫"深情!

王成海、叶立勋

——当代青年知识分子的杰出代表,海大人引以为豪的楷模

在海大人的记忆里,有两个永远不会磨灭的名字:王成海、叶立勋。冥冥之中,这两个名字聚合起来,恰恰表达了海大人献身海洋,建立奇勋的特殊情怀。然而我们永远都不能接受那天妒英才的事实,永远都会怀念这两位为探索海洋奥秘而英勇献身的英烈。

那是 1991 年 10 月 19 日,一个令人难以接受的信息犹如晴空炸雷震颤了海大师生的心,巨大的悲痛迅速笼罩了海大校园。三十六岁的讲师、优秀共产党员叶立勋在带病潜水进行海洋资源调查时,不幸以身殉职;二十九岁才华横溢的留日博士王成海在营救叶立勋时,体力不支,献出了宝贵的生命。

王成海,1962 年 1 月 21 日出生在浙江省淳安县的一个干部家庭。1982 年 9 月,王成海考取原国家教委委托山东海洋学院(中国海洋大学前身)代培的出国研究生,于 1983 年 10 月赴日本函馆北海道大学水产学部攻读水产养殖学。在日本学习期间,王成海在写给未婚妻的一封信中说道:"我打算五年学成之后,回国建立一个富有我国特色、吸取日本及其他国家长处的人工鱼礁综合研究机构,开发和更好地利用

我国的海洋资源。看来我的名字已决定了我的命运，一生永远与大海打交道。海洋是一个富有浪漫色彩的世界，作为一个开发海洋的人，该是极为荣幸的。从现在起，我已决定致力于这方面的研究，献身于海洋，尽管道路是曲折艰难的，但我永远会走下去，直到自己的灵魂飘到另一个世界，到自己生命的最后归宿！"

1989年3月，王成海顺利获得日本水产学博士学位，回到祖国。他在日本留学期间发表的4篇有关人工鱼礁建设的论文，构成了人工鱼礁理论基础的研究体系，其研究处于当时国际人工鱼礁基础研究的前沿。王成海回国后，用其所学，报效祖国。先后承担了"青岛海岛资源综合调查""山东海岛资源综合调查""鸟蛤人工繁殖的研究"三个科研课题、国家自然科学基金青年基金项目"海胆觅食行为及其环境生态的研究"、山东省自然科学基金项目"海胆行为及其环境生态的研究"等多项科研基金。

王成海尽管年轻却颇具长者风范。他谦逊博学，自然随和，深得学生们喜爱。研究生王原声要去拜访一位苏联渔业专家，由于自己的俄语会话能力不足，感到为难。王成海主动提出去给她当翻译。潜水作业，是进行海底调查研究的基本功。但因条件的限制，学校还未能开设潜水训练课，王成海东奔西走借来潜水工具，利用假日对学生进行潜水训练。

那训练的情景,令每一个参加过训练的学生难以忘怀:借来的潜水衣有的坏了,他把坏的穿在自己身上,让学生穿好的潜水衣;秋日的海水是冰凉的,王成海只让学生每次下水训练两分钟,可为了学生的安全,他自己在水下一待就是四五个小时……

叶立勋,1955年10月10日,出生在江苏省苏州市。1982年毕业于山东海洋学院,留校做政治辅导员,1985年1月,在山东海洋学院水产学院渔业资源系任教。

1988年4月,叶立勋被学校派往澳大利亚塔斯马尼亚大学进修渔业资源的"次级生产力"课程。学习期间,他十分刻苦,善于动脑,除了学习理论技术方面的知识,他还特别重视到当地渔业、水产部门实地考察,全面了解发达国家的科技应用及生产管理。最后,他的论文令导师惊讶——从课题设计到实验结果,到论文完成,连同论文的逻辑结构及高水平的英文表达能力,都使导师非常满意。1989年8月,叶立勋谢绝了导师的挽留,按期从国外归来。他带回来大量的专业资料和课程资源,给当时师资薄弱的海大渔业资源专业注入了清新而强劲的活力。

叶立勋英俊潇洒,才华横溢,讲课生动形象,风趣幽默,成为许多学生崇拜的偶像。他把从澳洲带回的那些海洋生物录像带在课堂上播放,同学们边看,他边翻译,那些学术性很强的知识,经他翻译变得通俗易懂,妙趣横生……

1991年10月19日,参加威海岛屿调查的叶立勋、王成海率领调查小组转移到了镆铘岛。镆铘岛位于胶东半岛的东南角。一尊刻着"中国领海基准点"的方石就镶在岛的尽头。两位出类拔萃的青年学者,就在这里为他们醉心的海洋事业献出了宝贵的生命。笔者实在不忍心复述他们遇难的细节。我只想说,那天老叶还患着感冒,发着烧,肩背带着扭伤。成海,为了延长每次在水下停留的时间,身上多加了铅块,为了避免铅块脱落浪费科研经费,他把系铅块的带子系成了"死扣"!

1991年12月13日,中共青岛海洋大学党委作出"关于开展向王成海、叶立勋同志学习的决定"。12月21日,山东省人民政府批复青岛市人民政府,批准王成海、叶立勋二位同志为革命烈士。

王成海、叶立勋的生命虽然是短暂的,然而他们非同寻常的人生经历却为今天的海大人留下了宝贵的精神财富。他们挚爱大海,爱得热烈,爱得专注,爱得深沉……

郝文平

——用生命夺取"金牌"的人

今天,在中国人民解放军海军部队中,流传着一个响亮的名字:炸礁英雄郝文平。这个响亮的名字也让海大人为之骄傲!

郝文平,1973年9月出生于安徽省太湖县。1997年7月毕业于青岛海洋大学(中国海洋大学前身)工程学院土木工程系港口航道及海岸工程专业,同年毕业入伍,成为海军北海舰队炸礁队一名技术员。2000年9月13日下午,在宁波万吨轮码头施工中,为保护施工船只的安全,郝文平与突如其来的强台风搏斗了近一个小时,直至壮烈牺牲,时年二十七岁。

郝文平牺牲的噩耗传到海大,令师生痛惜不已。许多老师都还记得,在校期间,郝文平学习刻苦、品学兼优,曾担任93级港航班长、院学生会宣传部部长,是班里第一批被发展的党员。

1997年7月,当郝文平来到海军北海舰队炸礁队这支被誉为"水下愚公"的工程部队报到时,正赶上炸礁队在长江三峡建设工地执行水下施工任务,郝文平为有幸参加这项跨世纪的"全球超级工程"而自豪。通过自己的刻苦钻研和虚心求教,他很快就成为炸礁队的技术多面手。

踏上工作岗位,海大人特有的严谨执着精神在郝文平身上得到了充分地体现。从长江三峡到秦山核电站,再到旅顺军港,郝文平负责的每一项工程,几乎无一例外地被评为"金牌"工程。

1998年初春,郝文平负责三峡船闸航道炸礁后的质量验收工作。施工中遇到了水深流急的旋涡区,为了测出其精确位置,他让战友用绳子将自己捆在艇上,抱着仪器在旋涡区测量,与急流风浪和寒冷进行了两个多小时的艰难较量,终于测出了"浅点"坐标的准确数据。在一个多月的作业中,郝文平带领大家每天工作十五六个小时,"浅点"被彻底清除。1999年10月,在旅顺口深海排污工程施工中,水下爆破网络被急流冲断,三十二个钻孔瞬间成了哑炮,这意味着在渤海与黄海的交汇处埋下了三十二颗重磅炸弹。危急关头,郝文平主动请战,面对稍有不慎,便将船毁人亡的艰险,他提出了在原作业区重新钻孔装药实施连续爆破的排除方案。经过整整二十五个小时的连续工作,渤海湾传出的隆隆炮声,为郝文平和他的战友们奏响了生命的礼赞。2000年,在秦山核电站执行任务时,面对苛刻的安全和质量要求,郝文平创造性地提出了一个大胆的设想:用网络技术实施网络辐射爆破。为了不耽搁施工进程,他推迟了胃穿孔的治疗手术。在进行了数十次模拟和实际实验,分析了上万个实验数据之后，2000年5月15日，秦山核电站三期吸水口工程第二十六次水下爆破获得圆满成功。经专家检测，爆破震速仅为设计允许震速的一半，达到世界先进水平，创造了国家重点工程安全施工的奇迹。

郝文平牺牲后，他的英雄事迹在军队内外广泛流传。母校海大也兴起了学习郝文平热潮。海大工程学院专门设立了"郝文平班"和"郝文平奖学金"。2002年，郝文平生前所在部队——海军北海舰队工程指挥中心炸礁队被批准成为中国海洋大学社会实践基地……郝文平用年轻的生命赢得了辉煌而悲壮的回响，他用生命夺取了"金牌"。

"沧海月明珠有泪，蓝田日暖玉生烟。此情可待成追忆，只是当时已惘然"。也许，局外人很难理解，海大人何以有如此执着的追求？其实，原因很简单，因为海大不仅仅是一所有形的大学，她还是一个特殊的精神家园。这个精神家园，是在人类社会共同的精神文化支撑之下，一代代海大师生在与国家高等教育和国家海洋事业同呼吸、共命运的过程中，形成的精神的聚合体。它内化了海洋的深沉与博大，也蕴积了海洋人的坚韧与执着。它立足于海大校园而辐射向社会、国家、人类乃至宇宙。它是海大人精神充电、精神陶铸、精神会餐、精神休憩、精神避风、精神驰放、精神实现的所在。它无形却实在。它的世界里充满着对祖国和人民、对自然和生命、对学校和校友的深沉的爱；充满着对科学和文化、对真理和真情、对美好社会和高尚生活的执着追求；充满着对国家和民族、对人类和环境、对道德和秩序的深切忧患；充满着对一切发现和发明、一切创造和审美、一切传承和光大的自豪和愉快。知识在这里传播，道德在这里升华，真理之光在这里闪耀，师生的智慧在这里得到启迪，学校的未来在这里得到指引，兴海强国的梦想在这里孕育和萌发。它是海大无形的财富，是海大有别于其他任何一所大学的本质区别，也是海大自立于大学之林的自信与根本。

2007 年 7 月 24 日

星耀山海

天上的星星，就像他们眼中的光

照亮每一间教室每一个座位上

每一双凝望的眼睛

从弄潮儿到一代宗师

——记中国科学院院士文圣常先生

冯文波

　　时光匆匆，物华冉冉，追赶着岁月的脚步，已至2017年的冬天。此刻，历时两年的文圣常院士学术成长资料采集工作即将接近尾声。两年间，采集小组循着文圣常院士出生、成长、求学、工作、进修和生活的轨迹认真挖掘、仔细梳理、积极求证、不断归纳，获得了许多文圣常院士为人治学的宝贵资料，在欣喜于采集成果丰硕的同时，也被他献身科学、报效祖国的精神感动着、激励着。

　　文圣常是中国第一代从事海洋科学研究的专家，是中国海浪研究的开拓者和物理海洋学的奠基人之一。少年时期饱受战乱之苦，在迁徙流亡中艰难求学，后出国进修学习，在赴美的航船上偶然发现了波浪蕴含的巨大能量，并把它作为锲而不舍的研究方向。历经千辛万苦的求索,凭着百折不挠的志向,他终于抵达从事海洋科研的"圣地"青岛,在位于鱼山路5号的海大校园里,他先后在海浪谱研究、海浪计算及预报方法、混合型海浪数值预报模式三个方面取得了重大创新,极大地助推了我国海浪研究的进步与发展,并为我国海浪预报和海洋工程建设提供了丰富的理论指导与帮助。他的贡献大家有目共睹、举世公认,他为人治学的态度令人敬仰,他淡泊名利、虚怀若谷的品行受人尊敬,他心底无私天地宽的胸怀使人叹服……在一系列的感动与激动中,我们也在探寻和思考文圣常院士成功的秘诀与真谛,希望在浩如烟海、千丝万缕的信息资料中找到答案。

我们也深知一个人的成功是多方因素综合作用的结果,天时地利人和,缺一不可,而且即使具备了这些条件,一个人的成功之路也不可能会被复制。鉴于此,我们试图探寻"成功秘诀""万能钥匙""制胜法宝"的热情渐渐平复,开始围绕文圣常的成长经历进行客观理性的探究。一个人之所以成功,除了天生的资质禀赋、智力以及外在的机遇,还是有一些可以总结和归纳的共性的东西,我们暂且将其称为"优秀品行"。在采集过程中,我们发现了文圣常院士身上所蕴含的太多的优秀品行,抛却那些与生俱来的、偶然的、时代性的东西,优秀品行应是其在海浪研究领域创新突破取得重大成就的保障。我们契合采集工作,将他具备的优秀品行进行了简单的梳理和划分,希望给那些试图探寻成功经验的人以启迪,给立志献身海洋研究的有志之士以借鉴,使他们在攀登科学高峰的路上少走弯路、阔步前行。

充满好奇的探索之心

文圣常之所以能在海浪研究领域取得如此高深的学术成就,这与他具备的好奇与探索之心是密不可分的。

正是因为善于观察,勤于思索,1946年年初,在赴美的航船上,途经太平洋时,当大家都沉迷于乘船的兴奋、激动和大洋的辽阔壮美之时,文圣常却由船的颠簸想到了波浪中蕴含的巨大能量,并萌生出开发利用这一能量的想法。在这一好奇心的驱使下,他不仅在四十余天的航程中思考,甚至在美国学习期间,还查阅相关资料,回国后更是历时六年,苦苦寻觅从事海洋科学研究的归属地,希望把自己的想法变为现实。正是凭着这份执着和坚守,他最终抵达了青岛,在山东大学遇到了赫崇本教授,在新生的海洋系里如鱼得水,破浪前行,取得了一个又一个创新成就。从萌生研究海浪利用的念头到最终抵达青岛,历时七年之久,而且中间还有无数的曲折和插曲,假设文圣常是一个意志不够坚定的人,假设他满足于偏安一隅的稳定生活,假设他屈服于当时的困难,或许就不会有今天我们看到的如此多的海浪研究成果问世,他也就不会成为今天的海浪研究巨匠。

在文圣常的成长轨迹中,我们发现许多体现他好奇、探索之心的案例。例如,遇到新鲜的词汇、流行语他会积极地探寻其含义,并虚心地向年轻人求教。臧小红老师回忆,有一次文圣常专门向她请教"发烧友"的含义。臧小红给他解释之后,他还亲自造句说:"我特别喜爱我现在所做的工作,为了它我可以废寝忘食,我算不算这方面的'发烧友'呢?"他还向秘书郭铖老师询问"微博"和"博客"有什么区别?"推特"又是什么?"短信"和"微博"有什么不同? 这一点还体现在他对生活中新鲜事物的敏锐洞察力上,如他观察小鸟筑巢的故事。待到年迈,文圣常时常会遭受疾病的困扰,对此他也仔细探究,在吃药、保健方面有自己的心得和体会。

好奇心是科学探索的原动力,好奇心还可以引发学习的兴趣,并激发人的求知欲。文圣常正是因为始终怀有一颗好奇的探索之心,同时具备持之以恒的毅力,所以在后天的辛勤耕耘中收获了无数成就。

谨言慎行的处世哲学

采集过程中,我们从多位被采访人的讲述中,感受到文圣常为人处世的人生哲学是"谨言慎行"。这一优秀品行使他赢得了同学、同事、朋友的赞誉，而且使他在"文化大革命"中免遭劫难，为日后继续投身科学研究事业保存了力量。

细细探究，谨言慎行优秀品质的养成，或许与文圣常青少年时期的成长和求学经历有很大关系。少年时期，恰逢战争岁月，社会动荡，一个人在外艰难求学，时常过着颠沛流离、朝不保夕的生活。野蛮残暴的日本侵略者、横行山间乡野的土匪、腐化堕落的国民党军队……在那样的社会环境下，稍有不慎都会危及生命。后来，他一个人带着弟弟妹妹辗转各地生活，更是谨小慎微，不容有丝毫的闪失和差错。后来，弟弟的失踪使他万分悲痛，从此他更加小心翼翼，不敢有丝毫的马虎和大意。在同学和同事的印象中，他从不与人争执，更不在背后议论他人，甚至有耿直的同事因看不惯有人说文圣常的坏话，替他打抱不平，他却说"那都是误会"，一笑了之，继续埋头于自己的工作。

"文化大革命"期间，没有一张攻击文圣常的大字报，周围的邻居为此感到好奇。或许是因为他每天埋头工作，与世无争，谨慎行事，实在让人找不到攻击的把柄和借口吧！工宣队组织师生员工赴文登、日照参加劳动，他一声不吭跟随前往。既不是他软弱，也不是他没有"男子汉"气概，而是因为他经历了太多的坎坷与磨难，并坚信风雨飘摇的日子总会过去，留得青山在，不怕没柴烧，保护好自己、留守住身体这一"革命的本钱"，才可以继续从事自己热爱的海浪研究事业，为国家、为社会作出更大的贡献。

无论在工作中，还是生活中，文圣常从不抱怨也不发牢骚，与同事和家人常常遇事多商量、好事多谦让，有困难积极承担。晚年更是以"安静度来日，永忘与世争"的心态潜心于自己热爱的工作中。

勤勉尽责的工作态度

文圣常曾获评全国教育系统劳动模范和"全国五一劳动奖章"，可谓实至名归。在中国海洋大学，乃至海洋学界，谈起他勤勉尽责、爱岗敬业的工作态度，众人纷纷点赞。

他对时间一向抓得很紧，并且总觉得时间不够用，长期保持时不我待、只争朝夕的工作劲头，被同事称为"不知疲倦的人"。1979年，教育部委托大连工学院（现为大连理工大学）举办一个随机海浪理论讨论班，邀请文圣常讲课。去了之后，文圣常每天不仅要上四节课，还要备课、辅导。从抵达大连工学院的那天起，他就一直在招待所和教室"两点一线"地奔走忙碌着，直到讨论班结束，他也未去大连市里或者海滨转转、看看。讨论班结束的当天，他连夜购买了一张四等舱的船票赶回了青岛。1982年，他准备前往法国参加一场国际学术研讨会,在北京培训期间仍积极撰写、翻译会议发言材料,直到启程的最后一刻。

即使春节期间,他也加班加点地工作,甚至希望一天也不休息,可是又担心被人家笑话是"精神病",只好忍耐三天,正月初四他会准时出现在办公室。1997年元旦,他曾赋诗一首,表达老骥伏枥、志在千里、继续为科研事业效力的心境:

对镜难觅青丝在,幸留瘦肢耐疾行。
莫嫌余辉热温微,撒向人间亦暖情。

晚年的文圣常时常以"老牛自知夕阳晚,无须扬鞭自奋蹄"勉励自己。据臧小红老师介绍,文圣常院士总感觉时间不够用,有时也会感慨:在"文化大革命"期间以及后来从事行政管理工作期间没能全身心投入科研工作,觉得应该珍惜当下的每一天,"现在的工作环境这么好,没有理由不努力工作"。

朴素真实的爱国情怀

文圣常自幼饱尝战争之苦,亲历日本侵略者的野蛮与残暴,在内心深处更加懂得国家强盛的重要意义。所以,他始终以国家需求为研究方向,致力解决经济社会发展中遇到的难题与瓶颈。

20世纪60年代初,文圣常提出的"普遍风浪谱"和"涌浪谱"打破了在世界海浪研究领域欧美等发达国家一枝独秀的垄断局面。在那个西方大国普遍对中国进行技术封锁的时代,此举极大地提升了中国的国际形象,而且长了中国人的志气。20世纪60年代中期,他开始思考如何将海浪理论成果转化为现实生产力,更好地为国民经济发展服务。于是,他主持和领导了国家科委海洋组海浪预报方法研究组的技术工作,提出了一种适合中国海域特色的海浪计算方法,不仅精确度高,而且计算方便。20世纪70年代末,为适应我国沿海城市改革开放的需要,在前期研究的基础上,他参与了制定近岸工程设计技术标准的工作,提出的海浪计算方法被列入交通部(现为交通运输部)《港口工程技术规范》第二篇《水文》的第一册《海港水文》中,并于1978年出版,从而结束了我国在港口建设有关规范中长期依赖苏联和美国的状况。20世纪80年代末至90年代初,他又承担了国家重大科技攻关项目中的海浪数值预报方法研究课题,针对海浪数值预报国外通行方法中存在的困难,以及我国没有大型计算机的现实情况,提出了一种新型混合型海浪数值预报模式,使我国的海浪预报模式从传统的经验预报迈向了数值预报。

20世纪的最后十年间,为响应联合国教科文组织提出的

"国际减灾十年"号召,文圣常主持承担了"灾害性海浪客观分析、四维同化和数值预报产品的研制"专题研究工作,相关产品在国家海洋环境预报中心应用于风浪预报。20世纪90年代中后期,他又主持了"近岸带灾害性动力环境的数值模拟和优化评估技术研究"专题项目,并亲自参与其中某些子课题的研究工作,提出了新的风浪谱研究方法。这一系列科研成果都是在他坚持从中国海洋事业的实情出发研究海洋灾害、助力国家经济社会发展的理念指引下诞生的。

多年来,文圣常的心中始终装着祖国,为国家的海洋科学研究事业呕心沥血、殚精竭虑。每当别人对他取得的成就、做的贡献表示敬佩和祝贺时,他总是说:"我没做多少工作,国家给予我的太多,我做得还不够好。""所得愧嫌厚,所献未从心"是他用以自勉的诗句,正是怀着这种感恩的心,他至今依然在如春蚕、如蜡烛般奉献着余热。

谦虚好学的向学之道

尽管文圣常在海浪研究领域取得了许多开拓性的成就,但他始终保持谦虚谨慎、不骄不躁的优良作风,谦虚好学、不耻下问,主动向身边的人请教。这一点在他学习计算机操作过程中体现得尤为突出。

2005年,已是八十四岁高龄的文圣常和他的秘书郭铖老师说,想学习计算机,请他教一下自己。感动于老先生虚心好学的精神,郭铖欣然答应。之前,文圣常是懂一些计算机知识的,只是他使用的都是较早版本的操作系统,伴随着信息技术的进步早已淘汰。他说,其实在20世纪90年代末就想学计算机,但因为科研压力大、精力不够,一直推迟到现在。

上课开始了,一次讲两个小时,文圣常如小学生般认真听讲,并做好笔记。如何开机,怎么进入系统,键盘怎么用,他都记得非常细致。课下,认真做好练习。下次课时,他会就遇到的问题向郭铖请教。随着学习的深入,他也感叹计算机科学的伟大:"计算机实在是太深奥了! 奥妙无穷,这才是真正的学问,要是我做,我搞不了,看这个功能多强大。"

此外,从他对外语的熟练掌握程度也可以看出他善于学习、爱学习的向学之道。英语,他已做到了听、说、读、写的"四会",俄语、德语也达到了阅读专业刊物的水平。特别是对于英语的学习,无论是大学时期,还是后来在飞机修理厂工作,以及在美国进修学习时,他都持之以恒地坚持学习。当他人沉迷于武侠、言情类小说的快意恩仇时,他却抱着学习英语的目的读外文原著;当修理厂的其他同事忙着打牌娱乐时,他还在补习英语;当同伴惊叹于美国的发达与时尚,四处旅游、闲逛时,他却在翻译加拿大学者的著作,以此提升自己的英文水平。1952年前后,他被调往哈尔滨新成立的军事工程学院任教,鉴于当时该校苏联专家较多的情况,为便于交流,他自学了俄语,这也为他后来从事海浪研究、查阅苏联方面资料提供了很大帮助。

多年来,正是秉持这种谦虚爱学的理念,文圣常的知识积累日益丰富、视野更加宽广,看问题的角度也更加新颖独特,取得了一个又一个创新成果。

淡泊名利的人生境界

淡泊名利是一份豁达的心态,也是一种处世的境界,文圣常便是具备这种心态和境界的人。他对名和利看得很淡、很轻,从不计较个人得失,也不在乎物质的多与寡,甚至经常把国家给予他的奖励捐赠给学校或家乡。

2000年,文圣常荣获何梁何利奖,将二十万元港币奖金全部捐献给国家的教育事业。一半捐给青岛海洋大学,设立奖学金,用于资助品学兼优的学生;另一半捐给家乡的砖桥镇初级中学,建设教学楼。无论是奖学金,还是教学楼,校方都希望用他的名字命名,他坚辞不就。2006年,他又从自己的工资收入中拿出十万元用于"文苑奖学金"的发放。2008年,他荣获青岛市科学技术最高奖,获得奖金五十万元,又全部捐出,其中二十万元给了"文苑奖学金",三十万元捐供本科生研究发展使用。2018年,他再次向"文苑奖学金"捐赠二十万元。他还特意给负责奖学金发放的部门负责人写信,希望不要在颁奖仪式上提及他设奖一事。他说,在这一工作中,学校、学院、部处都贡献了智慧和力量,总提他一个人不合适。他也要求不要再安排学生给他献花,觉得这是喧宾夺主之举,容易冲淡获奖者的荣誉感和颁奖氛围,即使献花,也应该是献给获奖学生。他总是设身处地为他人着想,对于自己的付出却只字不提。

面对荣誉亦是如此,20世纪90年代末,青岛海洋大学接青岛市通知,拟推荐文圣常作为"全国五一劳动奖章"的候选人。文圣常得知后坚决反对。他对秘书臧小红说:"参评这种奖项的人,都是为国家作出重大贡献的劳动者……我哪有资格、哪好意思获得这个荣誉,你千万不要做!"但学校和青岛市都认为这项荣誉非他莫属,只好瞒着他"暗中操作"。时至今日,忆起此事,臧小红说:"那也是我唯一一次瞒过文先生填写了申请他个人荣誉的材料。当然,文先生在获得'全国五一劳动奖章'后问起此事,我也只好佯装一问三不知了。"

几十年来,文圣常这种淡泊以明志、宁静以致远的心境,在赢得世人敬仰的同时,也成为大家学习的楷模。

清廉质朴的品德修为

在捐资助学方面，文圣常是慷慨大方的，但是他自己的生活却是清廉质朴、勤俭节约的。

无论是他的家里，还是办公室里，第一次去的人都有一种置身于20世纪80年代的感觉，老式的沙发、茶几、书橱、桌椅，看上去都有些年头了，历经岁月的磨砺留下了斑驳的痕迹，办公室的水泥地面与当下动辄木地板或地板砖的办公环境差异很大。学校多次提出给他重新装修，都被他拒绝，他说这样挺好的。

生活中，每当老伴给他买新衣服、新鞋子时，总会遭到他的埋怨。"我有的是衣服，够穿的，买什么新衣服。"他的妻子葛老师说，他时常参加一些学术活动或者给学生讲课，总要穿得差不多才行。文圣常却不太注重这些，"洗得发白的灰色夹克"甚至已成为他的标配。

文圣常是海洋学界德高望重的院士，大家都仰慕他的影响力。有的人会找上门来就某项产品或项目请他鉴定、签字，并允诺给予一定的报酬，这种事情，文圣常从不参与。他还谢绝参加任何与其专业无关的社会活动，他说："对于未知的领域，我没有发言权。"相反，在他熟悉的领域，凡是对国家有贡献的事情，他可以在不获取任何利益的情况下投入工作。

文圣常不仅自己保持清正廉洁,也要求身边的亲人如此行事。2001年11月1日,青岛海洋大学举行了海洋环境学院建制五十五周年暨文圣常从事海洋科教事业五十年庆祝大会。他在事后给侄子文纪武的信中写道:"学校将我办公的一栋楼命名为'文苑楼'(我再三请辞,才不用我的名字),还举行了学术报告会,学校的报纸出了增刊。总之,给我了很大荣誉,我当然很惭愧……我将校报增刊寄给你,你可了解更详细些……你们也不要给人留下'炫耀'的误解。"

前些年,文纪武的两个儿子退伍转业,他就给文圣常写信,请他帮忙给家乡的领导打个招呼,在县里给安排个好差事。文圣常回绝了。在给侄子的回信中,文圣常说,两个孩子还年轻,让他们自己好好努力吧。时过境迁,如今文纪武的两个儿子都有了自己的事业,日子过得幸福温馨。谈起当年的事情,文纪武说,他不会埋怨四爹,因为他就是那样一个严以律己、以俭养德的人。

自由平等的仁爱之心

尽管是院士,而且还担任过山东海洋学院的院长,但在众人眼里,文圣常永远是一位脸上挂着和蔼微笑、讲话言简意赅、语气谦和平缓、步履快速稳健的受人尊敬的老者。他没有半点架子，也没有拒人千里之外的气场。谦和、平易近人是大家常用来形容他的词语。

文圣常为人谦逊，总怕麻烦别人。刚从海洋馆搬进文苑楼时，因为房间有刚装修的痕迹和气味，臧小红每天早上都会提前给办公室拖一遍地。有一次在拖地时，文圣常恰好走进办公室，看到后就不停地说："让我来吧，还是让我来吧。"臧小红说："文先生，里间的办公室已经拖好了，您进去吧，这个外间马上就拖好了。"文圣常还继续说："让我拖吧，我在家里也做的……已经很干净了，以后不要花时间拖地。"从那以后，大家都尽量选他不在的时候帮他打扫卫生。

2001年10月，臧小红因出国定居而离开学校。学校考虑到文圣常年事已高，工作中还是要配备一个助手，并且当时山东省也有相关的文件要求。但文圣常坚持不要秘书，他觉得自己已经不在科研一线了，给他配个秘书，对年轻人来说不利于其今后的发展和成长，是一种人力资源的浪费。

文圣常喜欢自己的事情自己做，他经常拎着一个手提包，每当周围的人要替他拎时，他坚决不让别人代劳。他甚至对郭铖说："你不能再给我干这些杂七杂八的活了，这些活我可以自己干，你要是再干，我有办法对付你的。""以后你要再给我干活，我也给你干活。"每当他需要郭铖的帮助时，他总是先问"这事会不会影响你的工作安排""跟我出差，你的家人怎么办",总是替别人考虑得很细、很多,而不是像上级给下级布置任务一样,直接下命令。

文圣常不喜欢出差,觉得耽误时间,但必须参加的会议和活动还是会去。他不希望有人陪他出差或者去机场送他。会议期间,会务组派发的纪念品或者飞机上发的小点心等,文圣常会特意留下来送给前去接他的司机,表达谢意。有时赶上雨雪天气,臧小红会去机场接他。见面他就说:"你怎么来了?往返机场需要很长时间,别把时间花在这上面,有这个时间可以做些别的事情。"

在文圣常看来,人人都是平等的,没有高低贵贱之分,每一个人的时间都很宝贵,每一个人的劳动都要得到尊重,每一个人都应该有自己成长进步的自由和空间。怀着这样的仁爱之心,行走在时光里,文圣常取得了一个又一个创新成果,并赢得了大家的拥护与爱戴。

高雅乐观的生活情趣

文圣常热爱工作,但他并非不苟言笑、一心只读圣贤书的"书呆子",相反,他是一位感情丰富,颇有生活情趣的科学家。

他喜欢接近大自然,一草一木、一鸟一石、一虫一鱼、风霜雨雪、四季变换等都会映入他的眼帘,甚至成为他歌颂和赞美的对象。如他写校园花草树木：

校园林木

（1992年9月20日）

昨日枝头花似锦，

今朝满园树成荫。

意抱老桐嫌臂短，

仰凝杉端指白云。

松冠远伸笑迎客，

枫叶未染脉含情。

劲拔苍柏沉思古，

滴翠银杏展青春。

秋天的中国海洋大学校园，层林尽染，既有泛黄的银杏、梧桐，也有苍翠挺拔的松柏，这些景色，在文圣常眼里是一幅绚丽的画卷，于是忍不住要去歌颂它、赞美它：

校园秋色

（1992年11月3日）

已是枫林初染时，

满园金叶挂桐枝。

松柏依旧吐葱翠，

不是春光又何似。

此外，当别人都在为下雨天感到苦恼和发愁时，文圣常却自得其乐，觉得别有一番韵味，把他对下雨天的喜爱之情融进一首首小诗里，在抒发与表达中展现自己对自然界的热爱：

依然爱雨

（2001 年 7 月 28 日）

有伞不撑喜雨细，

无路漫踏爱草青。

窗明檐高留人难，

不比海阔风微腥。

还是爱雨

（2001 年 7 月 28 日）

雨中归来慢，

鞋漏换袜忙。

湿巾挟凉意，

煮水待茶香。

文圣常的办公室里时常会有他人送来的花篮。待鲜花凋零后，他总会找一个大的饮料瓶，把瓶口剪大，将花篮里用作陪衬的绿色茎叶类植物收集在一起，放在瓶中用水养起来。文圣常时常感慨这些植物惊人的生命力："无论在多么恶劣的情形下，只要有一点阳光雨露，它们都会顽强地生根发芽。"当这些植物的根须长到饮料瓶装不下的时候，他就把它们带回家中换更大的容器培育。在家中，养鱼、侍弄花草，成为他繁忙工作中的一种调节和放松。

源于热爱生活、热爱自然、热爱一切美好的事物，文圣常养成了乐观、豁达、积极和与世无争的性格，使他受益终生。

2011年11月1日，在文圣常九十岁生日之际，学校以及学院特意举行了一场师生座谈会。他说："许多人问我取得成功的经验有哪些，我并无什么经验可谈，唯独信仰爱国主义和追求科学精神，牢牢树立健康正确的价值观。爱国主义和追求科学精神以及健康正确的价值观，是我毕生献身祖国海洋事业的力量源泉，这也是我想给同学们说的心里话！"

2024年3月12日

真诗意 永华年

李　扬

　　"1996年隆冬，天寒地冻，但青岛海洋大学胜利楼校长办公室里却温暖如春。中国工程院院士、校长管华诗教授，热情接待了在南方某大学任教、来青考察的李扬博士。管校长畅谈了海大发展人文学科的设想和规划，真诚欢迎有志之士前来开创新业，共铸海大辉煌的明天。校长的远见卓识和肺腑之言，深深打动了李博士。在同管校长握别的那一刻，他已倾心海大"。这是多年前记者采访报道中的一段话（原载青岛市人事局编《青岛市优秀引进人才风采录》），如今回想起那天第一次见管校长的场景，他带着口音的话语依然声犹在耳，他的笑容手势依然历历在目。作为一校之长、院士，日理万机，却专门安排时间接见我这样一个年轻后学，令我感动；他诚恳、亲切、坦率,言谈话语间,没有一句官话套语,就像是一位睿智而温厚的长辈在和我推心置腹地谈心,情真意切,直击人心。"小李啊,比起安安稳稳的守成来,开创新的事业虽然会有困难,但更有挑战性、更有意义啊"! 其实,论起那时的工资待遇、住房条件等,海大远不如南方那所大学,也没有安家费、科研启动费之类;学院(那时中文系刚刚恢复不到两年,拟计划成立"国际语言文化交流学院")也刚刚起步,师资队伍只有十三人,学科基础甚为薄弱,没有研究生学位点,只招收了一届本科生。在见到管校长前,我虽然有调回家乡城市工作生活的意愿,但内心多少还是很犹豫、矛盾的。确确实实,与管校长的这次见面,促使我最终下定了决心,迈出人生和事业新的一步——见面的时间并不长,但足以让我真真切切地感受到管校长强大的人格魅力,并为之折服。在握别管校长、走出胜利楼的那一刻,凛冽的冷风扑面,但我心里却是热的,我已经在思索该怎样说服家乡在南方的妻子,跟随我举家北迁海大了。

承蒙管校长的信任,我调入海大工作不久,便陆续担任了院系的一些行政工作,也因此在随后的几年时间里,有更多的机会接触管校长,更深入地了解校长。那时海大的中文学科,在经历历史的长期中断后重新建设起步不久,底子薄,基础弱,师资缺,各方面都面临不少困难和挑战,我也深感责任重大,压力倍增。幸运的是,管校长给予了我极大的鼓励和支持,甚至是破例的"特权"。比如,校长说我可以随时拨打他的电话,只要他在办公室,不用预约就可以去见他等。对学院、学科的近期和长远规划发展,管校长深思熟虑,高瞻远瞩,常常为我们指点迷津、把握方向,同时又切实具体地在经费、项目、引进师资、设立研究机构、出版刊物著作、实验室建设等方面大力支持,甚至可以说,几乎"偏心"到了有求必应的程度。记得有一次,学院通过考核遴选,准备集中引进几位年轻教师,但因名额限制,未获学校人事部门全部批准。我只好冒昧地直接找到管校长,说明学院青年人才紧缺的状况,他仔细地看了材料,随即表示支持,会和相关部门商讨解决,后来果然全数批准引进。年轻教师们如今已成长为教授、博导,在学院发挥着重要的学术骨干作用。当年学院办公和教学条件较差,管校长几次带领其他校领导和部门负责人,亲临学院开会现场办公、拍板决策,甚至为了解决教室紧缺的问题,不辞辛苦亲自楼上楼下巡视,查询空闲资源。那时学院的老师们大都没有接触过电脑,我就想筹建一个电脑多媒体实验室,起草论证报告的时候,我心里颇为担心,毕竟向学校申请十多万的经费,不是个小数目。没想到管校长很快就批复支持,不久十多台台式电脑就到位了。曲金良教授领衔的"海洋文化研究所",是学院历史上第一个校级研究机构,管校长大力肯定、支持,不但拨给了颇为充足的启动经费,而且在研究所挂牌成立那天,亲率多位校领导和部门负责人组成少见的"豪华阵容",来到浮山校区出席成立大会,当时我还有幸请来时任青岛市委胡延森副书记到场致辞,领导师生济济一堂,郑重其事,气氛热烈,海洋文化研究自此成为学院体现学校海洋人文特色的重要方向。

管校长在给学院创办的《作家研究文丛》所写的序言中说:"经过20世纪,我们已清楚地看到,科学技术的进步不仅涉及科学知识的深刻变革,也涉及人的观念的变革,科学与人文因素相互作用、相互渗透,都在加速进行,二者的关系愈来愈不可分离……人文教育极有利于思维能力的开拓。所以今天我们应大力倡导有人文精神的科学精神和有科学精神的人文精神。未来的世界应是科学精神与人文精神统一的世界,也就是真善美统一的世界……我们建设高水平、有特色的综合性大学的发展战略就是在这种精神的指导下制定的。我校的发展史使我们认识到,要把我校建成高水平、有特色的综合性大学,仅有海洋水产等理工学科是不够的,必须大力加强人文社会科学学科的建设。"作为一所以海洋、水产为传统优势特色学科的大学校长、现代海洋药物研究的一位开拓者与奠基人,如此高瞻远瞩、胸襟广阔、重视人文,令人十分感佩。管校长是这样思考的,更是这样付诸办学实践的,正是基于这样的深邃思考和远见卓识,以及作为一位科学家难得的人文情怀,管校长倡导、推动、引领了海大历史上人文学科的第三次复兴,以成功聘请王蒙先生加盟海大为标志,学校的中文学科得以迅捷发展,更上层楼,一时间云蒸霞蔚,气象万千。在学校发展历史上,管校长在诸多方面功绩斐然、影响深远,取得了里程碑式的成就,谱写了无数华彩篇章,而他对于人文学科复兴的贡献,当是其中浓墨重彩的一页。后来,管校长虽然已经离开了校长的岗位,但我知道,他依然十分关注我们学院的学科建设,在学院发展的关键节点,他一如既往,总是鼎力支持。

在与管校长交往的过程中,他对我个人的关怀,也让我感铭五内。当他得知我腰疾渐重,便亲自过问诊疗情况,并特意安排我到外地的温泉疗养院治疗休养,回来后还多次请我餐叙,询问情况,并嘱告一些疗方和保健经验。由于身体和能力的原因,自己没有做出应有的成绩,辜负了管校长的厚爱和殷望。每念及此,深感愧疚。与管校长的相遇,是我人生中的一大幸事,他是我敬重的领导,是我难忘的良师,也是我爱戴的长辈。如果用一个字来形容管校长,我觉得应该是"真",他真诚,真心,本真,率真,有时候甚至有些可爱的童真。我一直觉得,他有一个意蕴独具的好名字,"管",可以看成海洋药物实验室中常见的试管,"诗",代表诗意人文,两者文理交融,相得益彰,灼灼其"华"。

今年学校就要迎来百年校庆了,翻看2004年我受管校长之嘱编辑出版的、红色腰封上印着"庆祝中国海洋大学80华诞"的两册集子《大师的足迹:20世纪上半叶海大校园里的文学名家》《文学的方式·中国海洋大学名家讲座文学篇》,惊觉二十年转瞬即逝,匆匆找出当年拍摄的录像带、照片,拾掇串联往日记忆的片段。给管校长拍的照片不少,有主持会议、讲座的,有参加学校、学院活动的,有一起吃工作餐的……我最喜欢、最得意的一张摄影作品,是王蒙先生和管校长坐在一起前仰后合开怀大笑的照片,虽然光线、角度、构图都不甚理想,然而那捕捉定格一瞬间的人物表情实在是太生动自然了,具体是什么缘故让他们如此乐不可支,我已经记不清了,但每一个看到这张照片的人,都会被那种发自内心的欢乐情绪所感染。不过,有一幅很难得的场景,我没能用相机记录下来,始终耿耿于怀:有一次,一份关于聘请王蒙先生加盟海大的文件需要他审阅,时间急迫,管校长让我连夜直接开车赶到他家中,他戴上老花镜,逐字逐句地认真审阅修改。台灯下他略显疲惫而又凝神专注,房间里安静得可以听见他的笔尖在纸面的摩擦声。我蓦然心中一动,如果手头有相机,能够悄悄捕捉记录下这一刻,该是多么珍贵!遗憾的是,这幅场景,只能在脑海中一遍又一遍地复现了。

最近这些年,很少有机会见到管校长了,听说他还经常坚持到国家实验室去工作,想必他的身体还是那么硬朗,步履还是那样坚实,笑声还是那么爽朗。真诗意,永华年。

2024 年 3 月 10 日

写心的人

陈　鸯

　　我知道,天下最好的文章并不是用笔写在纸上的,而是用心写在他人的心里。

　　所以,当我提笔要书写这位令人崇敬的长者,我知道,无论用多少美好的词句,也写不过他本人。因为他本人就是一位写心的圣手。

　　我常常感到惊讶,从身边的熟人到远方的朋友,从民间的街谈巷议到官方的主流媒体,从教育界到科技界,从海洋界到医药界,从政坛到经济、文化和社会的各个领域,有如此之多的人知道他的名字,传说他的故事。只要提到他,人们都会情不自禁地竖起大拇指,异口同声地表达对他的钦佩和赞叹,尊敬地称他为管校长、管院士、管老师、管主席、管老爷子……很多人都以得到他的认可为荣，都以能就近受教或与他共事为幸。这不仅源于他的地位和成就，更在于他能把人生事业的文章写进你的心里——他是位写心的圣手。

写心，首要真诚，只有真诚才能打开别人的心扉。而真诚常常是他给人的第一印象。

对于身处困境的人，他常会伸出援手，体贴问候，关切之情真挚浓郁。对于懵懂困惑的人，他会真诚善意地指点迷津，毫无保留地引领他走上正途。对于工作不力、认识有偏差的人，他也会直言不讳地给予批评。对于自己的不足和过错，一经认识，他必立刻认领。真诚使得他喜怒哀乐常常溢于言表，让那些哪怕初次见面的人，也深受感染，让那些心有灵犀的人很快明白，这是位值得信赖的长者。很多海大人都清楚地记得，当年为了高起点发展人文学科，学校聘任王蒙先生加盟海大。就在那次聘任仪式上，他宣读王蒙简历，提供给他的稿子将王蒙的代表作《组织部新来的年轻人》错打成了"组织部所来的年轻人"。他照稿宣读，一时台下响起一阵轻微的笑声，他敏感地停顿下来，问身边的王蒙先生是否出了错误。王蒙笑着告诉他，是"组织部新来的年轻人"。他立刻真诚道歉，并接着脱稿说道："老师们，同学们，一所大学的校长都不知道小说《组织部新来的年轻人》，大家说这所学校是否应该赶快加强人文啊?"一时掌声雷动!

写心,需要智慧,因为心是最多面亦最多变的精灵。智慧每每表现在他过人的远见、决断和对于人的认识与把握。

很多同事都见识过他对事业的预见,都见识过他在关键时刻、关键问题上的果断决策,都见识过他为了成就一件大事而运筹和推进的能力,特别是他汇聚集体智慧的能力。大家喜欢参加由他主持的会议,不管会上有多少种千差万别的见解和意见,最终都不会跑题,都会被关照到,大家不同的见解会在这位主持人那里得到集中概括和令人茅塞顿开的提升。大家都喜欢听他做大会发言,不是那种念秘书稿子的发言,而是他脱稿的演讲。他的语言并不华丽,但极富思辨和激情,总是让听众受到启发和鼓舞。那些年他主持的对学校发展起到了至关重要作用的"崂山会议",给同事们留下了美好的回忆;那些年每学期始末的教师干部大会上,他的讲话都留给大家深刻的印象。因为他的存在,学校就有了主心骨。

还有他对人的认识和把握。因为在校办工作,那时我们偶尔会听到他对人的评价。我至今还记得,一次他开完一个教师座谈会回来对一位年轻教师的高度评价。而这位当年的年轻教师后来果然不负众望,成了学校的主要领导。还有他激发同事和下属们的工作激情和创造力的能力。他曾给我们以极大的工作信任，这给了我们荣誉感和工作的动力。一个偶然的机会，我向他请教为什么对我们如此的信任，他微笑着告诉我一个道理："被人信任而成功，是双重的成功；被人信任而失败则是双重的失败！"

他的智慧犹如一个巨大的磁场，让无数多面而多变的心灵感应、钦服，让大家心往一起想，拧成一股绳，既成就事业，也成就人。学校、学院、学科获得了一个又一个发展机遇，取得了一个又一个发展成果。与此同时，很多干部、教师和学生在他的引领下成长。这些都是他的智慧开出的鲜花，结出的硕果。

写心，更需要仁德，因为仁德才是心的最温暖的家。

仁德是他最大的魅力所在。他的宽厚给人温暖，他的悲悯给人力量。无论在他的故乡还是他工作生活过的地方，无论是他的领导、老师、同事、学生、朋友，还是那些素昧平生、慕名而来的人，他都倾心相待，帮助支持。多少单位、多少人曾受过他的指点和影响，得到过他的支持和恩惠，我们不得而知。人们对他的感念可以汇成大海！

他是我们身边的一个真实的存在，也是一个真实的神话。他超强的气场，犹如海大园里伟岸的银杏树，傲然屹立又惠济众生。他在他所涉猎的诸多领域开创时代。无论他自身的成就、影响和地位，还是他凝聚众人的智慧，为事业发展赢得的先机，都是我们海大人的骄傲。他奋进不息的精神，永远都是我们人生事业的榜样。

是的，我知道，无论用多少美好的词句，我也写不过他。因为，他本身就像他的名字一样，是一首华彩的诗篇。

2014年8月27日

最好的学习
——在海大遇见王蒙老师

朱自强

　　1982年1月，我本科毕业，留校当了老师，至今已整整四十二年。其间，我只服务于两所大学，一所是东北师范大学，我的母校，另一所就是中国海洋大学，我目前任职的学校。再过几天就是春分。春分既将春季平分，也将昼夜平分。类比起来，奉调中国海洋大学的2003年，正是我至今为止的职业生涯的"春分"。

　　我本是随遇而安的人，不太愿意离开自己的"舒适区"。在东北师范大学工作的二十一年，学校为我提供了很好的生活和工作条件：学校分给了我两处房子，因为是前后楼，可以一处居住，一处专做书房；三次派我出国留学、研究，不仅成立了儿童文学研究中心，而且校党委会已经决定，成立跨学院的儿童文学研究中心并委派我负责组建。但那时，由于妻子无法继续忍受长春的酷寒，我不得不遗憾地割舍母校。

如今，我在中国海洋大学工作也二十一年了。这二十一年间，让我深感幸运的有两件事。

一件事与我主要从事的儿童文学研究有关。儿童文学这个学科在中国大学里，从学科体制到学术认知，大都被严重地边缘化。但是，在海大，儿童文学学科却受到极大重视。学校不仅早在2004年4月就设立校级研究机构儿童文学研究所（2021年更名为国际儿童文学研究中心），而且将跨学科的儿童文学团队列入学校重点建设学术团队，持续投入经费支持发展。我本人在儿童文学学科建设上是有所追求的，所以，这是知遇而安的二十一年。今年适逢中国海洋大学百年校庆，有这充实而愉悦的二十一年，我为海大百年生日献上的祝福，是一份源自内心的情感。

另一件事就是遇见王蒙先生。我来海大的前一年，学校就慧眼独具，为振兴海大的人文学科，延聘王蒙先生为中国海洋大学顾问、教授、文学院院长。2003年10月下旬，我来海大报到，正值王蒙文学国际研讨会召开，我也被邀请参加了会议。到会的著名作家、知名学者的阵容之豪华，令人惊叹不已。联系王蒙先生后策划的"名家课程"等一系列活动，打个不够贴切的比喻，这次大会有点像一场大戏的主要演员与观众见面,接下来,就是幕布不断拉起,各路名角轮番登场展示才华。

2002年至今,除了疫情影响,王蒙老师几乎每年都会至少来学校两次,每次都会邀请几位或著名作家或知名学者一同来校,举办各类学术活动。2005年7月至2010年6月这五年间,我作为文学院的常务副院长、文学与新闻传播学院院长,与王蒙老师以及王蒙老师邀请来的诸多名家有了近距离的接触,得以"亲近而熏炙之也"。

这篇短文的题目"最好的学习",取自不记得在哪里看到的一句译自英文的名言——最好的学习方式,就是向最好的人学习。正是因为遇见王蒙老师,我才有了数不清的"向最好的人学习"的机会。"向最好的人学习"有两种方式,一是读其书,二是受其教。面对"最好的人",能读其书已是幸运,再加上亲聆其教,那真是三生而有幸了。

我读大学时,作家萧军曾经到东北师范大学做过一场报告,当时的兴奋至今记忆犹新。在海大遇见王蒙老师后,这样的兴奋简直是应接不暇。我就讲一两件事吧。

也是在大学期间,我读到了两本《台湾诗选》,其中就有余光中先生、郑愁予先生的诗作。这些迥异于大陆同时代贺敬之、郭小川等诗人的诗作,给我很大的感染和触动。那时,我怎么也不会想到,有一天自己能亲耳聆听两位诗人讲诗,朗诵他们自己的诗。

2006年3月至5月，我接受台湾台东大学邀请，为该校儿童文学硕士班和博士班授课。那期间，台东大学可以为我提供酒店住宿，但是，我选择了住在台东大学林文宝教授的三层楼的书库中，因为想浏览那书库里的两万多册藏书。有几天，我颇沉浸于余光中先生的几部诗集，《五陵少年》中那"来一瓶高粱哪，店小二！"的呼唤，数日之内都在耳边回响——我的怒中有燧人氏，泪中有大禹/我的耳中有涿鹿的鼓声/传说祖父射落了九只太阳/有一位叔叔的名字能吓退单于/听见没有？来一瓶高粱！/千金裘在拍卖行的橱窗里挂着/当掉五花马只剩下关节炎/再没有周末在西门町等我/于是枕头下孵一窝武侠小说/来一瓶高粱哪，店小二！

没想到的是，返回海大没几天，王蒙先生竟然就把余光中先生邀请了来。初见余光中先生，一时无法将波澜壮阔、大起大合的《五陵少年》与眼前这位文雅柔弱的诗人联系在一起。我早就知道余光中先生对戴望舒的诗作评价不高，于是，陪他在海边漫步时，就当面讨教。他说，戴望舒只写了七十几首诗，是不能将其称为大诗人的。虽然从入大学之前就吟咏戴望舒的诗，至今也还喜爱，但我也理解余光中先生的看法。我还猜测，从浅吟低唱的《乡愁四韵》，到年老时"千尺白发飘"、失眠时"头枕三峡"的《大江东去》，诗风如此多变的余光中先生,也是会对总是"撑着油纸伞,独自/彷徨在悠长,悠长/又寂寥的雨巷"的戴望舒的诗风心有不满足吧。

除了讨论戴望舒,余光中先生对朱自清散文的独特解读,对我来讲也有些振聋发聩,对我理解"作文"和"写话"这两种现代散文类型以及后来参与撰写现代文学史教材的相关部分颇有帮助。

我还想到王蒙老师邀请来的德国汉学家顾彬先生。有一位学界朋友与我谈及顾彬先生关于中国当代文学的言论,说顾彬先生故作惊人语,涉嫌炒作。我马上说,那都是媒体"惹的祸",以我几次与顾彬先生相处,以及听顾彬先生在文学院讲述名家课程的感受来看,顾彬先生绝对是严肃、严谨、渊博的学者。我还以顾彬先生的大著《二十世纪中国文学史》为例予以详细说明。我写的一篇论述中国现代文学史写作方法的论文,所主张的文学史的书写方法,其参照之一就是顾彬先生的《二十世纪中国文学史》的写作方法。韦勒克说,要想成为一个文学史家,首先要成为一个批评家。与韦勒克强调"理解作品"这一审美能力不同,顾彬先生更强调的是文学史家的"思想"资质。他说,只有具备一定的思想史深度才能真正理解中国文学。联系中国现代文学史著作的整体思想水平,顾彬先生的主张值得深思。当然,顾彬先生也非常重视文本分析,并且乐此不疲地对小说这样的叙事作品的精彩而又重要的段落作摘引。这也让我联想到国内大量的不进行作品摘引的中国现代文学史著作。这是两种不同的文学史写法。顾彬先生的写法是把作家作品置于舞台中央,自己则站在一旁把聚光灯打在上面,国内某些现代文学史著作的写法是学者把自己置于舞台中央,作长篇累牍的自我表现,却把作家作品挤到了不显眼的舞台角落。

因为实际接触王蒙老师邀请来的诸位名家,我所获得的类似体验和收获还有很多。

在我接触到的"最好的人"之中,最让我有"学然后而知不足"之感的还是王蒙老师。

在我读大学的1980年,反右运动中被打成毒草或批判过的作品结集的《重放的鲜花》一书出版。读这本书,感触和记忆最深的是王蒙老师的《组织部新来的年轻人》。也许心性决定着阅读文学作品的审美取向,这篇小说留给我的,不是对针砭官僚弊病的情节的记忆,而是那个浪漫夜晚的槐花气息。对我而言,那似乎不是一篇小说,而是一首关于青春的"诗"。来海大以后,我有幸多次聆听王蒙老师的讲座,而且还在日常活动中多次陪伴王蒙老师,领略到了王蒙老师的博大精深、理性严谨、睿智幽默,不过有时,在王蒙老师的话语之间,我的眼前还是会浮现出写《组织部新来的年轻人》的那个浪漫的、温情的诗人——年轻时的王蒙先生的面容。

自 1982 年 1 月起,我的学术研究主要在儿童文学领域。一方面,儿童文学本身是一个非常丰富、复杂的学科,具有跨学科性和应用性,颇能满足人的好奇心和探索欲;另一方面,自 2001 年任东北师范大学文学院副院长,至 2010 年卸任中国海洋大学文学与新闻传播学院院长,近 10 年的行政工作对学术研究的挤压,也迫使自己没有越儿童文学研究之"雷池"一步。

　　得以专心从事学术研究之后,近年来,我在继续深化儿童文学研究的同时,也走出"舒适区",涉足于儿童文学研究之外的中国现当代文学研究领域。进入这一状态,于我有两个契机:一个是继续接近着王蒙老师,一个是从事通识教育。

　　本文与海大百年校庆有关,所以,我想就海大的通识教育也说几句。海大的本科教育理念是"通识教育为体,专业教育为用"。用中国哲学的体用论来阐释通识教育与专业教育的关系,这是十分清晰而精到的理念,在全国范围内也出类拔萃。学校为了深入探索通识教育,于 2015 年 5 月成立行远书院。行远书院成立伊始,我便承担大学之道这门核心通识课程。遵循自己所信奉的通识教育理念,我把这门课设计成了跨多门学科的课程。上这门课,让我深切体会到,通识教育最是教师与学生共同成长的教育。在大学之道课上,我本人受益最大的是接触了自然科学的思想和方法,不仅认识到自然科学作为一种文化,在推动人类文明进程上所拥有的巨大力量,而且体认到科学精神对人的心智世界的建构作用甚至引导作用。自然科学十分重视方法论,人文学科也该如此。于是,我尝试着从方法论出发,研究中国现代文学的"起点"问题。比如,统计物理学家张首晟从能量、信息与时空这三个基本概念出发,运用统计力学的方法解释看似偶然的人类历史的必然性。他认为,当某一个时空,能量和信息达到相应的密度,就会产生"知识"的大爆炸。于是,我类比式地借鉴张首晟教授运用的统计物理学的方法,考察1917年至1920年的中国这一特定的"时空",发现并指出,聚集在这一时空的现代性"能量"和"信息"不仅达到了史无前例的超高密度,而且这些"能量"和"信息"彼此声气应求,从而朝一个方向引发了现代知识的大爆炸——中国现代文学("新文学")的诞生。再比如,物理学中有一个被称为"理想化"的方法,数学哲学家M·克莱因以伽利略为例,对其作过清晰的说明:"为到达现象的实质,伽利略提倡并施行了另一条原则,即理想化。他的意思是应该忽略一些琐屑的因素……这样伽利略倡导剥去附带的或者说次要的效果以达到主要的效果。"我认为,中国现代文学的"起点"研究就应该采用"理想化"这一方法。一方面,就像伽利略不排除空气阻力和摩擦力,自由落体运动这一理论模型就无法建构一样,不排除次要因素,中国现代文学史的"起点"也是找不到的。另一方面,如果着眼于次要因素做"起点"研究,则会出现两个结果:一个是"起点"多到令人怀疑中国现代文学没有"起点"(目前的中国现代文学"起点"说就有十五六种之多);一个是所指认的"起点"基本是站不住脚的。在中国现代文学的建构过程中,必然有许多次要的因素存在,这些次要性因素也应该进入到学者的学术视野,但是,当一个学者判断中国现代文学的"起点"时,则需要对次要因素采取正确的处理方式,否则就会出现阐释上的失当。

再回到"遇见王蒙"这一话题。其实,刚说过的通识教育与王蒙先生也是有联系的。王蒙先生的知识视野和知识结构也是"通识"的,他是一个"通人"。就知识乃至思想的"横通"来讲,在当代作家中,无人能出其右。这也是作为作家,王蒙先生对于中国当代文学的意义和价值之所在。

我要感谢王蒙研究专家温奉桥教授。近年来,每次召开王蒙先生的新书研讨会,温老师都会邀请我参加,让我有了深入学习、开展研究的机会。如果说,我在《中国现代文学研究丛刊》上发表的《身体美学:王蒙〈猴儿与少年〉的艺术超越性》一文,还只是跨出儿童文学的文学研究,那么,近期完成的《论王蒙的现代性——以"人文精神大讨论"为中心的考察》则是将哲学、文学、文化学、经济学、社会学等多学科纳入视野的一项可以归入思想史的研究。我勉为其难地做这样的思考，完全是受惠于王蒙先生的精神感召。

王蒙先生博大精深的精神世界一直深深地吸引着我。研究中国现代文学的人，"现代性"问题不仅绕不过去，而且若不能合理地、有效地解决，则无法使重大问题的言说获得合理性、有效性。"人文精神大讨论"就说明了这一点。在"人文精神大讨论"中，倡导"人文精神"，发起"人文精神大讨论"的某些人文（文学）知识分子囿于传统的人文学科知识，忽视哲学理论，盲视经济学、社会学内含的人文精神，唯心论式地将物质文化与精神文化对立起来，将市场经济与人文精神对立起来，思想陷入了"玄学"的泥淖。正是在某些人文（文学）知识分子这种思想的虚脱无力状态的对立面，我们看到了王蒙先生的存在。在"人文精神大讨论"中，王蒙的存在是"众里寻他千百度"的存在，是"众人皆醉我独醒"的存在，也是"春江水暖鸭先知"的存在。王蒙先生秉持唯物主义认识论，坚持"人文精神"的实践性，以历史化的方法和世界性视野，处理市场经济与人文精神之间的现实关系，站在了市场经济一方，站在了现代性一方，在当年就看准了一切、说对了一切。

由王蒙先生面对"现代性"问题的"横通"式思考，再联想到某些人文（文学）知识分子对"现代性"问题所做的游离的，甚至是背离的阐释,我愈发感觉到"新文科"建设的必要性和迫切性。在人文学科的"新文科"建设问题上,我们可以从王蒙先生这里得到一个根本的启示——大学的人文学者要努力做一个"通人",通过进行打通古今中外,融通科学与人文,会通人与自然的通识教育,将学生培养成"通识"人才,才是"新文科"建设的不二法门。

不论是在讲台下,还是在餐桌上,听王蒙老师就文学、艺术和学术侃侃而谈,我脑海中多次出现"天才"一词。我猜测,学识渊博如王蒙老师,一定有着超群的记忆力。有一次禁不住当面询问,王蒙老师微微一笑说,两个小时的讲演,面前没有一张纸头,我的记忆力的确不错。此事过去的几年后,有一次,我在成都作一场讲座,准备开始时却发现忘了带优盘,无奈下只好即兴讲起,三个小时讲下来很受欢迎,比有演示讲稿效果还要好。此时回想起这件事,实在是因为在发现忘了带优盘的那一瞬间,脑海里浮现出的,是面前没有一张纸片,却镇静自若、侃侃而谈的王蒙老师的神态。我肯定无法从王蒙老师那里突然获得超群的记忆力,不过王蒙老师那强大的自信,还是于润物无声处,对我有所感染的。

近距离接触过那么多名家名人,那么多"最好的人",我大都没有索求签名、申请合影,只是云淡风轻而过。但是,偶尔在电脑里看到与王蒙老师以及一些名家的合影,还是感到眼前出现了生活的夺目光彩。

沃尔特·惠特曼的《有一个孩子向前走去》一诗写道:"有个天天向前走的孩子,/他只要观看某一个东西,他就变成了那个东西,/在当天或当天某个时候那个对象就成为他的一部分,/或者继续许多年或一个个世纪连绵不已。"

我希望自己一直能做惠特曼笔下的那个孩子,"天天向前走",不断地接触新的事物,不断地遇到"最好的人",通过"最好的学习"丰富自己、提升自己。

2024 年 3 月 16 日于山水名园寓所

墙后面的王蒙

李　扬

　　2002年春天的一个上午,我的一个大学同学打电话来,语气颇为兴奋:"我见到王蒙啦!在酒店,隔着一张桌子,他在吃早餐!"这位同学大学毕业后一直在市政府机关担任要职,素来内敛沉稳,这般喜形于色实在少见。"你不记得啦?我的大学毕业论文写的就是王蒙小说啊!"

　　同学的一个电话,牵出串串回忆。1978年至1982年,我们在大学读中文系,那时王蒙从新疆返京,压抑多年的创作激情如火山岩浆般喷发,《青春万岁》《夜的眼》《春之声》《布礼》《蝴蝶》《风筝飘带》等,一发表都引发轰动,同学们争相传阅,并成为熄灯后卧床夜谈的热门话题。那时中文系的学生大都是文学青年,充满理想,激扬文字。文学是我们的梦,而王蒙

153

是梦中的一颗夺目的亮星。

梦里和现实中的星辰再亮也都遥不可及。所以,当亲眼看见王蒙在海大逸夫馆从管华诗校长手中接过聘书,在如潮的掌声中成为海大顾问、教授和我们文学院院长的时候,我禁不住揉了揉眼睛,有恍若梦中之感。

岁月流逝,可王蒙的作品已经在许多人的心灵上刻出抹不去的印痕。在青岛机场,一位航空公司的老总激动地向王蒙描述许多年前,他当兵驻扎在中苏边境的戈壁滩,风雪夜躲在坦克下入迷地听着收音机里播放王蒙小说的情景;我去画廊,装裱王蒙为学院刊物的题词,老板娘一见就惊呼:"大作家还写得一手好字!"原来她也读过王蒙的小说。

如今,真真切切地,王蒙来到青岛,来到海大,来到文学院,走近了我们。

我读过许多文章里的王蒙。智慧、感性、理智、冷峻、深奥、平实、激情、练达、天真、自信、入世、超然、执着、洒脱、凝重、幽默、尖锐、内敛、宽容,甚至还有一个见过王蒙的小学生用的词:好玩。这些词汇,其中不少是词义相反的,却都曾用来形容王蒙。有位记者找不到合适的词汇,干脆就用了王蒙小说名作的标题来描述:蝴蝶王蒙。有人说,王蒙本质上其实是一位适合在伊犁河畔行吟的浪漫诗人。但也有人见到严肃的不怒自威的王蒙,就形容他是"一堵墙"。

在这么多词汇的形容堆砌下,墙后的王蒙让人觉得高深莫测。他自己说:"你永远不会像我一样知道王蒙是谁"。

　　王蒙院长在海大工作期间,我和学院的同事们有幸与他有了更多的接触。渐渐地,一个真实的王蒙从"墙"后凸现出来。

　　王蒙着实让我们领教了他的幽默。全校学术演讲时,深奥的哲思、抽象的学理被他演绎得天花乱坠、妙趣横生,引得坐在他身边的管华诗校长七情上面,笑出眼泪,挤得水泄不通的大厅里,笑声、掌声不绝于耳。若是和相识的学院同事们一起聚餐,再好的美酒佳肴在王蒙的幽默面前也会索然无味。他忽而胶东方言,忽而英语笑话,忽而河北梆子,忽而手机短信,忽表演,忽模仿,非让你前仰后合笑岔气不可。听别人讲笑话,他也会乐得从椅子上弹起来,朗声大笑——或许这就是作家余华所说的"像王蒙那样大笑"?

　　在乐观幽默的另一面,他又充满着浓郁的诗人气质。像他的作品一样,王蒙的激情时常会挡不住地流露出来,兴之所至,他抓过麦克风高歌一曲,充满感情地用维吾尔语朗诵诗歌,他也谈到看李世济的《祭塔》,读《笑傲江湖》,甚至电视上的一段情真意切的广告,都会使他泪盈于睫,这使我不禁想起那个"花甲之年拨心曲,遥想读者泪如雨"的王蒙。每一个接近他的人都会不自觉地被他的话语和情思所感染,久久难以忘怀。

关于王蒙的睿智聪慧，以前听到过不少轶闻，现在终于也有机会印证了一次。有一天我给学生讲民俗课，谈及算命、占星术的欺骗性，晚上有学生就用电子邮件发给我一个"读心术"的网站，让我解释其中的玄机。网站上的一个电脑程序声称能看穿你的心思：让你先默想一个两位数的数字，再减去其十位数和个位数，从一张表格中找到得数，旁边有一个图形符号，凝视这个符号五秒钟，点击另外一个空白方框，方框中就会显示你刚才凝视的符号。好奇照做，果然屡试不爽。虽然知道这是骗人的把戏，但数学奇差的我，苦思冥想一阵也不知其所以然。忽想起王蒙在学术演讲时，提到他在北戴河见到地摊摸彩游戏，识破骗局，引发出"3322"的数学几率问题并联想到人生命数的故事——就赶忙把这个网站地址用电子邮件转发给他。没料到第二天一早王蒙就打来电话，说已经破解其中的奥秘，详见电子邮件。"一个二位数字的结构是 $10N+W$，他要求的是 $10N+W-(N+W)=9N$，就是说，每次不论什么数字，最后得出的只能是9的倍数，每次只可能有九个数……上述九个数字的符号每次换一个，但每次此九个有用数字的符号是相同的。小小的玩笑而已，一笑"。我恍然大悟之余，心里只有叹服的份了。

在海大，王蒙多次强调自己是一个学生，生命中只有一件事是永远不会停止的，就是学习。他的智慧，除了与生俱来的天分,恐怕和他好学勤学分不开。有一天,我为他的电脑安装防病毒软件,发现他竟然使用的是难学易忘,但打字速度最快的五笔字型输入法,当年我为学习它劳心费神,最后还是啃不下来,知难而退。原因明摆着,就是缺了王蒙的这一股学习的韧劲和毅力。看电视上有关非典的新闻发布会,王蒙会冷不丁地指出英语口译者的用词不当,接着就这个词讨论一番——他的大脑似乎无时无刻不在高速运转,在捕捉、分析、吸收、应用、处理各种信息。我和他当时的秘书彭世团有些共同的兴趣爱好,如电脑、摄影、驾驶等,见面时常常会切磋交流一番,这时候王蒙就会饶有兴趣地"旁观"并不时点评两句,甚至鼓动我们来一场"PK",看得出他对任何新鲜有趣的事物都有着浓厚的兴趣。他喜欢学习,在学习中获得乐趣;也善于学习,自己摸索出独特而有效的方法,一步步攻克许多人视为畏途的外语关。我以前知道王蒙精通维吾尔语,接触王蒙后才发现他的英语亦不同凡响,不但书面翻译了不少英文小说,听、说方面也相当出色。学贯中西的香港著名学者、海大"名家课程"教授黄维樑先生,跟我谈起王蒙的英语发音,也是赞赏不已。

崔瑞芳老师曾经提到,王蒙非常欣赏作家铁凝的两篇并不出名的小说,写的都是纯朴的人、善良的心。走近王蒙,我常常从一些细枝末节的小事里,被王蒙的善良心地、诚恳态度、平易近人所感动,明白了他喜欢这些作品的缘由。记得有一次给王蒙发电子邮件,似乎是软件的模板功能自动将"王院长"的抬头改成了"王蒙",信发出去了我才发现,自责之下赶忙发信道歉。不久收到他的回信:"其实这样最好,我也习惯于与旁人直呼其名,你太东方了!所以从现在我带头直呼姓名。"五月底的一天,接到他的电话,说"六一"儿童节就要到了,他和崔老师特意在佳世客商场给我的孩子买了一件礼物:一个滑板车。望着两位慈祥的长者和分量挺重的滑板车,我竟感动得一时语塞。中文系的学子们听说王蒙来了,都纷纷拿了手头王蒙的作品想请他签名留念,又不好意思打扰他,就托我帮忙。记得有一次收下了好几十本书,送到王蒙住处,他不顾一天的劳累,逐本签好,学子们如愿以偿,个个兴高采烈。

记得有一年的春天,在海大浮山校区作家楼小住的王蒙,忽然打电话给我:"李老师,可否麻烦你开车送我和崔老师去八大关,请不要惊动别人,我们就想两个人,悄悄去看看树,看看花,看看海。"一路上,王蒙和崔老师兴致勃勃,但我这个司机却有点紧张,毕竟这辆高尔夫小车,还是第一次运送如此重要的"贵宾"。直到顺利抵达目的地,才松了一口气。春阳明媚,花树漫道,王蒙如孩童般微笑着,张望着,指点着和崔老师一起缓缓观景赏花,渐行渐远——这一场景,定格成一幅美好的画面,长久镌刻在我的记忆中。

愈走近王蒙,你就愈会发现:"墙"后面的王蒙,是一位饱经沧桑、历尽坎坷,却仍然有着旷达明朗胸怀的作家、有着本真性情的诗人,是一位智慧充盈、蕴藉万千、灵光四射而又可亲可敬的长者。王蒙是深的湖,远远看去,湖面影色斑驳、波光粼粼,但当你走近,会发现湖水是清澄的、透亮的。

2024 年 3 月 10 日改定

『我们的王蒙先生』与我们的『海大精神』

徐　妍

　　基于阅历的丰富性，王蒙先生拥有多重身份，但在中国海洋大学的校园，常常被海大人称呼为"我们的王蒙先生"。这样的称谓，内含了海大人对王蒙先生的"独家情感"，也传递出海大人对王蒙先生的新认知：除了人们熟知的王蒙先生，在海大人眼里，王蒙先生还是一位对大学教育内涵有着独特感悟，对大学教育实践有着深远认知的人。

　　王蒙先生与海大人的深厚"情缘"迄今已经二十二年了。2002年4月1日，王蒙先生从时任中国海洋大学校长、管华诗院士手中接过聘书，正式受聘为中国海洋大学教授、顾问、文学院院长（后担任文学与新闻传播学院名誉院长）。受聘后的二十一年里，王蒙先生如果没有特殊情况，通常会在每年五六月间的蔷薇花开之季与秋冬之间的花叶寂静之时,邀请国内外著名作家、学者入驻海大"作家楼",建议学校建立驻校作家制度和开设名家课程体系,亲自发起论坛、开设讲座、举行对谈、分享新书、研讨新作、接受师生造访……这样的日子啊,对海大人来说,就是文学的节日,就是金光闪闪的日子!在过去的二十一年里,王蒙先生为中国海洋大学做了许许多多的实事、好事、大事。

仅我记忆中的王蒙先生发起的论坛、讲授的讲座,以及讲授、主持、出席的学术会议和学术活动有:2004年10月至2019年10月,与管华诗院士共同主持的连续四届的中国海洋大学"科学·人文·未来"论坛(首届论坛未设置主题,第二、三、四届论坛的主题依次为"关注海洋、面向世界""教育实现梦想""构建人类命运共同体");2006年5月末,与余光中、白先勇等作讲座、出席诗朗诵活动;2006年9月22日至25日,出席"王蒙文艺思想学术研讨会";2013年5月9日,与"80后"作家文珍、甫跃辉对谈(题为"时代变局与八〇一代作家的文学选择");2013年5月10日,作题为"青春与文学"的专题报告;2013年12月13日,与冯士筰院士和方奇志教授以"数学与人文"为题的对谈;2014年10月22日,出席王蒙最新"双长篇小说"学术研讨会;2015年5月30日作题为"永远的文学"的讲座;2018年3月中旬,率队出席"春之声·文学艺术节"的主题讲座活动；2019年10月17日，出席王蒙文学馆揭牌仪式和"王蒙与中国当代文学"研讨会；2021年5月26日至27日，出席长篇小说《笑的风》学术研讨会，作题为《文学里的党史与党史中的文学》（《文艺报》2021年6月18日）的讲座；2022年1月6日，出席长篇小说《猴儿与少年》研讨会；2023年6月12日，出席"刘慈欣作品学术座谈会"；2023年10月29日，出席"王蒙与共和国文学"全国研讨会……很少有大学如中国海洋大学这样能够迎接国内外八方来客，很少有大学生能够有如此多的机缘与国内外文学界、艺术界、科学界的大家、名家面对面交流。毫不夸张地说，为了海大人心心念念的学校第三次人文振兴，王蒙先生全力以赴、倾情付出，兑现了他在受聘仪式上的承诺：我来海大不是闲逛的，我要为恢复中国海洋大学的人文学科尽微薄之力。

作为一位在海大工作了十八年、见证了学校第三次人文振兴进程的海大中文人，我有时会想：王蒙先生缘何选择中国海洋大学？而且，一经选择，一诺千金二十多年？个中原因，或许有性情和命运的因素，如：王蒙对大海的喜爱，对父亲王锦第在青岛"桃李满天下"的旧日时光的追怀，与管华诗院士的精神投契，与吴德星校长、于志刚校长等海大人的情谊绵长……，但归根结底，还是源于王蒙先生这位文学的海之子与一代代中国海洋大学的海之子在精神深处的共情。因此，可以说,王蒙对海大人的一诺千金,是对海大人所追寻的"海大精神"的深切期许。

那么,何谓"海大精神"?"海大精神"是中国海洋大学所蕴含的一种独特的精神气质。它涵盖了历史上中国海洋大学前身所具有的民族文化精神与爱国主义精神,内含了21世纪中国海洋大学所追寻的科学精神和创新精神、竞争精神和国际合作精神等多个方面的精神。概言之,"海大精神"是由中国现当代社会演进中的"海大科学精神"与"海大人文精神"共同构成的一代代海大人的精神内守。

"海大精神"传承了中国海洋大学前身的精神传统——20世纪30年代初期国立青岛大学校长杨振声所确立的"兼容并包""科学民主"的办学方针,延展于国立山东大学校长赵太侔所力倡的"广聘名师、教授治校"的办学方略,扩大于20世纪50年代的山东大学校长华岗所倡导的"文史见长,加强理科,发展生物,开拓海洋"的办学思路,再生于山东海洋学院、青岛海洋大学、中国海洋大学的"海纳百川,取则行远"的校训所寄寓的"海大精神"。

"海纳百川,取则行远"的学校校训是由王蒙先生题写的,在某种程度上,寄予了王蒙先生所期许的"海大精神"。何出此言?我们不妨回望2003年春天王蒙先生在题写"海纳百川,取则行远"校训时的主题发言:"作为中国海洋大学,我们更应该使用'海纳百川'这四个字。"在此基础上,王蒙先生提出了三个方案,他重点对"海纳百川,取则行远"这个方案作了分析,对这个方案的用典出处和原义,用在校训中的引申义及逻辑关系、平仄照应等给出了深入而详细的说明。(见《中国海洋大学校训始末》。)以我的理解,王蒙先生无论是对"海纳百川"的选取,还是对"取则行远"的考辨和阐释,都寄予了王蒙先生对"海大精神"的期许:无论中国现当代社会如何变迁,对海大人而言,容纳"百川",乃为"海大"。"百川"之中,讲究"取法"。"行远"之时,首在立身,学习古今;求同存异,行至高远。这意味着王蒙所期许的"海大精神"的重建并不是让海大人重新回到中国海洋大学的前身那里去,而是在21世纪重新出发,既承继历史传统又续写时代新章、更创造未来图景。

特别有意味的是,王蒙先生不只是"海大精神"的期许者,还是"海大精神"的践行者。王蒙先生在加盟中国海洋大学时曾说:"我来海大不是当教授,而是来当学生的。"在王蒙先生的所有身份中,他首先是个"用功一辈子的好学生"(王蒙语)。可以说,王蒙先生特别令海大人感到鼓舞之处在于:王蒙先生不只是校训"海纳百川,取则行远"的题写者,而且是"海纳百川,取则行远"的践行者。在王蒙的生命、生活中,学习是快乐的事儿。王蒙特别擅于运用学习的方式来提升自我:自学了马列、党史、维吾尔语、英语、数学等。通过持之以恒的自学，王蒙先生收获了令人惊奇的自学成果：四十五卷本的《王蒙文集》里含有王蒙的多篇英语、维吾尔语译著、小说和诗，皆是王蒙自学语言所得；王蒙先生曾在中国电视台国际台做过半小时的对话节目，自学的英语带有地道的美音语调；王蒙先生还在各种官方场合使用他所访问的国家的语言讲话，所使用的语言包括俄语、日语、波斯语、哈萨克语、英语、土耳其语；近年访以色列，在希伯来语作协的见面会上用英语讲话，在美国莱斯大学、哈佛大学、三一学院，都做过英语演讲。王蒙先生对学习的热爱简直超乎常人的想象力：在访德期间，报名参加了晚间的德语学习班；在澳门大学和中国海洋大学，讲起了数学与文学的关系；他还是《红楼梦》的超级拥趸。王蒙先生还一边自学、一边写作了多部研究中华传统文化典籍的著作，除了前文所述的先秦哲学家老子、孔子、庄子、孟子等典籍的学习心得——《老子的帮助》《天下归仁：王蒙说〈论语〉》《庄子的享受》《得民心得天下：王蒙说〈孟子〉》，还有新近出版的《天地人生：中华传统文化十章》……由此可见，王蒙先生不仅主张活到老、学到老、成长到老，而且说到做到、身体力行、知行合一，可谓是"海纳百川，取则行远"的引领者和践行者。

2024 年，王蒙先生从事文学创作七十一年了。王蒙先生的多重身份和丰硕成就愈加被时间所确证。然而,王蒙先生对教育的独特见解和独特贡献很少被谈起。作为一位海大人,有幸近距离地见证了王蒙先生以他独特的教育理念和教育实践为中国海洋大学的文脉重续所做的坚实工作,如实讲来,向我们的王蒙先生致敬。

2023 年 7 月 10 日初稿

2024 年 2 月 28 日修订

在海大，遇见王蒙

温奉桥

作为作家、"人民艺术家"，王蒙先生早已声名远播。作为教育家的王蒙，可能并不为很多人所知。

《王蒙自传》中有一节专述"中国海洋大学"，他写道：

> 童庆炳旁征博引，丝丝入扣。袁行霈仁心诗心，感人至深。柳鸣九高屋建瓴，神交法兰西。何西来豪情如火，情理并茂。严家炎精细缜密，百发百中。龚育之心平气和，真理在握。黄维樑纵横驰骋，思绪如电。叶嘉莹娓娓道来，引人入胜。白先勇至诚所至，金石为开。余光中学贯中西，隽语妙悟。金圣华亲切条理，循循善诱。冯骥才博闻强记，见多识广。叶辛绵密动听，娓娓道来。余华灵

敏有加而且有一种厚道,单纯至性,同时也极丰赡……迟子建则同样有一种对于文学与生命的善良与真诚,有一种大爱与大欢喜。

王蒙先生在这里所记录的,其实就是这些著名作家、学者在海洋大学授课的情形。

今天,走进中国海洋大学浮山校区,你会发现在这个依山傍海的美丽校园里有座"作家楼",这是中国高校第一座"作家楼",也可能是唯一的一座。著名作家冯骥才说,中国海洋大学"作家楼"的建立是"当代文学界的奇迹"。"作家楼"的下面,翠竹掩映中有一块巨大的"作家石",上面刻满了一个个闪光的名字,他们是:

王蒙、童庆炳、何西来、柳鸣九、严家炎、余华、张炜、毕淑敏、迟子建、尤凤伟、朱虹、黄维樑(中国香港)、顾彬(德国)、袁行霈、吕必松、徐通锵、纪宇、叶嘉莹(加拿大)、华克生(俄国)、舒乙张宇、陈祖芬、方方、韩少功、熊召政、唐浩明、邱华栋、赵长天、赵玫、张平、谭谈、张锲、成中英(美国)、查建英(美国)、南帆、陶东风、范曾、冯其庸、李希凡、张庆善、龚育之、王润华(新加坡)、金圣华(中国香港)、余光中(中国台湾)、白先勇(中国台湾)、胡芝风、赵毅衡、虹影、陈晓光、王安忆、张贤亮、陈建功、鲁彦周、张抗抗、铁凝、舒婷、周大新、陈染、徐坤、顾骧、托洛普采夫（俄国）、金良守（韩国）、梁丽芳（加拿大）、黄孟文（新加坡）、森冈缘（日本）、川西重忠（日本）、陈美华（新加坡）、刘年玲（美国）、巴迪亚（印度）、许子东、李子云、章子仲、曹玉如、陈骏涛、贺兴安、刘玉山、卜键、白烨、李敬泽、张颐武、陈晓明、徐岱、樊星、郜元宝、王干、颇宗培、张志忠、谢春彦、曹文轩、董之林、林建法、冯骥才、叶辛、黄济人、谢有顺、王海、郑愁予、谢冕、严力、贾平凹、莫言、许世旭（韩国）、文珍、甫跃辉、李肇星、魏明伦、周国平、赵一凡、朱永新、鲍鹏山、钱文忠、李少君、邓刚、周啸天、施战军、李燕、石维坚、李玉芙、刘西鸿、朱德发、谭好哲、魏建、杜保瑞、何向阳、路英勇、贺绍俊、赵德发、马瑞芳、牛运清、辛广伟、董山峰、刘醒龙、韩春燕、杨柳、张燕玲、陈彦、霞子……

一所大学，在短短的二十年中，竟有这么多文学大师、学者来到这里，传道授业，设坛立说，这不能不说是世界教育史上的一个奇迹。

奇迹，源于王蒙先生。

事实上，"作家楼"的由来，还得从王蒙先生加盟中国海洋大学说起。

2002年4月1日，著名作家王蒙先生受聘于中国海洋大学，担任教授、顾问、文学院院长，引发各方关注。

在聘任仪式上，王蒙即声言，他不做"挂名"院长，"我要为恢复海洋大学人文科学尽微薄之力"。从此，王蒙先生成了海大人的"王院长"。

众所周知，中国海洋大学的前身是山东大学。20世纪30年代至50年代，曾先后出现过两次人文辉煌，杨振声、赵太侔、闻一多、老舍、梁实秋、沈从文、王统照、冯沅君、萧涤非、陆侃如等，一大批著名作家、诗人、学者，都曾任教于此，形成了海大发展史上独特的人文传统。王蒙先生的加盟，不但承续了这一传统，更拉开了海大历史上第三次人文辉煌的序幕。可以说，这一次人文复兴无论是规模、影响还是意义，都远超前两次，在海大人文学科发展史上，具有里程碑意义，乃至在中国高等教育史上，都具有重要的启示意义。

加盟不久，王蒙先生很快就表现出了作为一个教育家的深谋远虑和远见卓识，这就是"驻校作家""名家课程"两大学术品牌的诞生。

"驻校作家"是国外特别是西方大学一种常见的作家与大学合作育人的方式，而国内大学由于各种原因和条件的制约，一直缺失这样一种灵活的办学形式。在王蒙先生的指引和推动下,中国海洋大学首开中国高校驻校作家、驻校诗人的先河,"让作家们在海大创作,把身影留在海大,让同学们足不出户即可感受名家的风采,在潜移默化中提升校园的文化品位,营造浓郁的人文气息。"

在王蒙先生大力引荐下,2002 年 10 月,著名作家毕淑敏、余华、迟子建、张炜、尤凤伟,受聘于中国海洋大学,成为中国海洋大学首批驻校作家。其后,莫言、王海、郑愁予、严力、贾平凹、邓刚、刘西鸿、霞子、陈彦、刘醒龙、何向阳、刘醒龙、赵德发、王干等,陆续受聘。中国海洋大学,成了驻校作家们的"家"。

事实上,中国海洋大学也成了当代文学一个新的"摇篮"。王蒙先生的长篇小说《青狐》,2003 年春天在学校创作完成。迟子建荣获茅盾文学奖的长篇小说《额尔古纳河右岸》,2005 年 5 月在学校修改完成。在《额尔古纳河右岸》后记中,迟子建写道:

初稿完成后,受王蒙先生的邀请,我来到青岛中国海洋大学,做这部长篇的修改。我是这所大学的驻校作家。海洋大学为我提供了生活上便利的条件。在小说中,我写的鄂温克的祖先就是从拉穆湖走出来的,他们最后来到额尔古纳河右岸的山林中。而这部长篇真正的结束又是在美丽的海滨城市青岛。我小说中的人物跟着我由山峦又回到了海洋,这好像是一种宿命的回归。如果说山峦给予我的是勇气和激情,那么大海赋予我的则是宽容的心态和收敛的诗情。在青岛,我对依芙琳的命运进行了重大修改,我觉得让清风驱散她心中所有世俗的愤怒,让花朵作食物洗尽她肠中淤积的油腻,使她有一个安然而洁净的结局,才是合情合理的。从这点来说,我得感激大海给我的启示。

几乎与创设"驻校作家"制度同时,王蒙先生还倡导创立了中国海洋大学"名家课程"体系。定期延聘海内外著名专家、学者来海大讲学,开设"名家课程"。

自 2002 年设立"名家课程"以来,当代著名学者童庆炳、何西来、黄维樑、严家炎、徐通锵、舒乙、朱虹、顾彬、陶东风、吴福辉、曹文轩、林文宝、金元浦、高旭东、吴义勤、周啸天、赵利民、王克勤、孙之梅、张福贵、卜键、胡泳、刘耀辉、曾艳兵、赵敏俐、孟华、刘海龙、傅才武等先后来校开设"名家课程",极大地带动了海大人文学科的快速发展。

依托"名家课程"体系,出版"名家课程丛书":徐通锵先生的《汉语结构的基本原理:字本位和语言研究》,2005 年 1 月在中国海洋大学出版社出版。童庆炳先生的《现代诗学十讲》,

2005年4月在中国海洋大学出版社出版。严家炎先生的《考疑与析辨：五四文学十四讲》，2006年1月在中国海洋大学出版社出版。这些著作皆为"名家课程"成果。童庆炳先生在《现代诗学十讲》"自序"中，回忆了在海大授课的情形：

> 2002年4月，春光的脚步刚刚来到青岛。我如约来到了海大文学院讲课。这次我讲的是"文艺学专题十讲"。讲座在一个可以容纳四百人左右的教室进行，时间安排在晚上。完全没有料到，来听讲座的学生很多。整个教室座无虚席，连过道的地板上也坐满了人。我本来以为人不多，可以随意地边讲边讨论。现在来了这么多学生，"逼"得我不能不认真对待，白天抓紧备课写讲稿，晚上一板一眼地"喊"起来。为什么是"喊"呢？因为来的学生多，我怕后排的学生听不见，不得不提高嗓门。有时是我要边写黑板边讲，不得不离开麦克风，如果声音太小，后面的学生肯定听不见。

我还清晰地记得，2004年4月上旬，王蒙先生邀请袁行霈先生、童庆炳先生到中国海洋大学进行为期一周的讲学。就在讲学的那几天，童庆炳先生每晚六点半给文学院的师生讲《文心雕龙》。一天晚饭时，王蒙先生说，赶快吃饭，吃完去听童老师的《文心雕龙》。晚饭还没上齐,王蒙先生几分钟就草草吃完了,急急忙忙爬到教学楼五楼阶梯大教室,我感觉王蒙先生听课的心情就像小时候我在农村看电影抢占座位时的感觉,生怕去晚了错过了开头。听课时,王蒙先生侧着头,双手抚着下巴,看着黑板,那神情就像一个小学生,相当专注、相当入迷。课后,王蒙先生直呼听得相当"过瘾"。在返回住处的路上,王蒙先生还就《文心雕龙》"原道"中的一句话与童先生展开了热烈的讨论。

王蒙先生每次来海大,都会带来一种惊喜和激动,整个校园刮起一股"王蒙风",洋溢着一种节日般的氛围。

王蒙先生加盟海大已经二十二年了。二十二年来王蒙先生对海大的爱和付出,有的是看得见的,但是,还有更多的是看不见的,如王蒙先生的精神对每一个海大人精神和心灵上的影响,这种影响就像阳光、空气,虽然看不见,却是无时无刻不在滋养着我们的心灵。

我与王蒙先生结识已二十年有余,我经常思考的一个问题是,王蒙先生最令人钦敬,最值得我们学习的品格是什么呢?我的答案是:一个是学习,一个是坚持。学习王蒙先生,第一位的是要学习王蒙先生的这种永不知疲倦的学习精神。

奉桥如晤:麻烦你问问李老师,数学符号上右上角加

的一撇,如 a' 或两撇 a″,可以作分与秒解,但也可以作派生、相似1、2解,作1解时发音类似 pram,英语或拉丁语怎么写?原词意是什么? 请帮忙问问李老师或数学老师。谢谢。作2或秒解里则都是 second。为什么秒是2。也请问问。

(2018年11月20日)

奉桥如晤:请你请教一下数学系的方奇志教授,应该怎样表述∞、0、N(任何数)的关系?

能不能说 N:0 等于或趋向于、相当于无穷大?

N:∞ 等于、趋向于、相当于0?

0的无穷大的积累,即∞乘上0等于……N?

如果试图以数学、微积分的语言表达有无相生,天下生于有,万物生于无的哲学思想,怎样能说得更完善? 能不能列一个数学式子?

王蒙谨请教　　谢谢。

(2019年1月16日)

早上好,清代黄景仁诗,鬼馁坟头羡马医,马医二字应作何解,麻烦你替我请教一下哪位老师,谢谢。

(2022年12月25日)

这是我经常收到的王蒙先生微信消息中的几则。每次收到这类微信,我都被王蒙先生的这种学习精神,所深深感动,并感到惭愧不已。

曾不止一个人称王蒙先生是"通才",作家贾平凹更是称王蒙为"贯通先生",李宗陶发表谈王蒙先生的文章,干脆以"通人王蒙"为题,冯骥才曾说王蒙的大脑是一台"超级计算机"。然而,人们容易看到王蒙先生的智慧和博学,却往往忽视了他的坚持和学习的精神。

好多年前,王蒙先生曾给我题过一幅字:"活到老,学到老。"当时,我曾觉得这句话太平常了,甚至不太像一个大作家的题词。然而,直到最近几年,我才从王蒙先生身上真正理解这句话的含义。

王蒙先生经常说的一句话是:"我是学生。"他不止一次说:"学习对于我是一个绝对的概念。"何为"绝对的概念"?我的理解是学习对于王蒙先生而言,是无条件的,甚至是一种本能。

王蒙先生的学习能力,当然是无与伦比的——我每每惊诧于王蒙先生惊人的记忆力,有一次实在忍不住好奇,就请教王蒙先生一首普通的古诗,大约多长时间能背过,王蒙先生回答说:"读一遍大体差不多,两遍基本没问题。"——但是,比这种超人学习能力更重要的,是王蒙先生的学习精神。

他在很多场合说过:"学习是我的骨头,学习是我的肉(材料与构成），学习是我的精气神。""学习者，至高至强至清至明复至艰复至乐也"，他是这样说的，更是这样做的。

1965年春天，组织上安排王蒙先生到新疆伊犁巴彦岱红旗人民公社一个少数民族农村劳动锻炼，住在老乡阿卜都热合满·努尔、赫里其罕·乌斯曼夫妇家里，刚到伊犁农村，王蒙面临的最大的问题是语言不通。为了真正做到与当地少数民族同胞同吃、同住、同劳动，王蒙下决心学习维吾尔语。为了学好维吾尔语，王蒙先生把每一位维吾尔族同胞都当成自己的老师，七岁的小学生热依曼，更是自告奋勇，担任王蒙的维吾尔语老师。有时在路上遇到一个维吾尔族小女孩，也要在路边与人家"拉家常"，目的是学习维吾尔语。甚至晚上起夜，也用维吾尔语来描绘一番，"尿尿"维吾尔语怎么说，"提裤子"维吾尔语怎么说。"有相当一段时间，我做梦说梦话也是维吾尔语"，用王蒙先生自己的话说，真是达到了"走火入魔"的程度。

由于熟练掌握了维吾尔语，王蒙真正做到了和维吾尔族农民交心、通心，后来，王蒙可以任意推开一家维吾尔族老乡的门，就像回到了自己家里一样，王蒙变成了一个真正的"巴彦岱人"。多年后，王蒙深情地说："说维吾尔语的王蒙才是真正的王蒙。"

不止一个人说王蒙先生是"天才"，我觉得与其说是天才，不如说是王蒙先生的这种坚持不懈的学习精神。在学习上，王蒙先生经常说的一句话是"学习的绝对性"，王蒙先生从不找任何借口，什么年龄大，什么没时间等，而是坚持无条件地、随时随地学习。

1996 年 5 月，王蒙先生应德国海因里希·伯尔遗产协会、德国外交部和北莱茵基金会邀请，赴德国参加一个为期六周的活动，到达德国的当天晚上，王蒙就报了一个德语补习班，开始学习德语。等到活动结束时，王蒙先生已经能够非常自如地用德语打电话、叫出租，甚至聊天。再如，1980 年秋天，四十六岁的王蒙第一次出国，去美国艾奥瓦大学参加聂华苓和保罗·安格尔夫妇主持的"国际写作计划"，在旧金山转机时，不懂英语的王蒙不知道在哪个登机口登机，从那以后，王蒙痛下决心学英文。在参加"国际写作计划"期间，聂华苓专门聘请了希腊裔英文教师尤安娜，给王蒙等人补习英语，王蒙每天早晨一边沿着艾奥瓦河跑步，一边坚持背诵三十个英语单词，他是出了名的"好学生"。卢·凯塞琳是一位艾奥瓦的居民，她经常去拜会国际协作中心成员，她说："自己从未见过像王蒙这样具有毅力的人，而且以后恐怕也不会见到。"活动结束，王蒙先生取道香港回内地时，在香港购买了学习英文用的录音机和磁带。由此，开始了他持续几十年对英语的学习。

王蒙先生不但把学习看作是人生的"第一智慧""第一本

源",更把学习看作是一种"快乐"与"享受"。王蒙先生经常说的一句话是"学习的快乐",他在很多场合都反复强调"学习最快乐,学习最健康"。王蒙先生这种"永远做学生"、视学习为人生最大快乐的精神,是值得每一个海大人学习的。

作家王干说王蒙与海大,是"海与海的融合"——王蒙是文学的海、文化的海、智慧的海,海大是大学的海、科技的海、教育的海——王蒙先生与海大的结合,产生的不仅是化学反应,而是核反应。诚哉斯言!

王蒙先生的名字,不仅永远镌刻在海大的历史上,更永远镌刻在我们每个海大人的情感记忆中。

2024年3月3日

林少华：在审美的世界

王淑芳

　　在海大园,林少华老师是个极有风格的人,在国内文学文化界,他也是极具特色的存在。在两个层面的文化意义上,他都是一个现象级人物。

　　教书、译书、写书、评书是林老师的日常,他常说自己有四个身份和角色:教师、翻译家、作家、学者。从三十五年前翻译的第一本村上春树《挪威的森林》开始,到现在,他翻译的日本文学作品已有百本,仅村上春树的作品就有四十多本,出版散文集八本,学术著作三本,中日文造诣已臻极致;他在校内拥有三尺讲台,又经年各地作讲座,课堂遍布;在构筑自己文学世界的同时,先后开设有博客、微博,在传统出版媒介之外,另辟一个表达的公共空间。他的个人表达已至极,写他,是一件难度极高的文事。不难想象，本文这些微文字，也将如滴水微尘，落入江河湖海。

在一个园子里工作，不论岗位、身份差异，人与人之间总会在某件事上、于某个阶段建立起某种联系，况且在文化传播链上，读者必然会和作者产生一种呼应关系。二十年前来校工作时，我就职于校刊。一所几十年以理工科为主的大学，虽当时正在做战略层面的综合转型，扩充文科，但文风尚未兴盛。我所负责的校刊理论版，校内来稿极少，但每周要出版，为了不开天窗，几年后决定突破稿源匮乏困境，改版为"文化"，向校外文化名人学者约稿、做专题策划，同时留意各学院教师群体，向潜在的作者约稿。我向林少华老师发了约稿邮件，希望他写一些关于大学、关于教授的文章，没想到很快得到他同意的回复。

那时围绕村上春树作品的林译本和别的译本，学术界和接受市场在网络上正进行着一场谁忠于原作、谁做了美化的激烈争论。我曾以为林老师或许会挺身而入舆论场，如当时许多名人那样，不断发帖，进行一次酣畅淋漓的争论。但臆想的"热闹"并没有出现。在日本文学评论家的批评之论发表后，林老师写下一篇散文《林译村上："0"分》，在对批评进行温和但不失锐利的反批评的同时，也表明了自己的翻译观：审美忠实。在之后的一次学术会上，他做了《村上春树作品在中国的流行及其原因》的演讲,提及《挪威的森林》中译本出版后不到二十年,就成为"20世纪对中国影响最大的十部译著"之一,最主要一个原因是文体,除了村上春树本人就是文体高手,林译也是助推力。这次演讲,他提出文学翻译的追求首先是文体的追求,又提出翻译的三种类型说:工匠型翻译、学者型翻译、才子型翻译——实际上也是翻译的三种境界。一年后,在学术研讨会上他再次演讲《文体的翻译和翻译的文体》,详细阐述了自己的翻译观,即文学翻译首先是文学,文学是语言艺术,文学翻译是再创造艺术,一个成熟的作家必然是一个文体家。这三文可视为对这场争论的严肃回应,读时可以感受到一个文学家的执着、自信和克制而敏锐的绅士风度。笔者所涉未及翻译史,不知道这几次回应文章能否进入当代文学翻译史册,但从新闻的角度看,无疑是翻译学领域的一个重要事件。关于村上春树作品的中译版争论,实际上将翻译观这个学术问题,通过网络转变为了一个大众问题。而随着村上春树作品在国内出版市场不断升温,拥有越来越多的读者,传播活动的日渐频繁,翻译观会不断被作为一个问题来言说。从另一个角度看,这个问题的被讨论,不啻是一场文学审美性的普及,于文学的发展是一件利事。

十多年后,在一个访谈节目里,已逾古稀的林老师,在被记者问起当年这件事时,依旧很感慨,也有微许难过。他这样回忆当时的心情:仿佛一夜之间所有的好评灰飞烟灭,差评汹涌澎湃,林译突然变得一无是处,开始对人产生了一种不确定性,甚至一种幻灭感。他的这种感受是我当时读那几篇回应文章时没有想到的。翻译村上春树作品近二十年,四十二本,拥有千万读者,一度被誉为村上春树作品御用翻译者,虽有很多学者和读者的坚定支持,但他还是深深受到了来自网络暴力的伤害。我负责的版面开始刊发林老师文章的第二年,因可以固定给文,他建议开个栏目,名字就叫"夜雨书灯"。我那时也以为只是一个人中年后心境——听雨客舟与僧庐下的孤独使然。孤独,是大多有追求的人必然会有的一种精神和情感体悟,何况一个文学家。几年后,他的散文集出版,书名为"雨夜灯"。在自序里,他写道"雨、夜、烛(灯)、书房,构成一个充分自足的世界,一个完整无缺的情境""雨丝、雨滴从高高的天空云层穿过沉沉的夜幕。轻轻划过书房的檐前,或者微微叩击灯光隐约的玻璃窗扇,仿佛向你我传递种种样样的信息,讲述种种样样的故事,天外的、远方的、近邻的、地表地下的……"读后,我才清晰地认识到,在日常世界的热闹和风光之后,雨夜孤灯下,林老师是位孤独者,且文学的素养使这份孤独更为细致和丰富。不过林老师到底是一位非凡的文学家,在孤独的雨夜,他没有沉陷于孤单,而是想到了史铁生,想到他说的"夜晚是心的故乡""夜晚是人独对苍天的时候:我为什么要来？我能不能来？以及能不能再来"。面对无边的夜空和无尽的雨丝，他写下"我相信灵魂，相信灵魂的不死和永恒"，在孤独中完成了自我的超越和精神的升华。

有那么几年，"守护孤独""超越孤独"是他经常谈起的。守护，是为了充盈灵魂；但孤独的价值在于被升华，成为崇高感和直面现实勇于担当的责任意识，以及"兼善天下"的情怀。在一次次的思考中，林老师完成的不仅是审美上的自我超越，也是在文学活动中一次次大我的确认——向社会传达审美性，成为他担当责任的一个重要方式。

在编发林老师稿子的数年间，也更多注意到他的文章，除了围绕大学、教育、教授这些主题，还有乡愁、文化，更有翻译观。我个人认为，对那次争论作过为数不多的回应后，在繁重的教学、翻译和写作之余，他开始注意总结、概括、完善自己的翻译思想，并不断通过讲台、讲座、写作、译作序、博客、微博、访谈等传播渠道表达自己的翻译观，有意识地构建自己的翻译理论，传播自己的翻译思想。审美忠实、文体之美、诗性之美成为他不断表达的观点，强调作者和译者的灵魂相通，语感和美感在翻译中的重要性。他认为翻译是一门艺术，灵性是艺术的灵魂，诗性就是翻译的灵性，"有灵性的文字在翻译中只占1%，但恰恰是这1%，能让那99%活起来"。上海译文版《挪威的森林》责任编辑沈维藩先生很赞赏林老师的译文和翻译观,他认为文学翻译首先要给读者带来愉悦。林译字字珠玑,译笔严谨、准确、流畅、华丽,文体洗练,意境优美,句式灵动,妙语迭出,总能用中文里最简洁的,最美的词语。既传达了原著的神韵也显现了中文特有的美感,这正是林译作品深受广大读者喜欢的原因。

当代日本文学的中国热,几乎可以说是村上春树热。人们常说是村上春树成就了林少华,对此说法,林老师也表达过"村上误我"。他原本是一位日本古典诗歌、中日古典诗歌比较研究的学者,也曾希冀自己成为学术著作等身的大学者,不过历史的误会和命运中的偶遇,总是人生的常态。他先是作了风靡中国的日本电视剧《命运》的翻译,后来翻译了夏目漱石的作品《哥儿》。因语言风格明快优美,日本文学研究会副会长李德纯先生极力推荐他翻译在日本大热的村上春树作品《挪威的森林》。这是一部关于青春的爱情与成长的故事。林老师三十七岁时,《挪威的森林》出版时,村上春树三十九岁时,这场邂逅,"两人在人生观、价值观、世界观上都已包上了一层足够厚且足够硬的外壳,能破壳而入的东西是极其有限的""《挪威的森林》吸引我的,恰恰是诗性。那是一个诗性故事"。从少年时期就开始的文学阅读,到青年时期选择日本古典诗歌做研究对象,追求诗性,已是林老师骨子里的品质。他常说,你可以不是诗人,但不能没有诗意,没有诗性。是诗性的牵引，林老师笔下传达的那种"微妙的意趣"和"含蓄的韵致"，让《挪威的森林》成为当代畅销经典，林老师也从此"误入"翻译界三十多年。很难想象，如果"诗性"缺席，当代中国外译文学会留下多少遗憾？若将林译村上春树作品从几千万读者的精神世界消除，将会是怎样的景象？是诗性的共同追求，使村上春树成就了林少华，林译成就了村上作品在中国文学场的旺盛生命力。

在翻译上海译文社付出巨额版权费拿到的村上春树新作《刺杀骑士团长》时，林老师的翻译观进至拓展中文语言表达的边界命题。他认为会讲故事的中国作家很多，如果巨额版权费仅仅买来一个有趣的故事，肯定是不值得的。但若买来的是一种独特的语言风格，一种具有"普遍性渗透力"的文体，能给中国读者带来一种异质性审美体验，进而拓展中国文学语言表达的潜能和边界，同时带给中日两国文学和文艺审美交流以新的可能性，那就是极有价值的……而这种价值的体现，取决于翻译。

前两年出版的《林少华的文学课》一书，收集了林老师这些年关于翻译、关于文学的言说和阐释文章。虽非系统化理论著作，却可以清晰了解他的翻译思想演进脉络。

我常常想，做林老师文章和译作的读者多么幸运。在阅读一个他翻述的故事时，还获得一种语言和韵味的审美感受;如果尽读林作,还会对"林氏美学"有更深入的认知;如果写信,让渡一些自己的苦恼、困惑、知识,就会得到认真和温暖的回应,话语也如他的散文般明快干净。这种全面的审美体验,不知是不是独一份。又想到,林老师身处的城市何其幸运。2019年学校建设的"林少华书房"揭幕时,青岛市作家协会主席高建刚在发言时很感慨地说:"仿佛回到了20世纪30年代。"那时杨振声、赵太侔两位校长在职时期,聘请新文学作家闻一多、梁实秋、沈从文、孙大雨、洪深、老舍在校任教,数十年来积淀为一个青岛城市不断回望与言说的文学意象,形塑了城市的文化气质和品格。林老师在这座城市的文学足迹遍布每个角落,除了在学校内部数不胜数的讲座邀请,这座城市的其他大学、出版社、社团、书店、中学的讲座邀请也频仍,并且场场座无虚席,站无实地。加上现代传播方式,他的文学活动仅以广泛度来说,影响已远超曾经在这所大学任教过的所有文学家,甚至曾在这座城市驻足过的所有文学家。除了译作,林老师的一篇篇美文诞生在浮山湾畔的窥海斋,散文家身份在青岛日盛,几可比翻译家。他的关于文学美、文体美、忠于审美的论述,在这里完善、成熟,并传播向远方。"林少华"也成为这座城市的一个文化意象。或许,再过数年,这座城市在追慕往昔时,也如今天仰望20世纪30年代吧。由此而延,二十五年前拥抱了林老师的这所大学,其识何远。几任校长接续的聘书,其意何重。多少喜欢文学的人,因林老师的作品而喜欢青岛,而喜欢海大。因着约稿,我曾接触过几位林老师的研究生,通过他们的文字,我知晓了多个由读者与文学家的关系,转变为师生关系的故事,他们从别的学校抑或别的城市,前来奔赴这场文学的浪漫之约。文学、文化,究竟是一场关于灵魂的拯救与逍遥,看似无用,实则其用莫大焉。

林老师不是一个讲故事的高手,在四十年的文学实践中,他构筑了一个审美世界。这个世界意味着什么?答案大约可以在他写的《在世界中心呼唤爱》的译序中找到:

世界上最重要的东西是什么?空气、水、爱。然而空气被污染了、水被污染了、爱(除了母爱)被污染了。惟其被污染了,我们才渴望得到蔚蓝的天空、澄澈的清泉和圣洁的爱。

文学的价值和使命,未尝不更在于张扬现实生活中所匮乏甚至没有的东西,在世俗风雨中庇护人们微弱的理想之光。

2024年3月18日

情归海大

千山万水的寻觅，终于

与你相遇在绿树红瓦的岛城

从此我们晨昏相伴，不离不弃

海蓝 天蓝

熊 明

在没来青岛之前，我不知道青岛的海如此湛蓝，也不知道青岛的天空如此湛蓝。大海的湛蓝与天空的湛蓝又是不同的，大海的湛蓝是海蓝，天空的湛蓝是天蓝，海蓝、天蓝都如此纯净，那是大自然精心为青岛调出的色彩。

在没来中国海洋大学之前，我也不知道海大校徽的主色调是蓝色的，环状圆形中代表海洋的下半部分是海蓝，代表天空的上半部分是天蓝，这是海大人为海大调出的色彩。

一

我本蜀人，数十年求学与教书生涯，南北奔波，也曾到过很多地方，但青岛从未到过。直到2018年的秋天，中国海洋大学文学与新闻传播学院与《文学遗产》编辑部召开"中国文学史观与文学史研究国际学术研讨会"，那时，我刚完成《中国古代小说史论》一书的写作，对中国古代小说史与小说史的重写有些不成熟的思考，小说史也是文学史的重要组成部分，于是向会务组提交了论文。

第一次去看青岛的海是在黄昏之后夜幕初降时，那应该是会议期间的11月3日晚上，与第一次相见的田恩铭君等三五人，晚饭后步行前往海边，后来才知，这片海就是青岛著名的石老人海。朦胧夜色中，宽阔的海湾沙滩十分清寂，能听到细细的海涛漫涌沙岸的声音，夜色中看不清海天在何处相接。向右望去，是渐渐融入大海的城市的轮廓；向左望去，是渐渐融入大海的远山的轮廓。海是夜的黑，只看见漫上沙滩的一排排浪花，在昏黄的街灯中是玲珑的、易碎的白色。我并不知道青岛的海，到底有着怎样的蓝色，想当然地以为与我所见过的海没有两样。会议是在索菲亚大酒店举办的，由于日程安排，我没有参观海大的校园。所以，第一次的青岛之行，我既没有真正看清青岛海的颜色，也与海大擦肩而过。但与青岛、与海大的缘分之门却从此打开。

刘怀荣教授是这次会议的发起人，开幕式上才第一次见到刘老师，此前闻名而已。刘老师身形偏瘦，谨然笔挺而舒缓从容，担任大会开幕式主持，讲话语速略缓，不紧不慢，让人难忘。第二天上午，我所在的第二小组正在进行分组讨论，刘老师轻悄地来到会议室，坐在后排，一边听报告，一边翻看会议论文集。会中茶歇，刘老师走近我，说："熊老师，加个微信吧。"我急忙道歉，"应该我主动加您的"。我们就这样成了"朋友"。由于正在学期中，会议结束当天，我便离开了青岛，只是在登机后微信与刘老师告别。本以为与刘老师的联系，会是在不知何时的下一次的会议再见之时。但会后不久，刘老师联系我，询问我的参会论文是否愿意收入会议论文集，是否愿意在《中国海洋大学学报》社会科学版的会议专栏发表，我欣然同意。在当下学术论文发表越来越难的形势下，能有发表的机会，是让人十分高兴的事情。遂进一步修订完善了参会论文，及时交给刘老师。这就是后来发表在《中国海洋大学学报》2019年第1期"文学史与文学史观研究"专栏的《中国古代小说、小说史与新小说史书写》。因为论文校对，也让我认识了热情而真诚的海大学报编辑高雪老师，并得以与刘老师有了更多接触和交流的机会，刘老师真诚简率、儒雅亲和而有传统中国士人之风标，与之相处，让人觉如好风吹拂，轻松愉快。

2019年元旦，我电话给刘老师问候新年，也聊到即将要出刊的海大学报"文学史与文学史观研究"专栏、刘老师即将出版的《魏晋南北朝大文学史》一书。那时,刘老师正筹划编纂《中国传统文化导论》教材的事,询问我愿不愿意参与相关工作。我本有些犹豫,当听完刘老师的简介,我觉得编纂思路与已有的传统文化类教材不同,别有创见,有着难得的新意,便欣然同意撰写其中的两章。我们在不知不觉中又谈及海大中文学科的发展,刘老师说海大中文学科正在大力引进人才。我随口说:"要不我也去海大吧。"没想到刘老师立即说:"熊老师,你说的是真的吗?你要能来,我们特别欢迎。"其实,那时我并没有要别寻生涯的想法,只是想表达对海大发展中文学科的赞赏,当下社会实用主义风气弥漫,多数大学都重理工而轻人文,一个大学能在这样的大环境中逆潮流而发展文科,我佩服海大这样的视野和决策。刘老师接着说:"熊老师,你考虑一下,如果你确定,我这里马上联系学院推进。"面对刘老师的热情,我有些不知所措,随口说:"好啊。"本以为此事就此而终,没想到几天后,刘老师要求我把简历发给他,刘老师的认真态度也让我开始严肃思考到海大工作的可能性。

我第二次到青岛,第一次走进海大校园,是为中文学科师生做一个讲座,也是接受学院和学科师生的考察。那是2019年3月中,北方还在春天苏醒前的轻睡中,偶尔的一声长吁般的暖风,摇动柳绦,柳眼在将醒未醒间,惺忪蒙眬,而青岛已然春光明媚了。那天,从松岭路的西门入校崂山校区,沿梧桐大道,经过信息学院西边的小路,转到樱花大道,沿法学院右侧小路向下到文学与新闻传播学院,一路春意萌动,迎春的小黄花散落在院墙白石间,星星点点,远处林间白的、紫的、黄的玉兰树,枝头已缀满花苞,仿佛只等谁的一声呼唤,马上就会盛开。梧桐树纵横的枝头,新生的绿意,十分养眼,樱花树湿漉漉的枝条饱满圆润,新芽正在蕴积,马上就要开出花来……

二

那天的讲座由刘怀荣教授主持,后来才知道,中文学科的老师几乎都参加了这次讲座,讲座以及与老师们的交流都进行得十分顺利。4月中,我再次来青岛,在海大的校学术委员会会议上做陈述,接受学校的考察,到海大工作的事也基本确定下来。5月中,学校人事处就通知我,可以报到入职海大了。从与刘怀荣老师笑言来海大工作,到正式获得通知可以到海大报到入职,不到半年时间,海大的行动能力也给我留下了深刻印象,一个有规矩、严格按照程序办事而又有效率的学校,一定蕴藏着蓬勃的生机,在这样的学校工作,也一定是舒畅和愉快的。

入职海大,我从一个海大的"他者",变成了海大的"我者"，成为一个真正的"海大人""海大中文人"，而我身边的这些"海大中文人"，就是我的榜样。他们对海大，对海大中文系以及中文学科，都有一种特殊的情怀。在他们身上，洋溢着一种共同的气质。

第一次见到朱自强老师，应该是在那次讲座中，讲座后的交流中，朱老师认真的态度和智者的谦逊温和，给我留下深刻印象。朱老师是中文学科负责人，后来，我担任中文系主任，许多事要向朱老师请教，每一次，朱老师都会给予特别周到的建议，而他对中文学科的系念，也让我感动。2021年9月，在文新楼前遇见朱老师，我们一边进楼，一边聊天，朱老师说："南京师范大学文学院院长高峰教授，我和他是朋友，南师大中文学科办得很好，什么时候请他来，给我们做个讲座，交流交流，学一学他们的经验。""好啊，您把高院长的联系方式给我，我来联系。"我对朱老师表示。我已记不清有多少次，就这样与朱老师无碍而诚正地交流。朱老师很少正式地跟我谈论学科的事情，但这样的时刻却很多。这让我知道，学科的事情，朱老师牵挂在心，思之念之，自然流露，自然而为。在朱老师的引荐下，我很快与高峰老师取得联系并商定了他来校讲座交流的时间。12月11日，高峰老师莅临青岛，当时学校临时封闭，高峰老师无法进校，只好在宾馆进行线上讲座。朱老师坚持和我一起陪高峰老师在青岛的行程。而我也有幸亲见了两位学者之间纯粹的学术友谊。

认识黄亚平老师也是在那次讲座中，记得黄老师坐在第二排靠窗的座位上，交流中黄老师询问："中国古代杂传与《周易》彖传是否存在某种关系?"这是一个十分有挑战性的问题，传的早期义涵中有解经之义，但一般而言，文学中具体的文体渊源追溯，很少将其与作为思想渊薮的《周易》相联系，在这之前，我也确实没有思考过。记得我当时就表示，黄老师提出了一个十分独特的思考角度。黄老师温厚和善，与人说话，笑容可掬，让人不觉自亲。黄老师退休后，又做了学校的教学督导，依然关心中文学科的建设和发展，关心年轻人的成长，向学院和学科推荐优秀的年轻学者来校任教，让我特别感佩。

真正"认识"罗贻荣老师，居然是在罗老师退休之后。平时在文新楼也能遇见罗老师，但总是点头致意，匆匆而过。罗老师高朗潇洒，有名士风。本以为罗老师会十分简易，相交日久，才知罗老师是十分细腻的人。在比较文学与世界文学专业师生为罗老师举行的荣休纪念会上，师生的回忆和那些一帧一帧的昔日旧影，才让我开始了解这位看似平淡高冷却内热如火、才情横溢的罗老师，我表面玩笑而内里真诚地对罗老师感叹说："相识恨晚。"2023年8月21日，我从淄博的聊斋学年会直接前往威海，参加中国小说论坛研讨会，看到参会名单中有罗贻荣老师，便在到达后联系他，约好在宾馆一楼的咖啡厅相见。当我下楼时，罗老师已在，而且点好了咖啡。我感叹罗老师总是这样细致，让我无处措手，本应该是我先到迎候罗老师的。面对窗外威海下午明媚的天空和大海，从学术到生活，我们聊了很多。罗老师从海大退休后，受聘于山东大学，言谈中，罗老师虽然没有直言，但我能够感受到他对海大中文学科的关心依然如故。会后回青岛，罗老师本已买好票，为了和我与李萌羽老师同车，罗老师退了票再买，这时已没有座位，但罗老师依然坚持。最后，我们三人两个座位，同车回到青岛。车上，我们一人坐，一人站，商略古今中外，那真是一次让人难忘的经历。

这些海大中文人，都是不同时期来到海大，成了海大人，成了海大中文人。渐渐地，在他们身上，就有了一种共同的情怀：一种潜藏于心而又外见于行的海大情怀，一种已然无意识的自觉认同，一种休戚与共的承担；也因此有了共同的气质：一种深植于内而又外显于表的海大中文人气质，一种朴素低调的自信，一种卓然独立的儒雅。

有时是在文新楼长长的走廊，有时是在文新楼外"L"形的楼前广场，或者是在教学区迷宫般的廊桥，或者是在去往食堂的樱花大道……总能看见中文系的老师们匆忙而不失优雅的身影，我能在人群中一眼认出他们来，不仅仅是因为年轻学生面孔和年长老师面孔的区别，而是他们身上显而易见的气质。

三

　　海大前身私立青岛大学在1924年建立之后不久即变为国立青岛大学,就成立了文学院和中文系,现代许多著名作家和学者都曾先后在此任教和学习,闻一多先生、老舍先生、陈梦家先生、沈从文先生、游国恩先生……闻一多先生是我素所敬仰的先贤,定居青岛后不久,在2019年秋冬之际,曾专门去海大鱼山校区闻一多故居凭吊和瞻仰。闻一多故居在鱼山校区东北角、学术会议中心西侧,那时,故居还没有修缮,红瓦黄墙,东墙爬满绿萝的藤蔓,春天应是满墙鲜绿,秋来老茎横斜,唯有半面殷红,辉映着夕阳的余晖,苍凉而寂寞,就如我站在故居前闻一多半身雕像前的心情。半身的先生雕像,在高高的基座上,俯身向下,慈祥而安静。常常以为,闻一多先生有两个侧面留在世人心中,一个是那个在街头疾呼,昂然愤激的革命者、爱国者形象,一个是那个驰骋讲坛、埋首书斋的学者与诗人形象。这尊雕像,是校园中的闻一多先生,是校园中有着深广忧患与深沉思虑的闻一多先生,而连接与融合闻一多先生这两个侧面的,就是毛泽东同志所说的"闻一多拍案而起,横眉怒对国民党的手枪,宁可倒下去,不愿屈服"的"我们民族的英雄气概"。(源自毛泽东《别了,司徒雷登》。)也是在杜甫身上就体现出来并传承不息的民胞物与的精神和情怀。

在闻一多像前久久徘徊,不忍离去。后来陪同朋友,又好几次前来。常思其为人,想其精神,不能自已,乃写下了《在闻一多像前》一诗:

捧一支红烛,我来见您

在菁菁校园的一角,春光正好

您颔首微笑时,远处的海泛着微澜

这是不是您期待的美好?

身后您的居所,门牌上刻着您的名字

依然是您离开时的陈设,仿佛

您只是暂时离开,或许明天

当第一节课的铃声敲响,您又走进课堂

从来没有如此靠近您,甚至

可以听见,您如晨钟般清晰的心跳

我曾无数次想象,听您上课,演讲

即使相隔将近一个世纪的遥远

我看见您的眉头紧锁,沿着

您深邃的目光回溯，可以抵达

神话与诗，屈原行吟的汨罗江畔

辟芷与兰若葳蕤，如您所愿

我知道您忧虑深重，不是因为

一己的沉浮和荣耀，更不是

一冬一春的冷暖和彷徨

面对一潭死水，您的身影孤独而忧伤

但您的笑容温暖，足以消融

漫长的黑夜和人心隔膜的冰墙，所以

您身旁的林木繁茂，脚下的花草如茵

所以，我才想靠您更近些

绿萝青黄，在您的窗前低回婉转

她们见过您在疾风暴雨中匆匆离开

也见过您踏着落花缓缓归来

夕阳中，您长立沉思的身影最伟岸

风雨如晦，您窗前的灯光始终明亮

照见楚辞，唐诗，照见诗意的历史

也照见斑驳的现实，和您
吟唱《七子之歌》的悲怆模样

捧一支红烛，我来见您
在您的脚下点亮，就像当年
每一个夜晚，您将红烛点亮
烛光里的校园，宁静安详

2020年5月4日初稿
2020年11月15日改定

此诗贴出后，得《中国海洋大学报》的纪玉洪老师提议和安排，发表在《中国海洋大学报》2020年11月19日第四版副刊上。

在海大中文人眼中，闻一多先生不仅仅是爱国者、革命者、诗人、学者，还是曾经的文学院院长、中文系主任。闻一多先生如一支点亮的红烛，给无望的死水般沉寂的暗夜一缕希望的光，先生虽长逝，但这支红烛不灭，透过鱼山路5号东北角小楼的窗户，烛照着海大校园，也烛照着中国大地。

四

自入职海大，我就暂居在海大浮山校区的52号公寓楼。公寓楼与校园只隔着一片小树林。从52号楼向东南穿过校园，沿校园正门的海游路向下，几分钟的路程，就能到达海边。晴好的黄昏，我们都要去海边散步。这处小海湾是青岛浮山湾的一部分，现在这里被命名为海之恋公园。沿海岸线是舒适的海滨步道，向东不远是青岛极地海洋公园，向西不远就是小麦岛。

已记不起是在哪一个晴日第一次来到海边，蓦然发现青岛的海如此清净湛蓝，近岸，可以看见海底的岩石沙砾，水草蚌贝；远处，是越来越深沉的湛蓝，直到海天相接，直到天空，同的湛蓝，我深深地沉迷于这湛蓝的大海和天空，深深地沉迷于这纯净的海蓝，纯净的天蓝。

每一次见到青岛的海，都如同初见。清净湛蓝的大海，让我沉醉，那些散落在其中的红礁岩，如枯萎而不死的心，经过海浪千百年的淘洗，仍然带着猛烈燃烧后斑斑点点黝黑的余烬。每次抬眼一望这沉默的红礁岩后无垠的海，都让我有一种冲动：或者融入这大海，在这深沉的湛蓝中融化；或者深吸一口气，把这大海吸入胸中，让大海在胸间澎湃。潮湿的海风中，有淡淡的海的气息，如同温柔的记忆。而天空，仿佛海的倒影,在倒影中,海变薄了,就变成天空;海的湛蓝变得透明了,就变成了天空的湛蓝。大海的湛蓝是海蓝,海蓝是深沉的,天空的湛蓝是天蓝,天蓝是透明的。

到海边去,也可以从52号楼向西南穿过海大家属区,沿海兴路向下。在楼间小路,常常会遇到投喂园区流浪猫的徐妍老师。徐老师多年来一直投喂小区的流浪猫,每天风雨不改,园区的流浪猫,徐老师都给它们起了名字,称它们是自己的毛孩子,是遗落世间的精灵,每每说起它们,徐老师总是如数家珍。徐妍老师披着一肩长发,整齐的齐眉刘海,徐老师自言,从少女时代一直就是这样的发型,几十年不变。我说,发如其人,几十年未曾老去。就如徐老师的初心,几十年未曾改变。说起海大,说起海大中文系,徐老师也如数家珍,眼中有光。如徐妍老师所说,那是理想主义的光芒,是从闻一多先生到"我们这些海大中文人的后来者"依然入骨入髓的"精神语码"。 2020年元旦,在学院元旦喜乐会上,徐妍老师朗诵了诗作《海大中文人》,其中一节写道:

在山海之间

当山风和海浪心急火燎,满世界狂奔

或化身为噪音或委身于泡沫时

这个傍海而居、一心向树的族类

一代代被传奇地讲述,已近百年

百年里一代代灵魂如剪影般叠现

历经黯黑与火红、浅灰与深蓝、冷与暖

也曾断章般长时段静默

然而在静默中,这一族类的后来者

从未放弃衔接被中断的根性记忆

一寸寸回望,一点点打捞

终于在新世纪的第二个十年

在一个崭新的日子里

鸟,从枝干上长出来

叶,从鸟的翅膀上生出来

断了臂膊的树在梦的故乡里重新开花

虽然花色不再和以往一模一样

但一模一样地芳香

　　这是徐妍老师的独白,也是海大所有中文人的独白,穿过历史的烟云,在先贤的烛照中前行,散发出"一模一样的芬芳"。

　　是的,这些"海大中文人的后来者",从我最先认识的刘怀荣老师,到逐渐熟悉的朱自强老师、黄亚平老师、罗贻荣老师、徐妍老师……无不有着中文的情怀、中文的气质和中文的理想主义,就像青岛的大海和天空,这深沉的海蓝,透明的天蓝。他们都以自己的方式,散发着"一模一样的芬芳",温醇绵长,沁人心脾。

大自然为青岛调出了深沉的海蓝,透明的天蓝。海大校徽的海蓝与天蓝,又不仅仅是大海的海蓝,天空的天蓝,它还调进了海大人的理想和追求。常常想,低首见海,仰首见天,在海蓝与天蓝之间,所有胸前佩戴着海蓝与天蓝铸成的校徽的海大人,一定也都有着海蓝与天蓝一般的情怀和气质——海蓝一般深沉,天蓝一般透明。

2024 年 2 月 25 日于耕烟堂

马树华

2024年的春节，或许即将大学毕业的儿子开始认真思考自己的未来，突然问我："妈妈，你在海大工作了这么多年，你觉得海大给了你什么？你为什么喜欢她呢？"这问题让我有些蒙。因为自从很多年前遭受过房产办领导的冷眼后，我一直秉持着"放下奢念，苦恼减半"的原则在海大勤恳快乐地工作，不及他想。可这一个月以来，这个发问时时提醒我，我为什么喜欢她呢？是因为半生的时光都是与她共度吗？是因为我见证了她在新世纪的一路高歌猛进，而她也见证了我在时光流转中的成长吗？是因为她是孕育现代中国海洋观念与文化的摇篮吗？

1997年的正月初五，青岛大街小巷的商铺和饭馆还没有开张,快要大学毕业的我陪着找工作的同学第一次来到这座精巧迷人的城市。短短三天的旅程里,有好几次坐在228路公交车从鱼山路呼啸而过,"青岛海洋大学"门前那两个奇奇怪怪的门墩令我印象深刻,此外再无其他印象。彼时,我对这所存在感不太强的学校是无感的。不曾想,三年后,我入职这里的海洋文化研究所,开始了从未设想过的人生,不觉间已二十四年。

2000年的文学与新闻传播学院还是小小的"中国语言文化学院",在可以远眺大海的浮山校区,只有20余人,海洋文化研究所规模更小,只有曲金良教授、朱建君老师和我。那时候,1994年《联合国海洋法公约》正式生效掀起的关注海洋的余温尚在,1998年国际海洋年主题"海洋——人类共同的遗产"激荡起的海洋热情也悄然弥散,我们挥拳捋袖,对海洋文化研究充满了期待,除编辑《中国海洋文化研究》年刊外,还开设了全校必修海洋文化概论通识课。然而,讲授这门课程于我而言是个莫大的挑战,因为除了研习中国近现代史积累的沿海通商口岸知识外,我对海洋文化的认知几乎为零。就这样,崭新的工作带来的新鲜感很快被不安所压倒,我在草莱初辟的兴奋和误人子弟的忐忑中,走进鱼山校区和浮山校区的阶梯教室,现学现卖,边学边讲,如今想来,真是五味杂陈,愧对课堂!

2001年，联合国文件正式提出"21世纪是海洋的世纪"这一振奋人心的口号，就在我迷迷糊糊搞不明白何谓海洋世纪时，儿子出生了，我的注意力全部放在了养育孩子上，实在没工夫考虑海洋世纪的到来究竟是口号还是要落实到具体问题，自己的海洋文化研究又该怎么做。随后的两三年里，赵成国、闵锐武、修斌、陈杰、杨秀英等诸位老师先后加入海洋文化研究所。同仁们的到来鼓舞着新的事业，我们都觉得研究海洋文化是作为海大人义不容辞的责任与荣耀。在曲老师的主持和带领下，经过数番论证，历史地理学硕士点于2003年获批了，同时，五卷本的《中国海洋文化史长编》也启动了。当时的办公条件和资料条件都比较艰苦，记得很多次的讨论都是在曲老师浮山校区的家里进行的，一把长柄茶壶，几个小小的陶杯，浓浓的铁观音，成就了我们最早对中国海洋文明史的系统思考。为了收集足够多的资料，那年冬天，修老师、赵老师、闵老师和我又前往北京，去国家图书馆和北京大学图书馆复印资料。此后的两三年时光，我差不多天天都在和这套书打交道，白天抽空儿看材料，晚上哄孩子睡着后整理、撰写，直至完成七十余万字的明清卷初稿。

2004年有很多要事发生。这年适值海大建校八十周年，八十寿诞是大事，学校自然有隆重的庆典，但对于我这种刚刚入职几年的"小白"来说，其实也没什么太多感觉，最大的意义就是坐在鱼山校区操场上听时任山东大学校长的展涛教授激情澎湃地描绘"山海之恋"时，第一次有了那么一丝丝的认同感和小小的骄傲。这一年对我影响最大的莫过于文化产业管理本科专业的获批和招生。不清楚当时张胜冰老师是如何辛苦拿下这个专业的，只记得全新的专业和全新的课程令我颇感喜悦，海洋文化研究所的全体同仁和部分乐于开拓新领域的中文系老师共同组建成城市文化系，开始了我们的新事业。同时，历史地理学硕士点也开始招生了，一切都在朝着欣欣向荣的目标前进。然而，新事业给我带来归属感的同时，也带来了研究方向的困惑，在还没完全摸清楚海洋文化应该研究哪些具体内容时，又要考虑如何面对文化产业这个新得不能再新的领域了。

新奇、憧憬、惶恐、迷茫，搅得我心神不宁，更让我不安的是，我还没有博士学位。2005年我被安排做系副主任的工作，备课上课、处理杂务和照看小孩成了每天的必修课，抽不出时间进行更系统深入的阅读和研究，内心恐慌不已，是安于现状还是攻读博士学位，成为必须选择的问题。但孩子年幼的现实困难又让我裹足不前，挣扎了许久，好在赵成国老师不经意间的一句话开导了我，他说人往往都是被自己想象的困难所吓倒的。这句话非常受用，让我有了试一试的勇气，过后想来，确实如此。不过，读什么专业和方向却成了问题，是继续修习历史学还是转向文化产业研究，令我百思不得其解。举棋不定间，我向修斌老师发了一封邮件，郑重求解关于研究方向的问题。很快，修老师回复了我，标题为"王国维的一段话"，这封简单得没有开头和落款的邮件，真的只有王国维的一段话："学之义，不明天下久矣！今之言学者，有新旧之争，有中西之争，有有用之学与无用之学之争。余正告天下曰——学无新旧也，无中西也，无有用无用也。凡立此名者，均不学之徒，即学焉而未尝知学者也。"此语如醍醐灌顶，让我迅速调整好了方向。2006年，我考取了华中师范大学历史文化学院专门史中国文化史方向的博士生，开始了五年半的博士学位修读生涯。

在2011年获得博士学位之前的几年时间里，我和海大的工作联系是相对松散的，加之2008年又去了香港中文大学历史系访学，也就没关心过学校和学院的变化。当从香港中文大学回来重返讲台时，文学院已更名为文学与新闻传播学院，老师们也根据情况被分成了三六九岗。我是讲师三岗，虽是最低，好在饭碗尚在。接下来的两三年里，我既要完成博士论文，又要完成上课任务，压力很大，相当紧张。幸运的是曲老师和张老师非常包容，同事们互帮互助，系里的工作氛围宽松又融洽，而且那时候高校行政化还不严重，不用填无穷无尽的表格，除了上课，很少做其他工作。这让我能安心泡在自己的写作里。我的博士论文写的是近代青岛的文化空间与日常生活，这段时间恰好有机会和孟华老师一起从事崂山文化研究，他严谨的学风和超强的逻辑思维，以及独到的文化理论与符号学理论给我提供了源源不断的鼓舞与启发，使崂山部分的写作获益良多。还要感谢李扬老师把鱼山校区一多楼的办公室借给我用，差不多有大半年的时间，我每天都去一多楼，写论文写累了就看看满办公室的电影、电视剧光碟，下午三点到八关山上寻找灵感，俯瞰着胶州湾口进进出出的轮船，想象着20世纪早期青岛的历史场景，构思好第二天要写的内容，然后去接儿子放学回家。当满墙的爬山虎从嫩绿变成红褐色，当一多楼的幽暗慢慢被阳光包裹，我的论文也基本完成了。

拿到博士学位以后，我就开始全力投入工作了，那时学院已搬至仙气飘飘的崂山校区，城市文化系也改成了文化产业系，历史地理学硕士点升格为中国史一级学科硕士点，文化产业管理也有了博士点和硕士点。2012年我获得硕导资格，开始在中国史学科招收硕士生，并接替修老师当了2010级文化产业管理专业的班主任。虽然我自小就梦想当一名优秀的历史老师，但真正意识到教师这一身份的意义，其实是从这一年才开始的。大概是随着年龄的增长想法变得成熟了一些，心境也发生了变化，直到此时，我才理解，只有把教师这个工作当成事业,才能唤醒足够的爱心和耐心,师生之间,才能彼此温暖。

自2012年到2024年的一年轮时光,海大进入飞速发展时期,文学与新闻传播学院的事业也一路狂飙,席卷到了每一个人。"海洋强国"战略的梦想与学校建设双一流高校的目标细化为老师们的日常,上课、科研、评估、排名,哪一样都不能落下,哪一项都不能忽视,团团转的忙碌带来了惊人的效果,学科越来越综合,规模越来越大,成果越来越多。我们的海洋文化研究所也随着成为学校双一流建设支持团队进入了一个新的发展阶段。除了老师们的个人成就外,综合性的集体成果如《中国海洋文化发展报告》《中国大百科全书第三版·海洋卷·海洋人文社会科学》及《中国大百科全书第三版·中国海洋文化专题》等,先后出版面世,广获好评。这些成就在2023年重新申报国家文化和旅游研究基地时,使基地定调的海洋文旅方向颇具竞争力,在卜键先生的鼎力支持下顺利获批。因此,尽管全国不断涌现的海洋大学和海洋文化研究所呈百花齐放之态,我们仍有独占鳌头的自觉与自信。

多年的积累还生发出三个崭新的人才培养领域。一是中国语言文学一级学科博士点下设了"海洋文化与文学"方向,此举把海洋文化认知推向了更高层次,使海洋历史文化研究走向纵深。二是经修老师的倡议和设计,同仁们怀揣海的梦想,在工作量已经非常饱和的情况下,又面向全校本科生办起了"海洋历史文化微专业"。我们一次次论证培养方案,精心策划十门课程,只为涵化更多醉心海洋历史文化的人才。三是申请获批了以海洋文化遗产研究为特色的文物与博物馆(文物)专业硕士点。回想专业硕士点申报时打仗一般的千辛万苦,至今仍感心酸。犹记得修老师带领我们参加陌生的文物与博物馆学科建设联席会时,那种努力想要靠近学科主流的紧张与忐忑,以及在大会总结时被提到和鼓励的欣喜。忘不了一次次改写申报表格,力求最完美地呈现实力,甚至周末一大早爬起来集体办公。更忘不了为了第二天全校评审会上至关重要五分钟汇报,修老师、赵老师、赵真老师和我在陈杰老师的初稿基础上,对着403室的投影仪修改文稿,从午后一点半连续工作到晚上十点半,整整九个小时,逐字逐句修改,反反复复打磨,晚饭都来不及吃,仅用中秋节学校发的那个印着"中国海洋大学"的大月饼充饥。这一幕幕的画面印在心里,刻在脑中,成了最深的记忆。一切水到渠成,为了名实相副,2023年7月12日,文化产业系更名为历史文化系,时隔六十五年,海大又有了历史系的设置。

这十余年里,沐浴着与同仁共同奋斗的友情和学生们真挚的爱,我开始结合具体问题重新思考海洋史和海洋文化研究的方式、方法与方向,从梳理明清海洋史到聚焦海港都市,从考察海水浴场、栈桥到分析城市指南与空间变迁，从调查渔村变迁到探究海洋科技史，在观察海洋的空间实践、表象与表征的过程中，对海大这所专业海洋大学与20世纪中国的关系也有了新的认识。于是，从2020年开始，我设计了一系列问题引导硕士、博士研究生们去研究，如海带养殖与日常生活、鱼肝油的社会史、海洋调查与渔业互动、海盗形象书写、海洋科幻小说、海洋科普、环海游记等，静待未来的某个时刻，这些话题能引起共鸣。

2022年和2023年暑假期间，我有幸两度参加校史审稿工作，每次历时两周，日日翻阅一百多万字的历史卷，每每感念不已！一百年来，伴随着青岛城市化的脚步，这所像大海一样充满传奇故事的大学从鱼山扩展到浮山，从浮山扩展到崂山，又从崂山扩展到西海岸，一路走来，她既是一座现代化城市的缩影，也是山东向海而兴的符号，更映现了国家现代化建设在海洋领域的现实需求。一百年来，从"科学救国"到"向科学进军"，从"科学技术现代化"到"科教兴国"，国家现代化建设每一个阶段的成就，这所大学都功不可没！她的发展，不仅凝结着海洋科技专家的成就，也是国家决策、海洋资源和地方实践之间互动的过程，关联着科学家、技术员、政府、管理者、渔民、企业主等各种角色。她改变了海洋，催生了新的产业，传播了新的海洋观念，重塑了滨海地区的自然生态和日常生活，记录了海洋社会架构的新纹理与变化模式,生发了海洋文化的新形态。

才疏学浅的我,所幸在海洋新世纪的第一年来到这里,与她共度了二十四年。这二十四年既是中国经济飞速发展的时期,也是海大事业突飞猛进的时期,泱泱大观,始料未及,与有荣焉!

2024 年 3 月 12 日于崂山

在海大的悠长岁月里

——记北归六年的一些改变和感想

张　治

2018年，我从工作了十年的南方某高校返回家乡山东，进入中国海洋大学工作。学校位于青岛，有新旧多个校区。我的集体户口落在了历史最悠久的海滨鱼山校区，暂住于浮山校区的家属院，而主要的工作是在崂山校区。我所归属的文学与新闻传播学院，处于崂山校区的东南角落，距离图书馆和美丽的樱花大道都不远，相较于校园西北方靠近雄伟的体育馆、巍峨的地铁站及车水马龙的松岭路一带，这里比较安谧幽静。

我爸妈首先对我的"回家"非常满意和欢喜。他们是山东理工大学的退休教师，住在淄博。现在我经常趁周末带妻小回去团聚，外出开会或是讲学，如有空闲也可以在爸妈家住上一晚。这和从前在遥远的南方城市一年都不见得能回一趟家的情况大为不同。而且南方多台风,我爸一年到头关注我们那里的天气变化,回到北方,他说,"心里总算是踏实了"。随着能常回家看看的频度提高,妈妈再也不会在我进门时抱着我半天说不出话,也不至于临别时难过地借故发脾气。在我回家次数最多的2019年,我几乎每个月都要外出开会,每两周还要在济南讲一次课,经常乘坐周末傍晚的高铁路过淄博北站时下车,然后在暮色初降的时刻迈进家门,看到满脸喜悦地坐在饭桌前等我的爸妈。

我当时换工作的第一目的,就是为了宽慰上年纪的父母。这一点,算是做到了。至于妻子,她希望得到的是"安稳",不愿意再跟着我不停地打包搬家(包括随同出国访学)。从前的那个南方城市,房价太高,我们一直在租房,家具都是陈旧或临时的,时常还因为新租房的情况要处理一些藏书或是电器。2016年夏秋之际,我们遭遇了一场超强台风,窗户被吹得合不上,屋顶和空调到处漏水,停电近一周。不仅如此,由于气候湿热的关系,老旧的租住房屋很难维持干净卫生,所有食物都不能隔夜摆放。未满七岁的儿子回到北方,被问起最高兴的是什么,他想也不想就说:"凉爽。没有蟑螂。"很快,我和妻子看中了一处新楼盘的青岛式洋房次高层。在双方家人的支持下,我们付了首付,并在银行申请了商业房贷,并于一年多后顺利入住。尽管今天看来，我们买在了房市价格的最高点上，吃了些亏，但从此有了遮风避雨的所在，无论严寒酷暑，万家灯火里有一处我们的归属。

起初乘坐校车从浮山校区到崂山校区上课。我喜爱青岛的凉爽明媚的天气，适合论道问学。我在海大先后开设了近四百年中西文学交流、中国近代文学、古希腊神话与现代文明、西方古典学这些不同性质的本科生课程，都是酝酿多年，有长期思考和准备的课程。类如"近四百年中西文学交流"这种题目，恰好代表了我个人的研究视野，算是"独此一家，别无分号"的。有些课程讲义已经整理出版，并在不断完善和更新之中。高校学生颇有好学者会四处听课。我在课堂上经常遇到青岛大学中文系的学生，有时也有外地来的年轻朋友课间打招呼，说是碰巧来青岛旅游，顺便过来听讲。有时我也会受邀去省内外地市讲学，遇到更多素昧平生但满怀热情的人文学子。齐鲁之乡重视师道，在此就学的学生们普遍老实本分，如果悉心引导，他们都会认真投入学术研究中去，令我大大体会到了孔夫子所云"吾党之小子狂简，斐然成章"的快意。

另外，我也先后给中文系的硕士、博士研究生开设了几门课程。有一门中国近现代学术著述分体选读课，是对晚清以降人文学者各种文体的学术论著方式进行摘选研读的课程。背后则是沿承了我在北京大学读书时接受导师陈平原先生教海而形成的学术史思考以及著述文体的研究兴趣，也包含了对学术体制的成果考核可以接纳更为丰富形式的企望。因此，课程不仅讲到文学史、专题论文这样的常规形式，也有翻译、书评、注疏、辑录、年谱、目录提要、百科全书等非常规形式，甚至还有论学书信、读书札记、日记、掌故等私人文字。有位同学听课后，兴高采烈地四处宣扬，说"张师希望我们从此浑身上下都学术起来"。虽然不尽准确，但好像也可以说是这个道理。另一门重要的研究生课程是钱锺书学术论著导读，这与我近十多年着重投入的钱锺书读书手稿研究密切相关。从前在原来的单位工作，我尊重那里是"钱学"发源地，有多位老师倚其师承而一生钻研钱锺书，故而我基本上不讲这部分研究。现在回到北方，海大能包容得了我，开始学院领导便希望我可以就自己已深耕多年的领域进行开课。我依然按照自己的老习惯，开新课至少拿得出两到三套讲授方案：起初几次是串讲钱锺书各时期不同学术著述，以笼括整体；之后变成《管锥编》专书选读，这学期又改为《谈艺录》专书选读。我非常喜欢为研究生阶段开设"专书选读"的讲授方式，这样特别务实，也非常便于考验和提升同学们的读书能力。虽然家中有书房，但文科教师的个人藏书实在太多。我将很多平时讲课需要的书籍尽量都搬到了学院的办公室，方便日常与学生们讨论问题时取用。办公室里有几张大的课桌，可以拼凑起来练习书法。

　　海大图书馆的中西文史类藏书不甚丰富,但有一个基本的储量,而且越是重要的必读书,副本越多,可以看得出前人经营规划的诚意。这对学生们而言是非常有益的。海大食堂的菜谱也是如此,没有太多花样,但是可口又充饥,非常实惠。在南方生活久了的妻子总是惊喜于北方饮食的分量和扎实感,跟我打趣说,如同山东人一样,厚重而富于内涵。

　　有一点可以弥补图书馆藏书上的缺憾,就是海大的财务经费报销制度为课题报销购买书籍经费提供了很大的便利。网上预填报很便捷,在一定数额之内的情况下就不用抱着纸本书去图书馆登记。我的研究和阅读兴趣广泛,很爱买新书,几乎一年到头主要的生活都是和此事打交道,"不可一日无此君"。因此我到处向学界朋友们赞颂海大的购书报销程序。

　　有了安稳的居住环境和藏书条件,又有了无后顾之忧的购新书渠道。总算是同以前不断租房搬家处理藏书的生活方式作别,那时受条件限制,经常一段时间后就不得不打断原本的思考,于是更换研究题目。如今的环境,终于使我做研究可以保证更为持久和专注。有此今昔的对照,我自然更能体会眼下生活的可贵,更懂得珍惜所拥有的条件。

　　海大的领导和师长们看重我的诚恳和勤奋态度,在我入职后不久,就赋予重任,举荐我担任学院的副院长职务,负责日常科研管理工作。我一向不熟悉公务，更不要说管理工作，非常惶恐地接下任务，慢慢地对学院的历史与现状进行了解，也逐渐在摸爬滚打间体会上传下达里的学问和方法。现在也接近任满期限，虽说没有做出什么成绩，但是自己的确学到了很多东西。至少，我从前甚至搞不清"C刊"是什么，也从不知道各种大小社科项目的申报程序，现在几乎背得出海大文科处发布的期刊目录中不同级别有哪些刊物，也能随时对年轻老师申报项目的困惑做出比较专业的解答。我跟人开玩笑说，这可能也算是一种"异化"了。但掌握这些工作流程更多是为了感恩海大、回报学院，我时常对于人文学科的体制化进程存在很多的忧虑，也时而会为学院文史学科的健康长久发展向学校领导据理力争，提出建议和意见。在海大的人文学术生态不理想的情况下，很多设想和争取都难有效果。此前有次同校领导聚餐，席间说起在座每位教师的情况，于校长对我说："张治，我看你是一个理想主义者，但'理想主义'有时不一定对。"当时令我汗下，只能苦笑而已。

于校长看人很准，他说得一点不错。我从前博士毕业后，花费了很长的时间从事西方古典学术通史的翻译，等于是跨出自己的专业领域和"舒适区"，凭着自己对中西学术史比较的好奇心和学习目的，悉心进行钻研。而学术译著在当时一直都不算是可以用来评职称的成果。同样，我对学术评论感兴趣,写作过一批专提批评意见的新书书评文章,还有一些文献考据性质的随笔,都没有发表在"C刊"这类评价体系内的报刊上。这些大量的工作使我在文史学科里得到很多师长同辈的关注,给予我无数的支持和赞誉,却完全不能让我用来评职称或是满足科研考核要求。我参与科研管理工作之后,自然也就越来越清楚不能再任性做自己想做的事,于是努力改变自己身上的"理想主义",开始全力以赴地追求写正式的"C刊"科研论文。我入职海大一年后,发表了一篇《文学评论》的论文,还有从前的朋友发微信取笑我,说我变化很大,也有人说文章风格大变。我明白大家的意思,也只有苦笑而已。在第一个聘期期满考核时,我有十篇符合海大文科期刊目录的论文发表,是原本合同规定的两倍。但我最想写的一本小书,拖延至今已经十年,仍然未能完成……

　　无论如何,虽有遗憾,还是收获更多。在海大,我完成了三卷本《西方古典学术史》译著的出版,这套书由上海人民出版社出版,制作非常精美,于今年年初获第十七届上海图书奖一等奖。在海大,承蒙教务处支持,我整理出版了过去谋划并讲授多年的一门课程讲义《中国近代文学十六讲》,由高等教育出版社出版。我还有一册题为《文学的异与同》的文集专著,收入商务印书馆的"光启文库"丛书,后记末尾处写到北归后的心情:

多年来心里时常念叨的"回家",终于得偿所愿。新环境的领导、同事和同学们,对我都很友善和热情,使我在工作上的心态大有调整,能够更加平和舒畅地在学问事业上去思考和感受。我感到,过去因地域、气候、生活方式的差异而日益强烈的烦躁、峻急情绪,在逐渐减少。这些心境上的变化,连同近年所结下的善缘,我将它们看作接下来可以继续提升和发展自己的动力和源泉。

此时回顾起来,还能体会当时的感受,可以说是非常真切的。

2019年岁末,学院领导招待新入职的青年教师聚餐,我跟随叨陪末座。席间院长带头让大家每人唱首歌,算是赋诗言志。轮到我无甚才艺,只随口哼了几句校园民谣:"这冬季的校园,也像往日一般安详宁静。只是再没有人来,唱往日的歌"。后来新冠疫情暴发,我们改在线上授课,我一次又一次进校参加二十四小时的值班。偶尔线下教学,但校园依旧不能像从前那样开放。再没有外校来我课堂"串门儿"的年轻人。不止一个春天,进校值班的我走在樱花大道明媚的阳光下,仰脸享受着花团锦簇和温暖的春日,四下却空无一人,令我再三体会起那几句歌词。这样空落落的日子,一下就是三年过去了,仿佛还在昨天。

如今一切逐渐恢复了往日的热闹和活力。不过,在大学里做学问,教书育人,本也不需要多么喧哗和折腾。我们投身于寝馈诗书的事业,原也没有什么升官发财的企图。朴素而淡泊的岁月更为悠长,比任何的辉煌丰厚奖励都更珍贵。前两年我参与了学院历史资料的收集整理工作,又为百年校史编订事业摘选新中国成立前海大中文学科发表的文科成果,充满敬意地多次瞻仰20世纪三四十年代海大这片校园里曾经发生过的人文学术盛况。从更长久的时间里看,一时的得失成败,欢呼与落寞,都不过是漫长岁月里的花开花落而已。系主任熊明老师为院史展所作的《前言》里说,"追怀前贤,规模有道,承继学统,赓续文脉",作为一名海大文科教师的我看来,这是美好的祝愿,也是严格的鞭策。

2024 年 3 月 5 日

我与海大的缘分

周　硕

我同海大的缘分，现在想想，可以追溯到颇远。

一

记得小学的时候，父亲开始在海大读博士学位，我也有了经常来逛校园的机会。那个时候，海大还没有更名。印象里，鱼山那座很有历史味道的一校门的外墙上，挂的还是"青岛海洋大学"的牌子。少不更事，那时的记忆到如今已经有些模糊了，但还是有些关于校园的轮廓、味道和响声，深刻留存在脑海里。

比如我记得，父亲的实验室在体育场旁边的一座三四层小楼里。那座楼里有长长的走廊,有颜色偏暗的灯光,有很多我不太知道有什么用途的机器。父亲经常做实验的地方,大概在走廊最尽头的一两个房间。房间里非常干净,有我能叫得出名字的显微镜、试管,有各种颜色的瓶瓶罐罐。那时候,我不太懂父亲研究的是什么,只觉得在一座很安静的小楼里有这样安静的房间,能平静且专注地做研究,应该是一件很幸福且令人向往的事情。

我还能记得,从实验室到父亲的宿舍,要经过一个长长的上坡,要爬颇多的楼梯,路过一排排的水泥乒乓球台。记忆里,我总是傍晚或者晚上走过那里,那里总有不少人在打球、聊天,非常热闹。球台上你来我往,旁边摆着一排排的热水瓶,楼梯上不时有人快步穿过,宿舍的窗口透出各种不同亮度的灯光。夏天有时会有蝉鸣,空气里沁出泥土和树叶混合的一种颇为好闻的味道。

再还有,我记得父亲有时候会拿上饭卡,带着我去食堂打饭。我那时候特别喜欢吃师苑餐厅里面一道类似鱼香肉丝的菜,配上馒头,说不出的好吃。我也很喜欢早上的稀饭和咸菜,喜欢二楼或是三楼小灶的好几道炒菜。印象里有更多个下雨刮风的日子,我在父亲宿舍的窗边端着不锈钢的饭盒,边扒着饭菜,边瞅着窗外的大树在风雨里摇摆来摇摆去,叶子哗啦作响,玻璃被雨滴蒙上雾气。倏忽间,好像就度过了小时候的很多个夏天。

有时候翻翻家里的相册，能找到很多张在校园里的老照片。有在一校门前对着校名牌子傻笑的，有在逸夫楼前飞奔而过的，有在老树底下蹲着扒拉叶子的，也有坐在父亲实验室里不知道在看什么瓶子的。说起来很奇怪，至今到了鱼山校区我还是很容易迷路，分不清什么楼是做什么的。但记忆里的一草一木却非常清晰，有说不出的熟悉和亲切。

再后来，慢慢长大。到了初中，与鱼山校园相隔咫尺。

我没有实地量过。不过从二十六中的正门到鱼山的二校门，步行大概也仅仅需要几分钟而已。我读书的时候，二十六中还没有校园改造，食堂的口味更是一言难尽。印象中很多个中午时间，总会三三两两跟小伙伴们来鱼山的食堂蹭饭。珠玉在前，每每吃饭的时候总是非常感慨——大学的饭，真是好吃啊。吃过午饭，也总会在校园里溜达几圈，看高高的大树，看楼外墙上密密麻麻、油绿油绿的爬山虎，看操场远处露出红球楼顶的信号山。

再后来，我上了高中，考上了大学，离开了青岛。其实现在想想，鱼山的校园，大概奠定了我心目当中大学的最初印象。郁郁葱葱的林木，斑驳浓密的爬山虎，静谧而忙碌的实验室工作台；乒乒乓乓的球桌，夹着书本低头快步走过的学生，夕阳下蜿蜒延展的小路。

这是我最初对"大学"的一种认知。它既安静，专注，有历史感，同时也喧腾，青春，有创造力。

二

2019年，我博士毕业。在上海度过十一个年头之后，回到了青岛。在海大，开始了我作为一名大学教师的职业生涯。

在入职之前，我印象最深的，大概是海大在海洋领域的悠久传统和诸位大师。耳濡目染之下，知道这里是林绍文、童第周、曾呈奎、方宗熙等先生执教工作的地方，也了解了郝崇本、文圣常、管华诗、冯士筰等先生的成就与贡献。前辈们筚路蓝缕，砥砺前行，以海洋为广阔天地，书写了国家、事业、人生的精彩篇章，令人神往。

我也开始了解到，在青岛这片沿海文化高地上，语言文学学科的悠久历史沿革与深厚人文积淀。20世纪30年代，国立青岛大学时期这里即设立了文学院，著名学者闻一多先生出任院长兼中文系主任。在那之后的很长一段时间内，海大校园曾聚集过闻一多、梁实秋、沈从文、老舍、陆侃如、冯沅君、丁山、闻宥、萧涤非等一大批深孚厚誉的著名学者，一时名家云集，切磋琢磨，风云际会。

重走鱼山校区,漫步鱼山路,会真切感受到这片滨海之地的馥郁人文气息。小路不长,车道也并不宽。但就在这条东起文登路,西至大学路的短短道路两侧,错落排布着闻一多、梁实秋、冯沅君、陆侃如等先生的故居。

鱼山校园东北侧,坐落着一座红瓦黄墙的二层小楼。楼旁有花坛,花坛两侧立有两棵雪松。如今在雪松正中,竖立着著名诗人、学者闻一多先生的半身大理石像。这里就是闻一多先生当年的旧居——一多楼。20世纪二三十年代,闻一多先生辗转南京、武汉而至青岛,最终在当时的国立青岛大学安顿下来。那时,他应时任杨振声校长之聘,出任文学院院长兼国文系主任,开始了他在青岛为期三年的教研和创作生涯。在这里,他既在课堂讲授名著选读、文学史、唐诗、英诗入门,课余亦将大量精力投入中国古典文学的研究之中。梁实秋先生去家中看望他,因书籍盈室而无处落脚;上课之外甚少下楼,更是被师生称作"楼上先生"。在这里,闻先生完成了研究唐诗的系列成果,对《诗经》等古典典籍亦进行了深入思考,考核赅博,立说翔实,成就斐然。

闻一多先生的楼下,曾经同住过著名文学史家游国恩先生。1931年至1936年间,游先生应闻一多先生约请,由武汉大学文学院转聘至国立青岛大学。于青岛居留期间,游先生不仅完成了《中国文学史纲要》的卷三、卷四,同时继续潜心研究《楚辞》,开始编撰《楚辞注疏长编》《读骚论微初集》,成为现代楚辞学研究之"集大成者"。彼时,游先生与闻先生比邻而居,同住鱼山校园内现今的一多楼。二人分居楼上楼下,得以时常切磋学问,更有频频把酒论学的机会,结下了深厚的情谊,成为一时美谈。

沿鱼山路向南而行,今33号院曾是梁实秋先生的故居。沿街门入院,穿过一条悠长的过道,临道的2号楼即梁先生当年曾居住的旧址。1930年,梁实秋先生接到杨振声校长的邀约,同闻一多先生一同赴青岛。短住之后,即喜欢上了这座海滨之城,出任外文系主任兼图书馆馆长,一待便是四年。晚年的梁先生曾多次忆起青岛,将青岛称作是最想居住一生的城市,甚至把女儿从国立青岛大学所在地带回台北的一瓶海沙视为珍宝而置于案头。在国立青岛大学,梁实秋先生教授英国文学史、文学批评,课堂之外亦撰著了大量的文章,结集为《天垀集》,更是开始了为期三十七年的《莎士比亚全集》的庞大翻译工程。

沿33号院继续前行,36号院即位于鱼山路的尾端。院中有五座独立的二层小楼,除童第周、束星北等先生外,还曾是陆侃如、冯沅君夫妇的故居。1947年国立山东大学在青岛复校,陆侃如、冯沅君先生应时任校长赵太侔之邀任教文学院,当时即居住在1号楼中间处。两位先生皆是古代文学、文学史领域的著名学者，成就斐然。陆先生编写了《中国文学理论简史》，冯先生则完成了《古剧说汇》，皆是学界享誉已久的名作。在20世纪40年代，夫妇两人发表的一些论著文末皆署"写于青岛鱼山别墅"。冯先生亦曾提到，自己很向往的生活是"一间房，两本书"。在青岛，这个愿望得以实现。

闻一多先生、游国恩先生、梁实秋先生、陆侃如先生、冯沅君先生……曾在青岛工作生活过的著名学者还有许多。在这片滨海土地上，他们留下了浓郁的人文足印，让这座校园厚重起来，漫步其中时时回想，仿佛可与诸位先贤遥空对话，追思前迹。对人文学科的学者而言，有一方自己热爱和乐居的土地，能徜徉漫步于其中驰骛思虑，能平静且深刻地著书立说，或许，实在是一件很幸福的事情。青岛这片滨海土地，曾经吸引了大量的文化精蕴。这是海大校园的幸运，也是今天我们的幸运。

三

如今，我所服务的文学与新闻传播学院位于崂山新校区。有时漫步于新校区中，会遥遥想起相距几十公里外的鱼山校园，想起曾经一些时节在那里相聚的人，想起那些切磋琢磨和把酒论文的故事。

对一座已经经历百年风雨的学校来说,这段过往当然只是一瞬,但却是曾经很光彩夺目的一瞬。百年历史,风云际会。随时间逝去但却更加熟悉的这些名字,正在新百年的校园里渐次扎根,生发出更加耀眼且蓬勃的花。

重新回到海大已经五年。对我而言,这五年中我重新走近了海大、重新理解了海大。同时,也有了时间和机会,来重新认识自己。这五年里,我从求学十几年的校园走出来,从坐在课堂当中的学生,开始变成站在讲堂之上的老师。这五年里,我遇到了相守一生的爱人,迎来了可爱活泼的宝宝,开始思考自己在家庭和社会中的责任。

在我进入大学之前,海大曾经作为我心目中大学的最初样子,为我曾经的一些认知和选择默默提供着参照。在我博士毕业之后,海大又作为我服务和效力的工作单位,为我提供思考和前行的土壤。这是一种很难割裂的联结,更是生命中难得的体验和缘分。

对于任何一所大学而言,百年的历史都值得赋以温情和敬意。我想,海大以"海洋"名校,但积淀所及,当不仅仅局限于海。曾经的黄海之滨,名家云集,人文兴盛。作为一所走过百年历程的名校,在思考下一个百年的前路与未来时,应该有更宽博的胸怀、有更包容的思想、有更坚定的气魄,去接续这片土地的百年文脉。现今,新赛道层出不穷,新形势波折诡谲。但大学校园里,需要一种温情和厚重;这片土地上,需要一种优雅和宽容。前辈学者珠玉在前,这是历史所赋予我们的使命,我们义不容辞。

作为这所学校的一员,在海大即将步入下一个百年的时刻,我充满信心。同时,满怀祝福。

2024年3月5日作于岛城有渐斋

踅步锵锵

穿过风,穿过雨,穿过时间

你走来的步履,始终

锵锵有韵,激荡潮流

海
大
日
本
研
究
的
回
顾
与
展
望

修　斌

　　依托文学与新闻传播学院建设的中国海洋大学日本研究
中心（简称海大日研中心），成立于2010年3月。其前身是学
校2005年成立的人文社会科学研究院日本研究中心。2010
年5月15日海大日研中心举行了隆重的揭牌仪式，时任青岛
市常务副市长王书坚、日本驻青岛总领事斋藤法雄、中华日本
学会常务副会长蒋立峰、学校党委书记于志刚共同为中心揭
牌。日本研究界著名专家学者汤重南、王晓秋、王新生、李卓
等，日本国际交流基金、日本学术振兴会、日本贸易振兴机构
等驻华代表应邀出席仪式，青岛市政府和学校有关部门的负
责人以及日本研究中心研究员共50余人到会见证了中心成
立，并出席了首届"中国的日本研究"高端论坛。海大日研中

心是青岛地区唯一的综合性日本研究机构,有研究人员20余人。多年以来,中心充分发挥学校的地缘优势以及自身研究团队的多学科背景优势,在中日关系史、中日文化交流史、中日海洋问题、日本语言文学、日本经典文学作品翻译、日本政治、经济、文化等诸多领域取得一批重要的研究成果,有的成果在学术界影响较大,多份研究咨询报告得到中央领导同志和有关部门的批示和采纳。中心首批入选中国智库索引(CT-TI)至今。目前,海大日研中心是多个国家一级学术会的常务理事或理事单位,中心主任兼任中华日本学会常务理事、中国日本史学会常务理事、中国海外交通史学会副会长、中国中外关系史学会常务理事、中国中日关系史学会理事、中国海洋发展研究会理事、CFIS海洋研究中心专家委员会委员等。

在学校、学院的支持下,海大日研中心一路走来,既有取得成绩的喜悦,也有探索中遇到的艰难。研究人员除了文学与新闻传播学院,还有来自外国语学院、法学院、国际事务与公共管理学院、经济学院、管理学院、马克思主义学院的教师。中心还联合国内外其他院校的研究力量构建,形成了跨学科的日本研究团队,搭建起了中日学术交流的平台。在高起点整体推进的同时,突出"海洋"和"地域"特色。尤其是在"海洋研究"上,重视对海上邻国日本的海洋历史和文化、海洋战略以及中日海洋和岛屿问题的研究,在学校海洋人文社会科学建设中发挥重要作用。

　　说起海洋日本、中日海洋关系，众所周知，日本是四面环海的岛国，是典型的海洋国家，其生存和发展主要依赖于海洋，其经济生活、社会生活、海外贸易、风俗习惯、国民性格都深深打上了海洋的烙印。在很长一段时期内，海洋给日本带来了恩惠，带来了安全、财富、文化。但是，从丰臣秀吉统一日本后开始，日本的国家战略呈现出冒险、贪婪、侵略的特征。值得注意的是，明治维新以后日本实行的对外扩张战略，无论是南进还是北进，无论是大陆政策还是海上推进，实际上都是把海洋(包括半岛、岛屿)当作跳板，侵略领土、掠夺资源、控制战略通道，妄图建立所谓"大东亚共荣圈"，主宰东亚甚至整个亚洲，但最终以失败告终。战后，在新的国际格局下，日本依靠美国的安全庇佑，以海洋贸易立国，一度成为世界第二大经济体。冷战结束至今，日本把"普通国家"和"政治大国"作为21世纪日本国家的战略目标，在海洋国家论的基础上提出了"新的海洋立国战略"，并积极推进海洋法治建设，制订详细的海洋发展规划和推进措施。同时，根据环境的变化，配合日本国家战略不断进行调整。日本是中国十分重要的海上邻国。面对中国的快速崛起，日本的海洋战略中防范中国的成分增大，积极串通美国和其他亚太临海国家联手应对中国的所谓"海洋威胁"，企图遏制中国的海洋发展。所以，研究中国和亚太的海洋问题,离不开对日本的研究,尤其应当研究日本海洋战略给我国海洋发展带来的挑战和启示,维护国家的海洋权益,妥善处理中日之间海洋和岛屿的敏感问题。从某种意义上讲,日本研究也是东亚海洋问题研究的一部分。当然,"海洋日本研究"强调在日本研究中需要更突出的海洋视角和海洋意识。因此,海洋日研中心始终把海洋日本研究、中日海洋关系研究作为研究的重点和特色。中心尤其在日本海洋战略研究、中日海洋关系研究、钓鱼岛问题研究、琉球群岛研究、日台关系和日韩关系研究领域成果突出,具有一定影响力,成为国内研究海洋日本问题有重要影响的研究机构之一。中心针对中日海洋焦点问题,积极发挥海洋日本问题智库作用,承担了国家社科基金、省部级以上课题二十余项,提出了一批富有建设性的对策建议报告。中心研究团队围绕日本海洋战略、钓鱼岛问题、东亚海洋历史与文化遗产、琉球群岛问题、日台关系、日本与朝鲜半岛、日本与南海等,持续开展课题研究,不断推出研究专著、学术论文、研究咨询报告,有的报告得到中央和地方的高度重视和采纳,为上级决策发挥了积极作用。研究人员多次作为专家应邀参加国内有关部委、军方、院校召开的会议。

作为一个综合性的日本研究中心,中心注重优势研究领域的不同拓展,进一步扩大影响力,如日本经典文学翻译和研究领域，以中心研究员在该领域辛勤耕耘，在国内外有重要影响。翻译了村上春树等日本著名作家作品近百部，译介日本畅销儿童文学作品多种，还在各类媒体发声，回应公众的关切，应邀赴国内外做专题报告、巡回演讲逾百场。此外，日语语言及文化研究、中日文论比较研究、海民群体及海事航运史研究、冲绳作家作品研究、日本代表作家的中国观研究等也是日本研究中心近年取得的重要学术成果。

日本研究中心与国内外学术交流频繁，与日本十余家高校和科研院所建立起稳定的协议交流关系，先后邀请数十位中日著名学者来校做演讲、学术报告，开设专题课程，主办或参与主办了"中国的日本研究高端论坛""中国琉球历史关系国际学术研讨会"（两届）、"东海安全形势与中日关系讨论会""中日关系的新动向研讨会""第二届日本学论坛"等。日本研究中心的学者也多次参加各种国际学术会议，如东亚日本研究者协议会年会、东亚文化交涉学会年会、东亚岛屿海洋文化论坛、东亚海港城市国际研讨会、环东亚教育研究网络会议，以及中国社会科学院、中华日本学会、中国日本史学会的学术年会等，访问了日本多家主要海洋研究智库、大学的涉海和其他人文社科研究机构、日本官方（包括海上保安厅）的研究部门、韩国的海洋战略智库，接待或参与接待日本外务省、海上自卫队、松下政经塾、国际问题研究所、东亚共同体协议会、中日韩三国合作机制秘书处,以及国内的中国社科院日本研究所、中日关系史学会等学术组织的访问考察团,相互沟通学术信息,深化了合作。中心学术辑刊《海大日本研究》,由中国海洋大学出版社出版,面向海内外公开发行。辑刊设有海洋东亚、中日文化交流、琉球研究、日本政治、语言文化、海洋教育、海洋政策文献等板块,得到日本研究界学者的投稿和读者的厚爱。

日本研究中心积极参与人才培养,开设日本研究系列课程。如面向日语语言文学专业、中国史专业、国际关系专业、区域国别研究专业的本科生和研究生开设日本语言文化、日本政治与外交、东亚海洋与岛屿问题、中日文化交流史、东北亚关系史研究等课程,也面向全校开设通识课。

日本研究中心发挥对日交流的窗口作用,开拓学生国际化培养渠道,选派优秀学生赴日留学。会同文学与新闻传播学院每年都选派和推荐一定数量的本科生、研究生赴国外大学交换留学。仅从文学与新闻传播学院就已先后选派学生四十多人赴日本新潟大学、神户大学、琉球大学等交换留学。另外,日本研究中心研究人员指导和推荐的学生也有二十多人前往日本攻读博士学位,其中有近一半获得中国国家留学基金委或日本文部科学省的国家奖学金,并有多人学成回国任教,把自己的所学奉献于学术研究和人才培养。

近年来,区域国别研究越来越受到重视,已经被列为一级学科。在我校的国际化战略和学校的一流大学建设中,也愈发重要。海大基于学校特色优势和学科基础优势,逐步设立了若干深具海洋特色的国别和区域研究机构——海洋发展研究院、日本研究中心、韩国研究中心、极地法律与政治研究中心、中韩海洋文化研究中心、日本文学和村上春树研究中心、国际儿童文学研究中心等。经过多年的努力,已经取得显著的建设成效并产生重要影响。当前和今后一个时期,学校有必要基于海洋综合教育研究的实力,把握国别和区域研究与涉海研究的深层互动关系,发挥所在地青岛在东亚合作和"一带一路"倡议中的地缘优势,进一步突出海洋发展研究特别是全球海洋问题、海洋关系、海洋治理、海洋历史文化的研究,其中包括对日本列岛、朝鲜半岛、琉球群岛,乃至亚太岛屿、岛链、岛国和极地区域的研究。同时,注意与国内现有国别与区域研究基地的优势互补、错位发展,如相对于国内其他日本研究中心,海大突出对日本涉海问题的综合研究以及中日海洋关系研究;相对于国内其他岛国问题研究,海大侧重于以围绕"第一岛链"为主的西太平洋岛国与岛屿研究。

海洋日本研究与海港城市青岛研究的关系十分密切。青岛是我国重要的沿海开放城市、国际化大都市、海洋科教名城,就所处区位而言,位于中日韩东北亚区域的要冲,也是"一带一路"倡议的重要节点、上合示范区及新亚欧大陆桥经济走廊的战略支点、东亚海洋合作平台总部所在地。这也为海大日本研究中心的学术研究和国际交流提供了广阔的舞台。海大是以海洋科学和水产为显著特色的世界一流大学高校,是国内涉海大学的翘楚,一直坚持"强化发展特色、协调发展综合,以特色带动综合、以综合强化特色"的学科发展思路,近年来在涉海人文社科领域也取得了长足的进步。文理协同的过程之中,海洋自然科学为人文社科研究提供了社会服务渠道、研究基础、问题资源以及研究方法的启发,而人文社科又拓宽了自然科学成果转化的渠道。这也为海大日本研究中心进一步扩大文理交通、学科交叉提供坚实的基础。在国际交流资源方面,也具有交往机构全面(政府相关机构、学术机构、民间团体、驻华机构等)、交往领域广泛(人才培养、学术交流、资源共享、民间外交等)等特点。这也为海大日本研究中心创造了可资利用的丰厚资源。

中国式现代化既是中国特色社会主义现代化,也是一个更加开放和国际化的伟大进程,加快推进海洋强国建设需要深化对世界海洋国家包括日本的研究,中国海洋大学建设一流大学和强化海洋发展研究也需要更加重视对日本和东亚的研究。未来,海大日本研究中心任重道远。

2024 年 3 月 3 日

沧海一粟

——我为海大写寸心

薛永武

中国海洋大学是全国著名高校，历经几代人的共同努力，已经走过百年的光辉历程。我从壮年时回到故乡这所高等学府，不经意间，老冉冉其已至兮。二十个春夏秋冬，二十年辛勤耕耘，在匆匆的岁月中，我融入了海大浩瀚的海洋，实现了沧海一粟的人生体验。

为国育才勇挑教学重担

位卑未敢忘忧国，为国育才守静笃。2005 年，我从曲阜师范大学调入海大文学院，根据学校"通识为体，专业为用"的理念，怀着为国育才的社会责任感，注重学科通识性与专业性的相互融合，毅然负重前行，先后为中文系开设了文学概论、西方文论、美学等课程，为新闻系开设了文学概论课，为文化产业系开设了人力资源管理、文化产业人才资源管理课，为中文系博士开设了文艺美学研究课，为中文系硕士开设了西方文论和文艺美学研究课，为文化产业管理专业博士和硕士开设了文化产业人才资源开发和人才美学课，为全校研究生和本科生开设了人才开发学通识课。海大获批MPA专业硕士点以后，有门重要课程领导科学与艺术无人开设，在学校向海内外公开招聘讲座教授无人应聘的前提下，我应邀承担了这门课程，为学校解了燃眉之急。

我上大学时没有学过上述课程，一切都要从零开始，需要平时自学和认真备课。其中我开设的文学概论和人才开发学是学校的公开课，美学是学校的观摩课。在课程讲授中，我注重融会贯通和学科的交叉融合，从人才开发的视角，促进教书与育人的相互融合。通过跨学科讲授多门课程，既促进了课程之间的融会贯通，也激发了科研创新的灵感。

为指导学生了解成才规律，我从2012年到2019年期间，每年都为全院新生举办一次生涯设计或人才开发方面的学术讲座，引导学生提高情商，培养优化的知识结构和能力结构，进行科学的生涯设计，鼓励学生向多元化发展。

学术创新打破学科壁垒

在学术研究方面,我注重学科交叉,从视域融合不断走向新的思域融通,通过跨学科的研究,提出了"思域融通"的概念,在音乐美学、人才美学、中国文化、人才开发、文艺美学和海洋美学等方面,取得多项研究成果。

在音乐美学方面,我为研究《乐记》投入很多精力,我在博士论文研究《乐记》的基础上,先后主持了关于《乐记》研究的教育部人文社科规划项目和山东省社会科学重点规划项目,在重要刊物发表十几篇音乐美学论文,出版《〈礼记·乐记〉研究》《中国古代文论经典流变》《〈乐记〉与中国文论精神》三部专著。《乐记》研究的相关成果获山东省高校人文社科成果一等奖、青岛市优秀社会成果一等奖和山东省刘勰文艺评论奖。

在人才美学方面,通过人才学与美学的交叉融合,我拓展了人才美学研究的新领域,提出人才美是最高的社会美和文化美的重要观点,系统研究了利用审美促进人才开发的原理、途径和方法,为学术创新做出了原创性的贡献。2008年出版专著《人才与审美》,对人才美的概念、本质、内涵等人才美学的一些重要理论问题进行了初步探索;2016年出版的专著《审美与人才开发》是国家"十二五"重点出版物出版规划项目、人才强国研究出版工程的成果,也是我国第一部全面系统研究人才美学的理论著作,拓展和深化了人才学和美学研究,被专家评价为人才美学研究的标志性成果。《中华读书报》、光明网、中国社会科学网和求是网等媒体介绍了该书,而我原创的人才美学四十三个词条收入中国人才学专业委员会主编的大型工具书《新编人才学大辞典》。研究人才美学的难度很大,学界研究者并不多,我克服诸多困难,也是人才美学研究的重要探索者。

在中国文化方面,我深受中国传统文化的影响,出版了《论语译评》和《孟子译评》两部专著,在海外刊物发表中国文化研究文章多篇。我还参加了金元浦教授主编的《中国文化概论》的编写工作,担任副主编,2023年我完成了该书的第五次修订。该书是国家"十一五"规划教材,被评为国家精品教材,也是中国文化概论比较有影响力的教材,曾多次出版。

在人才开发方面,我出版了《人才开发学》《让孩子走向成功和卓越》《文化产业人才资源开发》《人才开发新论》《人才发展的主体性因素》,担任《新编人才学大辞典》的副主编和分卷主编,与齐秀生会长主编了多卷本的《人才发展研究丛书》。由于研究成果突出,我荣获中国人才学三十年贡献奖(全国从1979年至2009年三十年共评选三十名专家),应邀担任中组部人才规划评估专家,受聘中国人才50人论坛专家。研究成果获中国人才研究会特等奖和一等奖多项,获山东省人力资源社会保障厅科研成果一等奖多项。

在文艺美学方面,我在2000年出版《西方美学论稿》的基础上,又出版了《先秦两汉儒家美学与古希腊罗马美学比较研究》《中西文论与美学研究》,在完成山东省教育厅优质课程立项建设项目《文艺美学研究》的基础上,出版了专著《文艺美学新论》,通过融通中西文艺美学,尝试探索新的文艺美学理论话语体系。

在海洋美学方面,我是中国海洋大学海洋文化创意产业发展战略与产品研发项目团队首席专家,先后主持多项涉海项目,完成了教育部人文社科重点研究基地项目《海洋美学基本问题研究》和国家社会科学基金后期资助项目《海洋美学基本理论研究》,组织研究团队出版了国内第一部《海洋美学研究》专著,填补了系统研究海洋美学理论的空白。

为学科建设竭尽全力

学科建设是大学发展的龙头事业,也是大学发展的重要动力引擎和加速器。我对学科建设重要性的认识,早在2003年便产生了。我在担任曲阜师范大学文学院院长期间,文学院获批了全校第一个博士点；来到海大以后，我继续为学院的学科建设和博士点建设做出积极贡献。

中国海洋大学国家文化产业研究中心是2006年12月由文化部批准命名的国家级文化产业研究机构，与清华大学、南京大学等一起成为全国首批国家文化产业研究中心之一，也是山东省唯一的国家文化产业研究中心。原文化部文化产业司司长王永章在海大会议上特别强调文化产业人才研究的重要性，而我就是文化产业人才方向的学术带头人。获批国家文化产业研究中心，不仅有利于提升学校的知名度和美誉度，而且为申报文化产业管理专业博士点搭建了国家级研究平台和重要支撑。

2012年，我担任院长期间兼任国家文化产业研究中心主任，学院成功申报了文化产业管理专业博士点，逐步建成了文化产业本科、硕士、博士和博士后四位一体完整的人才培养体系，这是我院学科建设和人才培养的历史性突破，在全国高校产生了较大影响。博士点获批后，我是第一个通过校外专家评审和学校学位委员会通过的文化产业管理专业博士生导师。文管博士生招生十几年来，我是博士点的负责人，与张胜冰教授和其他导师一起，依靠集体力量，圆满完成了招生命题、阅卷、面试、录取、预答辩、答辩和培养方案的制定和修订等工作，不断完善文化产业博士的培养体系。

　　此外，在古代文学和现当代文学硕士点的基础上，学院成功获批了中文一级学科硕士点，自主设置了传媒文化硕士点，支持艺术系申报音乐文学硕士点。其中在申报音乐文学硕士点的过程中，我是音乐理论方向的带头人，也是音乐文学二级学科第一方向的带头人，为音乐文学硕士点获批做出积极贡献。另外，学院还获批了中国史一级学科硕士点、汉语国际教育专业硕士点和面向留学生的中国学硕士专业点。

　　学院的主流学科是汉语言文学专业，申报中文一级学科博士点是学科建设的重要任务，但在 2003 年以前，在山东省高校中，山东大学、山东师范大学和曲阜师范大学三所高校已经设置了中文博士点，客观上很难再增加新的中文博士点。我院中文学科建设基础相对薄弱，参加全国高校中文学科博士点申报的竞争，客观上难度非常大。为了申报中文一级学科博士点，根据教育部学位办动态调整的原则和学校的统筹布局，我们学院要申报中文一级学科博士点，必须撤销文化产业管理专业博士点，即撤下一个文化产业管理二级学科博士点，可以申报中文一级学科博士点。在这种情况下，文化产业管理专业博士点做出巨大牺牲，以服务学院学科建设大局，赋能中文一级学科申报。在中文一级学科博士点的申报中,我是文艺学学科的带头人,而在中文一级学科中,文艺学的专业代码是050101,排在8个二级学科的首位,由此彰显了文艺学在中文一级学科博士点中的重要性。

学院成功申报中文一级学科博士点,可喜可贺。我和张胜冰教授因为年龄原因,不能招收文艺学的博士,些许有些遗憾。正所谓前人栽树后人乘凉,但希望后人珍惜来之不易的"乘凉"机会,勿忘历史,继往开来。

高度重视师资队伍建设

建设一支高素质的师资队伍,是决定高校人才培养质量和提高办学水平的关键。

我在担任院长期间,学院在师资队伍建设方面面临两种困难:一是学院年轻教师队伍中的博士数量偏少,这对于学科建设、申报博士点和职称晋升,都是短期无法弥补的短板。基于此,学院积极支持年轻教师攻读博士学位,支持他们在职攻读文化产业管理专业的博士;支持他们校外读博,我还帮助一些老师联系校外相关学院的院长和博士生导师,力求获得兄弟学校的支持。二是学校每年给学院引进人才的指标非常少,在一定程度上限制了师资队伍建设的规模。其中有一年古代文学学科只有一个进人指标,来应聘的却有好几个优秀博士,学院临时向学校打报告申请增加进人指标,最终我们比原计划多引进了一个优秀博士。

随着博士招生形势的变化,很多高校不再招收在职博士,这样就限制了青年教师到外校读博士的机会。基于此,我向学校提出了允许青年教师脱产攻读统招博士的建议,得到了学校的认同。学校调整了青年教师读博士的政策,允许老师攻读校外的脱产博士,为学校的青年教师提高学历层次提供了政策支持。

针对近些年来一些高校对青年教师采取"非升即走"的做法,我向学校提出了建议,只要青年教师达到晋升副教授的条件即可,不一定非要晋升副教授,因为一个青年教师是否能够晋升副教授,不但要符合晋升条件,还要有晋升指标,关键要看评委投票。也就是说,一个青年教师是否能够晋升副教授,不单纯是其科研成果能够决定的。学校在调研的基础上,也采纳了我的建议。

建设教师队伍,应该以人为本。在以人为本方面,学院制定了"红白喜事"送温暖办法,对于有"红白喜事"的老师,由学院分管行政的副院长和院办的老师代表学院看望相关老师及其家人,让老师们体验到学院大家庭的温暖。考虑到老教师的年龄,学院修改了监考办法,凡是五十五岁以上的老师不再监考,同时提高青年教师的监考费,做到既关心老教师,也尊重青年教师的付出。

奉献社会贡献智慧

服务社会是高校一项重要的工作任务。2010年,我是全校"山东省有突出贡献的中青年专家"荣誉称号的唯一获得者,我有责任和义务负重前行。我先后担任中国人才学专业委员会副理事长、山东高等教育人才研究会副会长、文化和旅游人才专委会理事长、全球化智库(CCG)特邀高级研究员、中国人才研究会学术委员会专家、中国人才50人论坛专家委员会专家、国家教学成果奖和国家教学名师评审专家、国家社科规划项目、教育部规划项目评审专家和鉴定专家、全国艺术科学专家库专家、中国文化贸易专家、山东大学中国文化产业研究中心学术顾问、中国管理科学研究院特聘研究员、山东省就业促进会专家、党政理论网山东编辑委员会专家、山东省社会组织发展服务中心专家库专家、济南市新旧动能转化重大工程首批智库专家、青岛市文化和旅游局特聘专家、青岛市海洋科技咨询专家、青岛市绩效管理专家、《今传媒》杂志学术委员会副主任委员、学术桥评审专家,还兼任中国文化创意产业研究会顾问、中国中外文艺理论学会理事、中国海洋发展研究会理事。

为高校和政府、企业培训人才，这也是我服务社会的重要方式。近二十年来，我为政府、高校和企业举办的各种讲座近百场，听众万余人，扩大了海大文科的社会影响。工作之余我设置了"薛说人才"微信公众号，推出原创文章六百多篇，向社会传播优秀传统文化和先进的人才开发思想。

桃李不言，下自成蹊。中央人民广播电台、新华社、《经济参考报》《人民日报》《光明日报》等全国二百多家网站转载或评价和介绍了我的科研成果。中央电视台、新华网、人民网、中国社会科学网、《光明日报》《中国组织人事报》《中国社会科学报》《联合日报》《中国海洋报》《中国经济导报》等报道了对我的专访。

《周易》："天行健，君子以自强不息；地势坤，君子以厚德载物。"在海大百年校庆之际，回眸在海大工作的二十年，我没有惊天动地的业绩，但做到了光明磊落，堂堂正正，坚守做人做事的原则，坚信上善若水，厚德载物。我自喻是一个不知疲倦的机器人，坚持再坚持，努力再努力，跋涉再跋涉。我认为，教师不只是微光闪烁的蜡烛，而是熊熊燃烧的火炬，燃烧自己的生命，照亮学生的前进之路。师生只有相互学习，才能教学相长，才能相互赋能。

作诗一首，表达人生感悟：持之以恒磐石志，青灯黄卷乐读书。探索真理无限路,潜心治学方觉悟。淡泊名利常思齐,万籁俱寂守静笃。海纳百川取众长,生生不息德载物。

我是沧海一粟,愿为海大写寸心。谨以此寸心共勉。

祝福海大再创辉煌,祝福学院再创佳绩!

2024年2月23日

为儿童文学学科不懈努力的朱自强教授

徐德荣

　　我自2013年师从朱老师攻读博士学位，得以近距离接触朱老师的学人风骨与学术思想，至今已有十多个年头。十年虽如白驹过隙，但在从游于朱老师的这些日子里获得的惊喜与顿悟，却在岁月长河的流逝中沉甸甸地栖身于记忆深处，历久弥新，照亮着我的精神世界。最让我动容的，是朱老师几十年如一日地钻研儿童文学的学术使命感，他以舍我其谁的精神，在儿童文学研究的田野里拓荒、耕耘，不断开辟儿童文学研究的新篇章。

心怀使命，锐意进取

　　2015年11月，三百三十多万字的《朱自强学术文集》(十卷)由二十一世纪出版社集团出版。这是中国儿童文学学术界迄今为止文字规模最大、涉及研究领域最广、跨学科最多的儿童文学学术文集,对于中国儿童文学学科建设具有重要的意义。

翻读散发着墨香的十卷本文集,最突出而深刻的感受就是,朱老师精心建构着他所理解的儿童文学学科,在这三百多万字论述的展开过程中,一个广博和深邃的儿童文学的学术世界呈现在我的眼前。

朱老师的学术研究从不止步,不断开拓着儿童文学研究的疆土,取得了一个又一个里程碑式的成绩。多年以来,朱老师怀着强烈的学术使命感带领团队打造了"国际儿童文学论坛"这一颇具世界影响的学术交流平台,提升了儿童文学在国内的学术地位,也扩大了中国儿童文学的国际影响。2019年,朱老师作为首席专家,获得全国儿童文学领域第一个国家级重大科研项目。2021年6月,朱老师荣获世界性儿童文学学术研究的最高奖——第十八届"国际格林奖"。正如授奖理由所述,"朱老师是具有国际视野的学者,在切实推动中国的儿童文学研究和教育的发展的同时,也向国外推介中国的儿童文学创作和研究"。这些里程碑式的学术成果背后,是朱老师一以贯之地"凝视、谛视、审视"儿童文学学科的巨大努力和独到眼光。

朱老师在学术文集的自序《"三十"自述——兼及体验的当代儿童文学学术史》中曾说："我的脑海里曾经闪过这样的念头,假设哪一天,我需要重评教授职称,但是只能送审一部学术代表著作,我一定会在《中国儿童文学与现代化进程》《儿童文学的本质》《儿童文学概论》这三本书之间,久久地犹豫不决。这三本书,一本是史论,一本是本体论,一本是基础理论,但都是我作为学者的立身之本,很难取舍。"朱老师所看重的这三部学术著作,在一定程度上显示了他在儿童文学学科建设方面的贡献。

一个学者对他所想建构的一个学科的学术构想,应该具有相对的完整性和系统性。关于朱老师的学科构想的完整性,我曾旁听过他为儿童文学方向的研究生开设的课程,他开讲第一课,就申明儿童文学是一个独立的学科,有着显示其自身范畴和特点的文艺学、文学史、文学批评和文献书志学。上述文集自序里那段话所说的三部著作,就分别是儿童文学的文学史、文艺学、文学批评三个领域的重要成果。

一个学者进行学科的建构,学术创见是必要的一个条件。

在儿童文学理论研究方面,朱老师在继承周作人的儿童本位论的基础之上,发展出了具有他自身特点的儿童本位论。梅子涵教授曾这样评价《儿童文学的本质》:"很完整地表达了他对儿童文学的认识,对儿童的认识,对儿童文学作家的认识。这是三位一体的三个方面,相互牵涉,互为因果。这是一本阅读起来可以兴致勃勃的书,对于研习、写作儿童文学的人,你可以读到通常教材里根本没有的思想、见解、引例、阐述。"如此朱老师重新建构的儿童本位论已经成为中国儿童文学理论界最有力的批评工具,正在逐步改变中国儿童文学创作和批评的思想面貌,也是中国儿童文学理论界对世界儿童文学研究的突出贡献。

朱老师一直保持着学术研究的锐气,这种锐气让人感受到他思想的力量,也充分感受到他不断进取、超越自己的勇气。可以说,朱老师是一位理论思考和探究能够与时俱进的学者。在文集自序中,朱老师对自己的学者形象有一个定位,"如果进行自我评估,我在至今为止的著述之中,表现出来的学术形象大体上应该是一个现代性理论的实践者。"他明确表示,"没有反思意识和能力的研究者是不会持续不断地产生学术创造力的。我愿意不断地对学术自我进行反思。目前,我对自身的反思性思考,与对现代性理论的反思,与对后现代理论的思考连系在一起""后现代理论中具有开拓性、创造性和批判性的那些部分,对我有着极大的吸引力。我知道,后现代理论中有我所需要的理论资源"。儿童文学界的一些学者全盘接受否定现代性的后现代理论,但是与这些学者相比,朱老师显然更具有来自主体的定力——"在我眼里,在某些理论问题上，现代性与后现代不是敌人，是一种爱恨交织的复杂关系。两者之间虽然充满了矛盾，却是互为证明的存在，共同构成了巨大的思想张力。所以，我今后可能将采取将现代性理论与后现代理论进行融合、互补的理论立场和姿态。尽管极有难度，但是我愿意努力尝试，争取使自己的儿童文学学术研究能出现新的景观，学术思考能产生更大的思想张力"。朱老师说这话是在2013年4月，令我感到有些惊讶的是，随后的短短两年时间里，他就发表了《"儿童文学"的知识考古——论中国儿童文学不是"古已有之"》《挽救"附魅的自然"——评汤素兰的〈阁楼精灵〉的后现代思想》《儿童文化：如何建构？建构什么？》《儿童文学理论：在"现代"与"后现代"之间》等将现代性话语与后现代理论相融合的学术论文。

这些论文中，他不是为理论而理论，而是用新的理论解决现实的、实际的学术问题。比如，在《"儿童文学"的知识考古——论中国儿童文学不是"古已有之"》一文中，他运用后现代的建构主义的本质论这一新方法，探究中国儿童文学的起源问题，有效地将此前的儿童文学是"古已有之"还是"现代文学"这一学术争论领出了"公说公有理，婆说婆有理"的死胡同，为争论双方树立了一个共同的学术范式。刘绪源曾这样评价他的这一学术工作："中国儿童文学批评史严格说仍在草创阶段，所以自强文风中突出了'论辩性'和'建设性'，我以为是极有益的。他的建设，首先在方法论上。他提出'建构的本质论'的方法，与我以前提的'建构论须与本质论相统一才有价值'颇相似，但他的提法明显高于我，我还在防范后现代理论的消极作用，他则能在不伤既往学术传统的前提下对后现代理论做积极的应用。通过这一方法，他论证了'一切儿童文学都是现代文学'的重大命题。"正是以不断的"思想革命"和理论创新，朱老师有力地解决了困扰中国儿童文学研究的一个个重大问题。也正是以这种不断进取的学术使命感，朱老师在儿童文学批评领域、外国儿童文学研究领域、语文教育和儿童教育领域都做出了堪称经典的标志性成果，大大推动了儿童文学学科的建构。

一腔诗意，充满激情

朱老师曾经四次作为访问学者，去日本从事儿童文学研究、语文教育研究，时间上分别为 1987 年 10 月至 1988 年 12 月（东京学艺大学、大阪国际儿童文学馆）、1990 年 4 月至 1991 年 4 月（大阪国际儿童文学馆）、1997 年 10 月至 1998 年 10 月（大阪教育大学）、2013 年 10 月至 2014 年 1 月（大阪国际儿童文学馆）。他回顾留学经历时说："日本留学这一学术经历，对我个人的学术发展至关重要。择主要的说来，一是获得了治学方法、态度方面的启示;二是获得了在世界性学术视野下,以西方(包括日本)儿童文学经典为参照系,从事儿童文学研究这一重要意识;三是获得了大量西方(包括日本)的儿童文学资料。""我特别想提及的是,有幸师事已故的日本著名学者鸟越信先生,对我的儿童文学学术研究产生了深刻影响,带来了珍贵的资源。鸟越先生博览群书、记忆超群、治学严谨。在先生的指导下做研究,既有压力,也有动力。"毋庸讳言,留学日本这一研究经历,使朱老师成为具有国际性视野,能用外语撰写论文、作学术讲演的国际化学者,为他走上儿童文学的学术高地创造了条件。这一国际视野也使得朱老师能够以突出的眼力把握国际前沿,与国际顶尖学者对话,进行学术交流和互鉴。我曾经多次陪同朱老师进行国际访问,在听完朱老师讲座后,国外学者的赞叹是由衷的,那种学术共鸣是真诚的,很让人感到不同文化背景的学人心灵相通的快乐。

对文学研究者,又特别是对儿童文学研究者来说,是否具有艺术灵性,决定着他所能够达到的学术高度。在这方面,朱老师也有着得天独厚的条件。我注意到,学者涂明求在与朱老师进行学术商榷的文章中,提出了"概念朱自强"和"诗人朱自强"这两个概念:"更有意思的是,在反驳王文时只字不提童谣儿歌的朱先生,在他这代儿童文学理论家中,恰恰又是最为重视童谣儿歌的一位。他在别的诸多场合和著述中,都不遗余力地在为童谣儿歌鼓与呼,每一论出,几乎均有可圈可点可赞可叹处。我深切地感受到,他那些话语、他那些文字,是由他作为一个天才的诗人理论家的真性情深衷处涌出的,因而直觉敏锐、活泼灵动、晴暖温柔,其独特之眼光、不俗之见解,每每令人一见倾心。我以为,这个以其灵敏的直觉、清明的感性,不自觉地驳倒了'概念朱自强'的诗人朱自强,这个清辉遍洒、童心本真的朱自强,是最可敬可爱的。"虽然涂明求是在否定"概念朱自强",但是,他对"诗人朱自强"的赞扬却是发自内心的,也是令我深有同感的。

朱老师曾对我讲起过,他在大学时代醉心于诗歌创作,曾经是东北师范大学校园内颇有名气的诗社"北方六友"的成员(知名当代文学学者孟繁华也是其中之一)。偶尔在上课时或与学生聚会时,一时兴起,也会背诵过往和近时写的诗歌。最近几年,朱老师又开始从事儿童故事和图画书创作,每有作品问世,均能产生影响,博得好评。拿不久前出版的图画书《会说话的手》(朱成梁绘画)来说,就因其独特的创意,赢得了好几个重要奖项,进入了好几个重要的好书排行榜。

朱老师的诗人资质贯穿、渗透于他的学术研究之中。俞义曾经这样评论他的两部重要著作:"大概是两年以前,曾读到朱自强先生的理论著作《儿童文学的本质》,这本书给我留下很深的印象。作者对儿童文学具有很高的悟性,论证扎实、观点新颖而独到,流畅的文字下涌动着激情。最近有机会读到他的另一本史论专著《中国儿童文学与现代化进程》,同样深有感触。……这部史论著作在文笔上承续了《儿童文学的本质》一书的特长,文学化的叙述语言具有很强的感性色彩和可读性。"我认为,这样的评价可以用于朱老师的全部学术研究之上。朱老师骨子里的诗人气质和浸润其笔端的诗人情怀,让他的文字充满人性的温暖和人文的灵动;以出世的诗意做入世的学问,感性与理性有机结合,这在学者中可谓难能可贵。

"思想革命",治学严谨

朱老师在文集自序中说:"1986年,我发表了第一篇论文《论少年小说与少年性心理》(《当代文艺思潮》1986年第4期)。我把这篇论文看作是自己的学术原点。我愿意不避自夸之嫌地说,儿童本位的立场(当时完全是出于本能,而不是自觉),重视'思想革命'(取自周作人五四运动倡言的'语言革命'和'思想革命'),通过作品文本的细读发现问题并阐发理论,个性化的反思批判精神,是这篇一万五千字的论文所具有的学术特质。可以说,这些学术特质,后来持续地呈现在我的儿童文学研究的展开之中。"

的确如朱老师所说,重视"思想革命"是他的学术原点之一。阅读他的很多学术文章,能强烈感受到他的思想的锋芒和批判的意识。文集第六卷《儿童文学的思想》的第一辑的题目就是"儿童文学的'思想革命'"。他的"思想革命",一方面在批判阻碍儿童文学发展的"成人本位"思想,一方面在主张从"童年"汲取思想的资源。对于中国社会而言,这已经超越了儿童文学本身的题意,具有非常重要的意义。

朱老师的治学理念还体现在对理论建构的重视上。在我眼里,儿童文学理论家是他的第一身份。从最初发表的论文和出版的著作,可以看出其理论研究先行的特点。他的第一本个人学术著作,就是对儿童文学进行本体研究的《儿童文学的本质》,在《中国儿童文学与现代化进程》这一史论著作中,他也要为梳理、评价历史,先建构一个"明确的价值目标"(设置了五个坐标)。朱老师对儿童文学的理论建构还表现在文体研究上。他对很多文体,比如童话、幻想小说、动物小说等,都有前沿性成果,对通俗儿童文学这一类型也做过探讨。他的《儿童文学概论》中的文体论是十分清晰而翔实的。

朱老师一直秉持严谨的治学风格。朱老师的《中国儿童文学与现代化进程》已经成为中国儿童文学理论界的经典之作,并已进入中华学术外译选题目录,成为中国为数不多的由国家向世界推广的儿童文学学术著作。整部专著论证翔实,有理有据,解决了中国儿童文学史上的诸多争议,其重视历史证据、一丝不苟的学术精神对学界产生了重要影响。与此一脉相承的是朱老师身上体现的较真的治学态度。他的这种"吾爱真理"的论辩精神自 1990 年持续至今,也为学界同仁津津乐道。朱老师与诸同行的"论战",并非为了争个胜负高下,而是如他在《儿童文学的本质》1997 年版"后记"中所言,"争论只是一种手段,通过争论形成并逐步完善各自的儿童文学观才是最终目的"。

古人讲,文如其人。朱老师身上既有学术的激情,又有学者的冷静;既有探幽入微的问题考证,又有高瞻远瞩的学科规划;既有感人肺腑的诗意,又有掷地有声的理性。四十多年来,朱老师在儿童文学研究领域笔耕不辍,不断开疆辟土,以忘我的热情引领中国的儿童文学研究者不断前行,形成学术共同体,解决中国儿童文学的现实问题,秉持国际眼光,与世界对话、交流,不但获得了国内学人的推崇,也获得了国际同行的敬重。多少年来,望着朱老师砥砺前行的背影,总是心生力量。在稍有倦怠之时,眼前总浮现朱老师凌晨四点书房的灯光。这灯光照亮了好长好长的一段前行的路,于是心悦诚服,继续前行,义无反顾。

2024 年 3 月 11 日

记刘怀荣老师

石飞飞

三月的海大，仍有一丝凉意，但在花木的枝头，在学子的心间，满是掩盖不住的生机与活力。恰逢海大百年华诞，我与同门写下几件与刘老师相处的小事儿，希望我们心中的感激，能为学友们带来更多的暖意。

知识随教学传承增值，快乐共学生成长永在

2021 年一个非常普通的星期五下午，我像往常一样在中国海洋大学五区教学楼附近停下车，然后以助教的身份走进刘怀荣老师主讲的中国传统文化导论教室。起身前仰头的瞬间，恰好看到了一片梧桐叶缓缓飘落至天窗的整个过程。原

来,又是一个秋天。

恍惚间想起了十五年前的那个秋日傍晚,我一路小跑赶往青岛大学唐诗宋词名篇导读课的教室,非常幸运的是,还有一个比较靠前的位置可以坐。老师那天讲终南山,王维的"白云回望合,青霭入看无"仿佛像涟漪一样在我的心底慢慢荡漾,从此,我有了一个非常明确的方向——中国古代文学。大三那年,我选择了保送本校,原因只有一个,那就是可以继续跟随刘老师学习古代文学。三年后,我在青岛教育系统工作,每当刘老师看到我在各级各类研究课、公开课上的精彩展示,看到我带的学生有所成长,他笑得格外开心。在教育教学工作中,我始终将刘老师的教导牢记于心,也将他无私帮助学生的精神在课堂上传递。我的学生倩莹曾说:"老师,我现在能考上山东大学,离不开您的细致指导。一名五年级的小学生在《青岛日报》发表课堂习作,当时真是备受鼓舞。"每当工作伙伴、学生和家长们表示感激时,我总会说:"没事儿,我的导师也是这样帮我的。"

一门跨越十五年的本科课程,内容更加厚重了,形式更加灵活了,但始终不变的是刘老师"做一个有使命、有见识、懂宽恕的人"的谆谆教诲。作为山东省首届教学名师,刘老师从教三十六年以来一直坚持给本科生上课,用自己的言传身教辅助青年学子成长。现在,诸多同门都是教书育人的教师,相信大家的课堂，也会影响、感染更多学生，将老师教给我们的温润品格和宽恕美德传承下去。

传播中华优秀传统文化，是我们共同的使命

多年以来，刘老师一直从事中华优秀传统文化的研究，也开设了唐诗宋词名篇导读、中国传统文化导论、中华文化智慧、中国神话与诗歌研究、中国传统文化专题研究、中国古典诗歌专题研究等课程，出版了配套教材《唐诗宋词名篇导读》《中国传统文化导论》及《中国早期文化与诗歌研究》《齐鲁传统文化》《儒家思想与传统文化研究》等著作，在中华优秀传统文化的多个方面都有深入研究。

刘老师不仅自己致力于传统文化研究，也鼓励我们年轻一代积极加入传播中华优秀传统文化的时代大潮中。2012年是陈龙勋师哥（2007级硕士，现就职于华东师范大学，曾在海外孔子学院任教）在韩国世翰大学孔子学院任教的第二个任期，在忙于筹备每年一度的中国文化节活动时，他偶然得知刘老师将受邀出席这次活动，感觉工作的动力更足了。他说："刘老师来到韩国参加文化节，举办文化讲座，还作为嘉宾参观孔院，我作为工作人员为刘老师介绍了孔院的一些基本情况，那情景在同事眼中令人称羡，我也深感荣耀。事后，先生

关心询问我在韩国的工作和生活,还特别表扬了我坚持读书、写作的习惯,鼓励我尽力坚持下去。得到先生的肯定,我干劲更足,在后来到不同国家任教时一直坚持读书、思考、写作,这一良好习惯使我受益匪浅。"我想,陈龙勋师哥这里所说的"荣耀",既来自在国外从事传播中华优秀传统文化这份光荣的事业,又来自他高质量地践行了老师的教导。

近年以来,我们已经跟着老师筹备了多届"中国传统文化高层论坛"和青岛地方文化学术年会,每次会务组动员大会,老师都会提,"人文学科的振兴不只是领导和老师们努力的目标,也是包括你们在内历届学生的使命"。是啊,看似是一场会议,劳心劳力,但老师和我们依然全力以赴,不就是为了身上的责任和使命感吗?

我们心中的大先生

青丝与白发是古人乐于吟咏的意象,前者往往与意气风发关联,后者则与衰老相伴。看到老师的白发渐增,杜书方师姐(2008级硕士,就职于青岛市民政局局属事业单位)这样说:"每次去拜访刘老师,都会跟刘老师说说我的近况,生活上的烦扰,工作中的困惑。刘老师并不是侃侃而谈的性格,他总是耐心听我倾诉,与师母一起,给我一些建议和点拨。话虽不多，总有拨云见日、茅塞顿开之感。离开之时，带着老师和师母的鼓励，烦恼尽去，又可以轻装上阵了。近几次去看老师，不经意看到老师的头发已经灰白，竟有点哽住，强眨眼睛，把眼泪憋住。我让师母给我和刘老师拍张合影，留作纪念，提醒自己老师正在变老，一定多来陪陪老师，不要让自己留有遗憾。"是的，当看到老师头上的白发渐渐增多，真想让老师有更多的休息时间啊。

当往日的青丝逐渐夹杂着白发，原本应该减缓脚步的刘老师并没有走寻常路，他不仅一如既往地忙于对学生的细致指导，还心系学科发展，为提升团队实力不断操劳着。师母有一次跟我们说："你们老师看论文、写起东西来不知道停，白天晚上不停地看、不停地写，也不看自己多大年龄了。"听着师母的"抱怨"，老师只是呵呵笑，并不辩解，因为这的确是他的常态。

老师对学生严格又宽容。王汉鑫师弟（2021级博士生）曾感慨："打开我的任何一篇文章电子稿，都能够清楚地看到密密麻麻的批注和修改意见，在低首惭愧之余，总是感叹师父治学之博洽和庄严。"姚懿博师弟（2021级硕士生）也回忆了与刘老师相处的一件小事："在论文中期答辩上，评阅老师对我论文中关于宋玉的一些论证材料表示质疑，我当时无力反驳。而不久之后，我就收到了刘老师专门发给我的一条信息,他为我找到了宋玉研究专家的最新学术成果,示意我进行阅读。我竟有些错愕了,完全没想到刘老师百忙之中会在这样一件细事上为我专门进行帮助。那一刻,我才明白为何人们总用'润物细无声'来形容师恩了。"刘老师就是这样,用自己的博学和耐心,一点一滴地细致指导着我们一届又一届的学生。

刘老师的宽容体现在能设身处地为学生着想,这种共情给予我们无限温情。姚懿博师弟在研三那年,根据学院的安排转入刘老师门下,他这样描述与刘老师第一次单独见面的情景:"我拨了拨头发,顿了顿足,才鼓起勇气叩响刘老师办公室的门扉。回应我的是那个依旧温和的声音——'请进'。我推开门,将胆怯的目光投向了坐在窗户边的刘老师。微黄的日光从他的眉梢落到指尖,又落回到他深邃的眼眸中。我刚想问好,刘老师却率先开口了,他邀请我就座,还直接来到了我的面前。刘老师说他已经了解我的情况,安抚我不必为学业而焦虑。一位与我几乎不相知的教授,居然对我的处境事事关心,这着实让我欣喜。刘老师的三言两语就这样缓缓吹去了我一路上的不安。"李巴克师弟(2022级博士生)爱好诗词创作,他是这样回忆的:"昔余在济,初承謦欬。率尔为对,师不余怪。及至入黉,性耽词曲。师虽治诗,亦从其欲。余生粗疏,任事多忘。师每宽假,谓余不妨。诸师兄姊,同坐春风。

一门和气,穆穆雍雍。吁嗟我师,癯然鹤立。松风其神,璠玙其德。无言大美,希声至音。蹊成桃李,典型在今。"因为理解,所以慈悲。老师总是会根据学生的实际情况给予学业、心理等方面的细致指导。

在海大文学与新闻传播学院的四年,最大的感受就是学科建设越来越强。刘老师担任古代文学与传统文化团队负责人、中国传统文化研究中心主任,如何促进团队发展一直是他思考的重要话题。近五年来,在校、院领导大力支持下,延揽引进了熊明老师、韦春喜老师、黄湘金老师、彭敏哲老师等享誉国内的高层次专业人才,刘老师经常跟我们说:"一定要多向其他老师们请教。"是啊,在求学阶段,我们可以在以"海洋"著称的学校里,得到最优质的教育和培养,何其有幸。

每当读到熊明老师相赠的《唐人小说与民俗意象研究(修订本)》,韦春喜老师相赠的《宋型文化视域下的宋代咏史诗研究》,刘老师相赠的《魏晋南北朝乐府制度与歌诗研究(修订本)》等精美书籍,内心都无比自豪,据刘老师说,他组织出版的《蠡海文丛》学术精品丛书的第一辑是与上海古籍出版社合作,第二辑与中国社会科学出版社合作,接下来,我们还将读到老师们更多的成果。刘老师还带领团队老师主编了《古典文学研究》和《青岛文化研究》两本刊物,既为我们了解最新的研究动态提供了便利,也为我们提供了更多的展示平台。每每念及此,在感恩老师们的同时,也在内心深处更加敬重刘老师。

与老师认识的二十余年里,我历经了成家、立业等人生的重要时刻,如愿且充实,这都离不开老师和师母的诸多指导与帮助。我和我的家人都时常感慨:一个人在二十几岁的年龄,能够遇到像刘老师这样的良师益友,真是何其有幸。正值春日,陈龙勋师哥在丽娃河畔临景感怀,写下了"有缘相遇,有幸承教,愿先生平安健康"的祝福,这也是我们的心声。

2024年3月11日

记李扬老师

　　2016年，我本科入学，次年在民间文学课上认识了师父，那时师父还是文学与新闻传播学院的李扬老师，因授课方式幽默、风趣很受同学们的喜爱。课前在教室外遇到，师父曾关心地询问我的课程修读情况。转眼七年过去，老师成为我的"师父"，已三年有余。

　　2020年，硕士刚入学不久，师父驱车带我们去北区餐厅，经过樱花大道，师父突然对我说："你在这里拍过毕业照。"毕业是六月份，那一年学校改建了五子顶脚下的停车场，种下大片金光菊，花开得很好，耀眼的黄色连成一片，我们穿着学士服，确实拍过几张照。几个月过去，只剩下满目葱茏，再看只觉恍惚，师父却还记得。这是一件小事，却给我很大的触动。

我们常常学习的地方，是师父的办公室。办公室有两排书架，一排存放民俗学、文学等学科的经典书目和期刊资料，另一排除了书以外，还放一些师父多年来从各地搜集的民间文艺作品。我初来时，便曾暗自感叹师父收藏之丰。学界每有新作面世，师父认为值得一读的，便买下供我们学习，几年下来，办公室的藏书更是盈箱满箧。师父怕我们学习辛苦，办公室常备茶水点心，又时时叮嘱用电安全，不厌其烦。我个性冷僻，不爱多言，每每通话或当面交流，师父都主动关心、询问，循循善诱。久而久之，我感到师父赤诚相待，心理隔阂渐渐消除，便无话不谈了。

三年来，除关心日常的饮食住宿外，每逢离青出行，师父必然一路担心，仔细叮嘱。徒弟们每有一点成绩，他便由衷地开心、祝贺，远胜过他自己有成果。曾有师姐遭遇不公，师父多次为其鸣不平，每每谈起便义愤填膺，又为自己无能为力暗自愧悔。未入师门时，我便常听身边师友称赞师父为人，因此后来分外留意师父言行，反观自身，常常自愧不如，见贤而思齐，只有努力向师父学习。

"师父"算是一个很老派的称呼，起初我总不能适应，见师姐们这样称呼，便也跟着喊，但开口前总要斟酌几次。后来相处久了，感到师父一片慈爱纯然肺腑，既是良师，又如慈父，便觉非此称呼不可了。

师父健谈,又与我们无话不说,偶尔回忆他的"创业史",讲起在潮汕执教时,夏日潮热难耐,房间里积水难行,只好垫起砖头。在闷热的宿舍里,师父伏案翻译《美国民俗学》,翻烂了一本厚厚的字典。往事如泛黄的纸张,对于未曾亲历那个年代的我们来说,虽然敬佩有加,但总觉得有一层隔膜,难以触及。后来在与师父的交往与交流中,才切身领略了师父的治学风范。师父涉猎广泛,学识渊博,民俗学之外,又关注文学、电影、摄影等,多有论著。然而对我们这些徒弟从不苛责,或有不足之处,总是先肯定,后提出建议,提点可能的研究思路与方向,给人豁然开朗之感。又关心我们每个人感兴趣的话题,鼓励我们多与学界同仁交流,走出去参加国内、国际学术会议,且时时留意相关资料,没有公开资源的,常常自掏腰包购买。

2022年初,师父在《民间文化论坛》上组织了"邓迪斯民间文学著述译介"专题,我和同级的硕士刘月宇、博士师姐郭倩倩参与了这个专题文章的翻译。师父让我们翻译后仔细校对,再互相检查。那时正值寒假,师父和我们线上开会讨论,逐字逐句分析,指正我们翻译的不当之处,常常为一个词的译法斟酌良久,又怕耽误我们的时间,便自己会后查找资料、反复思索,再与我们一起商定。那是我第一次尝试翻译工作,深觉翻译不易,但有幸受教于师父或受师父启发,偶尔想到一个恰当的译法，与师父隔着电脑击掌相庆，也感到乐趣良多。

2023年春，我们民俗文化研究中心和中山大学一起筹办计划在青召开的"海外藏珍稀中国民俗文献与文物资料研究"学术研讨会，会前准备烦琐，材料编辑打印、考察和预定场地、联系与会学者……师父事必躬亲，为免出纰漏，特地去鱼山校区考察酒店和会议室，又亲自过目每项材料，常常和我们一起工作到天黑。有一次处理完会前筹备事宜，已经是晚上八点多，那时候樱花开得正好，师父一时兴起，提议去樱花大道赏樱。夜渐深，校园里行人寥寥，漫步在樱花树下，春天的风温和而舒缓，让人只觉白天的疲惫一扫而空。

师父在学术、工作上严谨，却有一颗童心，几分闲趣。茶余饭后，常常就一件小事抚今追昔，滔滔不绝，让听者陶醉其中，不觉时间流逝。有时表演一个魔术，展示一项常人不察的小技能，引得我们连连惊呼或捧腹大笑，常使路过的人好奇驻足。师门有位师姐，做事认真，心不两用，一次灵光乍现，遂在路边停下电动车，专心思考。师父远远看见，也停好车，随手为师姐描了一幅素描传到群里，画中女子倚车沉思，颇得师姐神韵。

师父1997年春天来到海大，在海大执教已有三十四年，为本科生、研究生和留学生开设了多门课程，2004年起，师父开始招收中国历代民间文学与民俗文化方向的硕士研究生，迄今已培养研究生近七十余名。我入师门后,也加入了师父所有弟子都在的微信群,每逢中秋、春节等节日,群里就开始弹出对师父师母及同门师兄弟姐妹的祝福,常常一天不息。入师门三年来偶有聚餐,谈到与师父相处点滴,已毕业的师兄、师姐们常常哽咽。大概因为我们都曾被师父以同样的方式教诲过、关照过、温暖过,即使离开学校后分散各地,总有同一份牵挂。

2024 年 3 月 10 日

(作者为文学与新闻传播学院 2023 级博士生)

春晖樱雨

那些我们在一起的时光，就像

四月的樱花雨

落在，每一个春天的记忆

邂逅在『以诗接驳远方』的路上

于慈江

在岛城与海大不期而遇

2019 年，我有幸以"名师工程"讲座教授的名义加盟中国海洋大学，开启了与这所百年老校的海天接壤与援缰并辔之旅。

在学校与文学与新闻传播学院的周到安排下，我住进了满目花木扶疏、红瓦楼座错落有致的浮山园——被我亲切地称为闹中取静、大有安顿感的"大杂院"，一住就是小五年。每个礼拜或大部分时间坐班车，或者小部分时间乘地铁，到与浮山园同样美丽却又明显大了好几圈的崂山园日常教课，舒心而惬意，大有如归之感。

这两处校园或傍海或依山,有湖有谷,高下蜿蜒,林木深茂,满目葱翠,曲径通幽,大有纵深和迂曲,令我至今兴趣不减,每每驻足忘神、流连不已。当然,我后来又或因工作需要(每年9月份都应邀帮助导演、排练学校教师节节目),或者刻意忙里偷闲,去过几次栈桥和大学路附近的老鱼山园,更是每一次都被这处百年校园浓厚的人文积淀、斑驳沧桑的学府气息和历史"包浆"所打动和震撼。

而与周遭的同人、同道特别是一级又一级、一茬又一茬学子的融洽互动和愉快往还,也让我心情舒畅、大有干劲。我觉得我在海大得到了足分足量的尊重与对待,有了可以尽情发挥光和热的纵深与余地,深感幸运。也正因如此,到岗后不久,我便在全情授课之余,对我的学生诚心诚意地写下了如下这样一段话,聊表师者心迹:

拥抱诗歌就是甘居边缘,努力做一个有益于人群的好一点儿的人——有才华有情怀、纯净美好、心存大善与大爱。

或者说,活了小半辈子,只剩下两个念想:一是勤于笔耕,尽可能多地留下点可供人玩味的文字;二是把自己全部的质量、所有的光和热,都倾注到年轻的学子身上,助力他们成为好一点儿的人。

与其说这涉及功德与传承，毋宁说既然好不容易来到这个世界，总得摔出一个响儿来，在注定普通的日常中，寻找一些目力可及的意义与价值。

小五年下来，本人全力承担了百年中国新诗研究、中外现代经典诗歌鉴赏与诵读、英诗的中译：细读与诵读、20世纪新诗研究、杨绛研究、中外文学通论、创意写作（最后这门课与朱自强教授各上一半）等本硕课程一年计约两百课时的建课与教学任务。

这些以诗课为主体的课程开课五学年以来，初创了具拓荒之功的人文诗教与美育体系，填补和满足了海大这个以海洋和水产等理工科为底色的985、211综合性大学学科建设上诗美育人教学的空白和渴求，受到海大本硕生（包括校内外一些进修老师和访问学者）热烈欢迎，旁听和选课人数年年爆满、逐年上升。

譬如，山东省一流课程兼海大第四届校级思政示范课程中外现代经典诗歌鉴赏与诵读作为四十八学时的全校核心通识课，建基于百年中国新诗研究、英诗的中译：细读与诵读这两门专业本科诗课，基础深厚。该课程在现代解诗学视域下示范性细读、再解读中外现代经典诗文本，同时引入诵读因素与诗美仪式感建树，创新并践行"与思政携手，以诗美育人"理念,重教学相长、师生互动、生生互动和学生诗歌习作点评插播,鼓励学生积极"抢占"讲台式互动、第二课堂式诗会实践,助力学生减压、感受诗美育人魅力与心灵滋养。

其成效一如2022级食品科学专业高云帆同学所说:"这门通识课是繁重理科课里一条'减速带',让我有了很多思考。"而一个立竿见影式的佐证是,2023年秋季,学生通过排长队申请加课的方式,将中外现代经典诗歌鉴赏与诵读课正式选课人数推到二百零九人,创历史新高。

与此同时,作为一名尚算能以真正的师者标准严于律己的大学任课老师,本人一路走来,也荣幸地从自己的学生和同人、同道那里,既意外又不那么十分意外地,不断收获类乎如下这十五段文字所示的口碑——每每大感安慰、大受鼓舞:

不知不觉中,中外现代经典诗歌鉴赏与诵读这门课已经接近尾声。现在想来,内心总横亘一些失落与惆怅、悲伤与怀念。我从刚开学时"能坐后面就坐后面、能摸鱼就摸鱼"的心态转变为放下手机拿出笔记本好好听讲,仅用了一节课。于老师的课让我找回了高中时期对诗歌的热爱,您通身的文人气息与风骨,让我敬佩,也让我自省。我敬佩于您的诗情、才华与为人师的无私奉献。您让我想到小王子,又想到红烛。纯粹,这是我对您的第一印象，也是我对您敬佩的开始。我真的很喜欢每次课的插播，这个时候，我总能看到同学们绝妙的语言，以及您对同学们的关怀、逐字逐句的审读。

（23级金融学 李若晨）

三个月以来，从最初担心能不能加上您的课，到昨天咱们在8301的结课，我们相识相知。您总是那么慈祥温柔、和蔼可亲，您讲课的内容有趣而富有诗意和哲理，您的课就是我们在繁忙学业之中的加油站，上您的课就如同在雪天里品一杯清香温热的香茗，使我身心俱暖。

（23级药学 闫皓）

上周看到许多同学都把自己的诗发给于老师审读修润了，深感老师才华之高。我也想把自己的诗完善一下，请于老师斧正，先谢谢老师了。周六参加诗会的时候，听您说到"大文学观"，非常感动。于老师的气度实在令人惊叹。

（23级英语 赵东琦）

于老师，曾经我在高中时期迷茫了很久：
理科生喜欢文学，既没有时间，也没有环境，真的对吗？谢谢您让我重拾了文学的梦想，我在您的课堂上感受到了文字深处那的的确确存在的光亮，也让井底之蛙看到了天。虽然我还是选择了数学专业，但是今后我能坚定我的文学梦了，也会不断努力使我的功力更进一步！再次谢谢老师！

（23级数学与应用数学 颜子秦）

这个学期最让我庆幸的一件事，便是选课时加了您的诗歌课！

您是一位谦虚、和蔼、充满学识与智慧的老师。您从一开始开课时，向全班同学致敬，就一改我心中对大学教授的固有印象！

是您给予我一个展示自己的舞台，让我真真正正在海大初试锋芒。于老师，您为同学们辛勤付出，数量如此庞大的学生，逐个审读同学们的作品，如此大的工作量，让我敬佩不已。

那一周周五，我在晚饭过后，脑海里思考着问题，回过神来却发现，我在去树下空间(您诗课教室)的路上，才突然意识到，课程早已经结束了！

（23级光电信息科学与工程 白荣杰）

很幸运地选了于老师的课,与于老师相遇!于老师,您是一个充满能量的人。您给我的感觉,像一间明亮又宽敞的厅堂,走进去的人都不禁挺起胸、直起背,注意着自己的言行,希望能做得好,不由自主地被引导着向上。

很感谢您如此用心地准备每一堂课,如此富有激情地讲每一堂课,如此耐心地对待每一位与您交流的学生。

(22级工商管理 梁珺然)

在我看来,您是一位儒雅随和的老师,拥有一种文人风范,符合我心目中文人教师的印象。于老师的确为海大做了许多贡献,非常重视本科教育,让学生受益匪浅。

(22级汉语言文学 李紫莹)

有些话想跟于老师说。不知不觉跟着于老师学习诗歌鉴赏与诵读快两个月了,收获颇丰。于老师温文尔雅、慈祥和蔼、谈吐不凡、知识渊博、衣品极好,讲课时气定神闲、游刃有余,让人不自觉地就想用"先生"这个当今时代已少用于称呼老师的词来称呼您,因为您身上确有一种超乎时代的文人学者气质。

能听一位具有超乎时代的气质的先生开设的诗歌课,我觉得对诗歌而言,是合适的;对听者而言,实在是莫大的荣幸!

（22级海洋科学 潘承铖）

虽然作为理工科学生,但我一直是一个喜欢文字的人。所以,第一次上课听到老师说"(一个人)一生要写三本书"(虚构、非虚构和诗),觉得很有感触。老师在课上对一些翻译语言使用的看法也对我很有启发。总之,上您的课真的有很多收获。这门通识课程对我来说,就是许多繁重理科课程里的一条"减速带",让我有了很多思考。

（22级食品科学 高云帆）

昨天诗会结束,意味着中外诗歌鉴赏课落下了帷幕,很是不舍。

我很感激于老师,昨日的选课制诗会也让我颇有感触。作为一名转法学的学生,选课十分艰难,本学期掉了几门公共基础课和通识课,让我倍感失落,挫败。后来听说了中文系学姐对您的敬仰、对您的课的高度评价,让我仿佛看到了希望。我抱着机会渺茫的态度尝试加您微信，向您发出加课请求。您当时说："于老师欢迎梦帆，谢谢你愿意上于老师的课。"我特别特别感激、感动。无论是对待最初的请求，还是后来在课堂上，于老师给我最大的印象之一便是亲切，一种"以学生为本"的亲切感。后来了解到，老师有极强的学术背景、极高的学术成就，更是非常惊喜，感激身为这样一位明星般的学者，竟对学生如此真诚、有爱。

于老师，我很感激您当初给了我加课的机会，也很感激您给了我写人生第一首诗歌、第一部诗剧，以及大学期间第一次、第二次上台表演的宝贵机会。您之前帮我修改的第一首诗，您在课堂上挖掘我诗歌的闪光点，都让我感觉到了温暖与自信。

（22级德语 陈梦帆）

我很荣幸能遇到如此关心学生的于老师。同时我也非常仰慕于老师，在您身上我总能感受到诗人是如何文质彬彬、充满理想的。

我很敬佩于老师对自己的自信，这是专属文人的豪迈，也是世俗的世界无法理解的。于老师的这种心态，与李白所谓的"但用东山谢安石，为君谈笑静胡沙"，和杜甫自矜"读书破万卷,下笔如有神",有异曲同工之妙!

我认为我自己也有这种文人独有的心态。从这个角度来看,于老师更像是我诗文上的相识。

(22级德语 吴韬熙)

于老师是真正将"文人风骨"这个词带到我现实生活中的人。在课上初见于老师就倍感惊艳,在课程推进的过程中,这种惊艳不减反增。课堂起于诗歌,却不止于诗歌。

于老师对诗歌的独到见解与赏析、在课上分享的生活趣事与人生感悟总是让我顿觉:原来这么多诗意就藏在日常的生活点滴里。我很荣幸地成了在于老师课上"诵人生中的第一首诗""译人生中第一首诗""写人生中第一首诗"的芸芸学子中的一员,所以更想对于老师表达由衷的敬意与谢意。

(21级行政管理 丰灵)

感恩于老师组织这次诗会,让我重新站在了舞台灯光下!

很幸运选修了这门通识课程,重新唤醒我对文字、诗和舞台的热爱与渴望。今日诗剧会结束,感慨万千。坐在台下准备时,脑子里闪过一幕幕周四、周五傍晚之际,走向于老师课堂路上的场景——那条路既通向课堂,又通向曾经对文字的渴望。千言万语汇成一句话:感谢于老师!

感谢于老师帮我找回曾经对文字心动的感觉!感恩。今晚离场时问您可否再相见于校园,您回答我说:当然!学生欣怡已经开始期待:在哪个不经意间见到您、见到恩师,总能想起一门通识课带给我无比宝贵的精神激励!

(21级食品科学与工程 李欣怡)

能在大学遇到于老师,能选修中外现代经典诗歌鉴赏与诵读课,是我莫大的荣幸。这句话,我本学期在心里重复了很多遍。

我一直很感谢曾经的语文老师,她是我语文学海中指明灯般的存在。而十余年后,这盏灯遥远了、模糊了。直到遇到了您,我又看到一座坚实的灯塔,而它自身已足够有力,不为烈风摧折,还明亮了整片海域。正是有您这样的学者为人师表,才泌涌出一浪浪端正自持的优秀后辈。参加过"一多云诗会",想起于老师像一位阅历丰富的朋友一样活动在我们之间,真心实意为学生活动付出,为诗歌传播而奉献时，我总是忍不住热泪盈眶。

（20级国际经济与贸易 张馨友）

哪里有于老师

哪里就会有诗歌

哪里就有激情的生活

如果只有大海

没有诗歌

大海也会寂寞

曾经的闻一多

谁来接驳

今天终于有了结果

只是时间太久

失去的太多

（海大数学教授、诗人 刘文斌）

在以诗接驳远方的路上

有人说，走向诗歌是一场心灵的滋养与修行；也有人说，走向诗歌是一场灵魂的激荡与还乡。我本人则一贯认为，走向诗歌就是心灵与心灵之间的接驳与被接驳，是朝向无垠远方的心之旅程,所以才有了我自己那句口号——"以诗接驳远方"。过去这些年来我在海大校园倾力讲授诗课、热心主持一多诗歌中心的诸多诗会活动,就是为了助力一届届学子最大限度地得到诗的滋养和接驳。我坚信,在"以诗接驳远方"的路上,我和自己的学生们会一直勠力而行、相互激励、相守相望。

对于我本人而言,认真聆听这些可爱的学子们分享自己求学的心路历程是一种幸福,也是作为师者的一种责任。而听他们分享上我的诗课的直观感受、表达他们的认可与一份难舍难分之情,则更让我在无比欣慰之余,油生知己之感——我主讲的这些诗课无论是被学生们幽默而形象地当作繁重理科课程里的"减速带",还是繁忙学业中的"加油站",都意味着它们起到了应有的作用;而我为此所付出的所有辛劳都值了,都最终化作了幸福与快乐。毕竟从一开始我就明白,此来海大是为了虔心做贡献,为自己的学生们尽心尽力做贡献。

我十分清楚,教研相长、教学相长真不是随便说说的,都得付出艰苦的努力才成。拿教学相长来说,一心从教、认真备课授课自是一名师者的底线与本分,全心听课、积极参与研讨和交流也是一位学子最大限度获取滋养的必由之路。以心换心、以诚输诚从来都是我信奉的做人的信条,而教学相长、师生无间,大鱼前导、小鱼尾随也才是正常的、健康的课堂或校园氛围。我全力以赴、尽心从教,就是为了助推我的学生们成为好一点儿的人,成为于人于己有用的善良有为之人。他们通过分享上课感受让我知道,他们能充分地感受到我的这份愿心与善意,我于愿足矣!

我也因此在诗课上和诗会上,反复对来自不同专业乃至迥异学科的学生强调:兴趣和事业可以合一,也可以分立,可以做到并行不悖;只有热爱一件事,才能把这件事做好;而做自己热爱的事,原是最幸福的事;不要拘泥于自己眼下的专业,眼光无妨放长远一些,无妨坚持一种大文学观、大诗歌观——诗歌与文学说到底是所有人的诗歌与文学,而非文学专业人或所谓诗人的专属领地;真正的诗歌经典和诗歌创作活动可以安顿身心,可以供我们敏感、柔软甚或有时脆弱的心灵依傍一辈子。

为了以身作则、配合诗课和作为诗课第二课堂暨诗美育人主阵地的"一多诗歌中心"(成立于我到校的第二年,2020年,我被学院任命为创始主任)诗会活动,在忙于教研之余,本人也在努力译诗、写诗,诚心实意地尽量写点儿真情实感,记录在海大校园和周遭生活的点点滴滴,与海大院墙内外的同道与学子分享。日积月累之下,倒也攒下了尚称可观的一首又一首触景生情、有感而发的诗——

游荡四月花香

一月中至三月底闭户彷徨

四月伊始怯生生出门游荡

和满世界的树木一起抽芽吐翠

和一地的花瓣一起迎受阳光

想象一条咸鱼翻身的滋味和模样

在一片姹紫嫣红中弓背打挺

身段轻盈地掠过周遭的鸟语花香

一路沿着内心的愿望缓缓行走

走过樱花和迎春花的烂漫

向含苞或半开的白玉兰和红海棠点头

而今脚步有些虚浮的我劫后余生

满眼都是不太适应的迟疑和迷茫

在楼下墙拐角的暗影里

在身侧爱人的柔软鬓发旁

（2020年4月）

　　这首《游荡四月花香》写于新冠病毒肆虐全球以来的首个春天，也就难怪一脸的百感交集、唏嘘不已。

　　诗中既满是疫情日趋严重所带来的紧绷感、压力感，以及数月闭门不出后,乍见春光时无所适从的劫后余生与身心失重感("而今脚步有些虚浮的我劫后余生 / 满眼都是不太适应的迟疑和迷茫 / 在楼下墙拐角的暗影里"),又不乏面对春暖花开、万物竞相复苏景致时的一份欣喜,以及对哪怕是不可预知的美好未来的一份憧憬("想象一条咸鱼翻身的滋味和模样 / 在一片姹紫嫣红中弓背打挺 / 身段轻盈地掠过周遭的鸟语花香")。

这首吟咏春天的诗告诉人们,大自然的勃勃生机和人间的诸般美好同心头持守的信念一样,都是抵抗灾祸的动力和抓手,缺一不可。

三月,偎着诗或你发呆

三月,哪怕只是光着脚原地踏步

也算是出发,一如迎春在楼下

悄悄吐芽儿。别人家怄怄的阳台

一向可望而不可即,一如雀巢

或蜂巢零零星星,在眼前几处树梢

悄悄招摇:到底是女为悦己者容

还是女为己悦者容,谁又

真能说得清! 只好把手边一个

好看的苹果漫不经心地削成

土豆的形状吃掉,再与视野里

渐行渐远的冬天挥手告别或和解

然后偎着院子里返青的树或你发呆

顺便让脑海中蛰伏的几句诗苏醒

（2021年3月）

　　这首《三月,偎着诗或你发呆》写于2021年春天。或者说,不知不觉间,这已是新冠疫情第二个三月。比起前一个三月,周遭的氛围虽已不再那么紧绷,不再那么令人一惊一乍、彷徨无计,但仍然残存着一丝似乎绵绵不已的紧张气息;人们虽已相对从容和淡定,但也难免继续攒眉蹙额、忧心忡忡……

　　具体而言,时序毕竟又过了一年,大家忐忑不安的心情明显向好,且好了不少。体现在这一时期的诗里,就是基调开始趋于明快——比如,拿开头的三行一句"三月,哪怕只是光着脚原地踏步/也算是出发,一如迎春在楼下/悄悄吐芽儿"来说,不仅调门轻松许多,也显得更为坦然、达观,懂得了何为同自己与世界和解、何为淡定,不再像新冠疫情一开始时那样,既着急忙慌、急功近利,其实又完全找不到北。

　　然而,毕竟还是处于非常时期,人与人之间、户与户之间还是云遮雾罩、远观远望、大有距离——"别人家怊怅的阳台/一向可望而不可即,一如雀巢/或蜂巢零零星星,在眼前几处树梢／悄悄招摇"。而"只好把手边一个／好看的苹果漫不经心地削成／土豆的形状吃掉"一句,也不免显得有点儿意味深长,至少透露出某种难以消解的纠结感。

无论如何,带着一丝暖意和温煦的春天毕竟确切不移地来了,毕竟来得有惊无险、比想象中稍觉容易,毕竟带着令人熟悉的干爽的夏天和秋天的味道,毕竟带来了充满滋润感和安慰的雨水——哪怕春雨贵如油,总会当春乃发生!这样的时刻,不由人不想起诗人海子的那首充满阳光感的《活在珍贵的人间》——"活在这珍贵的人间／人类和植物一样幸福／爱情和雨水一样幸福"。

是的,爱情总是会伴着春天而来——毕竟春天和爱情都是美好的、充满希望的,也都是骚动着的、充满激情的。这,正是这首《三月,偎着诗或你发呆》的由来和起点。也难怪有读者,如2018级汉语言文学专业寇惟妙等同学,会这样表达自己对这首诗的欣喜:"这感觉真像三月——清新、温暖,树梢缝隙里透出光来晃眼。喜欢!""我想这是首爱情诗吧,但似乎又可以不止于爱情。您把少男少女的那份美好、朦胧的情感写得太浪漫了……初读时,自动代入了自己这个年龄段;再读,又觉得好像是已经相濡以沫多年的伴侣,在三月春光里品味这份平淡的、诗意的幸福。两种情感都令人动容。"

篱笆墙上的牵牛花

以蓝白或紫红的一朵鲜妍

以小小喇叭的形状和姿态

向外悄悄招摇,为树丛

点缀,沿着篱笆次第蜿蜒

从不和牡丹或玫瑰争艳

也比鸢尾花或凌霄花简单

尽自由心枝蔓、缭绕

却绝不随便向上攀缘

(2022年1月)

　　而到了2022年冬春之交,这份特殊经历中形成的淡定与达观,在《篱笆墙上的牵牛花》这首八行小诗里,得到了至少形而上意义上的进一步升华或挥发——或者说,又很大程度上褪去了大有牵挂的地气或烟火气:一朵看上去毫不起眼、俗称喇叭花的牵牛,既貌似不如高冷雍容的牡丹花或玫瑰花鲜妍夺目,又貌似不如耀眼招摇的凌霄花或鸢尾花繁复艳丽,却自有一份由心枝蔓、无处不在、随缘安顿的清雅、自在和从心所欲,且看似从俗处来又安于俗处,却绝不媚俗、"绝不随便向上攀缘"。

　　这份独标清峻的遗世独立感,这份对于初心和底线的坚持看似不显山、不露水，却尽显从容和高华，也洵属难能可贵。

妞妞说

没有冬天，哪能显出这一天烟火气

虽然厨房的阳台上，几棵大白菜

裹着碧绿，却早已奄奄一息

不远处，高大的烟囱也不再冒烟

过去这三年如蚕在茧，百爪挠心般

难熬。或许若能像有些动物一样

长期冬眠，也胜似人间觳觫

或忐忑不安。偶尔吃吃萝卜缨子

不一定就真是舍本逐末，一如

在芹菜梗儿之外，也吃吃芹菜叶

妞妞说，一棵大白菜就是一朵

巨型牡丹，花瓣儿耐看。她还说

你怎么连一条鱼尾纹都没有

真是辜负了自己曾经的岁月或颠簸

（2023年1月）

一眨眼就到了2023年，还是冬春之交。无论天候如何，

无论光景如何,日子还照样得过。于是,能慧心或会心体会
"一棵大白菜就是一朵／巨型牡丹,花瓣儿耐看"的人有福
了——因为正是他们,看似庸常平淡,却最能从平常的人间烟
火里感受到鲜活和诗意,也因之凡事安之若素,最能安居乐
业,最能于无可逍遥处逍遥——"偶尔吃吃萝卜缨子／不一定
就真是舍本逐末,一如／在芹菜梗儿之外,也吃吃芹菜叶"。

一眼掠过立春的雪

就算我早就知道,对虚无的执念

说到底本身就是一种虚无

这久违的白雪还是慢悠悠下得

有点儿吝啬,让寒假中懒散的我

一下子想起儿时错落的白桦树

是无端的梦,使睡眠一再失重

隔窗看着一清早星星点点的银白

替一地的空荡疏疏落落地遮羞

却遮不住角落里所有的丑陋

我惺忪着一抬脚踏出,便踩碎了

冬天这一场小小的花招或布局

与堆雪人的儿时记忆比起来

更乐于在一张白纸似的雪地上

用发僵的食指写几行饱满的大字

与手捧漫天的雪花儿比起来

更想听旷野中脚踩积雪的咯吱声

在岛城立春的雪意里极目一轮

西坠的橙黄,我的星空在西南方

夏日里那满眼葱翠的山野。每年

最惬意的时光莫过于枝叶扶疏中

踩着无名小径上山,迎受一蓝天

来去自如的白云洗礼,沉浸于

随处采摘野果子和菌子的喜悦

（2024年2月）

不知不觉中,竟然已是来海大第五个年头的2024年春天。浮山校园内小广场北面正对南门处,竖立的红色倒计时牌也每天打眼地显示,距海大百年校庆日还剩下两百来天。

不知是不是冥冥中的一种配合式天赐预兆,这个冬春之交的天候实际上呈现为某种略感奇特的悖论:一方面冷得出奇,以至于连尚算比较抗冻的我,都只好放弃一向在宽敞的起居室作息的习惯,不得不专门辟出一间卧室用于办公、写作——因为过去几个冬天本来就一直没什么热乎气儿的起居室,在这个冬天,竟然冷得像东北的冰窟窿;另一方面,过去一向只能向济南或烟台人艳羡雪景的青岛居民一如我等,竟然能再三再四被铺天盖地而来的洁白唯美的雪花或雪霰抚触或光顾,得以一边在雪褥子上撒欢儿似的摸爬滚打嬉戏,一边可着劲儿想象瑞雪兆丰年……

至少,我本人因之得以在龙年岁初老天爷这难得的慷慨中,《一眼掠过立春的雪》,起劲儿地享受在"旷野中脚踩积雪的咯吱声",或是忘情地过一把"……在一张白纸似的雪地上／用发僵的食指写几行饱满的大字"的瘾,姑不论我是否"早就知道,对虚无的执念／说到底本身就是一种虚无"。

2024 年 2 月 26 日于青岛浮山海滨

杨瑞芳

　　2003年4月初的一个清晨,我从北京一路跌跌撞撞地又回到了青岛。虽然春节后的试讲很是顺利,但是其后的入职因为一些我无法"跨越"的原因迟迟没有了下文。今天看来,那些原因似乎是再"正当"不过了,然而在当时却让我沮丧万分。对于我来说,留在北京当一名大学老师的希望可能比较渺茫,可是找一份还算不错的工作,比如进杂志社或出版社做编辑应该也不算太难。因为本科是从青岛毕业的,老家也在山东,思来想去,我最终还是决定返青再碰碰运气。谁知就在栈桥的海风轻拂我脸庞的第二天,我就发现首都即使我想回也暂时回不去了,因为SARS病毒已经疯狂北上,每天疑似和确诊病例的数字都在不断攀升。更要命的是,我就读研究生的学校食堂也出了事。很快,所有在外地奔波求职的人都收到了"命令",一律不准返校。可以想象,我这个从"重灾区"来的"入侵者"就成了社区居委会"特殊照顾"的对象。接下来,我在青岛度过了迄今为止最难熬的一段时光。每天像个没头的苍蝇一样,一边"痴痴地"等待着"下文",一边不停地给"可能"的接收单位打电话。不出所料,令人失望的消息一个接着一个。到了月底,北京的SARS危机终于要解除了,学校"命令"我们所有在外地的即将毕业的学生在"指定"时间内返校。看来真的要和青岛说再见了。也许命运就是这么神奇!就在我买好火车票准备当晚返京的那个5月初,下着毛毛雨的下午,一通来自人事处的电话让万念俱灰的我在鱼山校区找了个角落痛痛快快地大哭了一场。是的没错,从此我成了一名海大人!

第一次用文字这么啰唆地交代我成为海大人的过往,是因为心中一直满怀感激。感激来时路上的每一位前辈和同行者,感激我教过的已经毕业和正在就读的每一届学生。前辈的引航和同行者的鼓励已然铭记在心。此时此刻,在这个"百年一遇"的年份,我只想撷取几个被学生温暖的片段献给我的学校,同时也借此机会祝福所有的"海大人"一生幸福、快乐!

记得那是在2006年12月的某个上午,天气阴郁得很,浮山校区由于离海近，裹挟着湿气的北风刮得人格外冷，我挺着个大肚子正准备上古代汉语课。当时，教室大，人多。虽然已经工作三年多了，但是一直不太会"用气讲话"再加上嗓门大，讲到唯恐学生不明白的地方又常常会出现"用力"过度的情况，所以常常一节课下来，"效果"也是很明显，不仅腿肿得厉害，而且整个人像瘫了一样。更有意思的是，一遇到我"疯狂输出"的时候，那个我随身携带了七个月的"肉球"就会在我肚子里来回地翻跟头。已经上完了一节课，正当我靠着讲桌休息的时候，突然看到一个大个男生拎着把靠背椅子走上了讲台，一边轻轻放下，一边朝我微微点了点头。我还没反应过来，又听到远处飘来一句铿锵有力的"叮嘱"："记住，以后只要是杨老师上课，别忘了先去旁边教室搬把椅子。"真是"一孕傻三年"！我当时只是感觉到浑身都很温暖，却怎么也叫不出那位学生的名字了，明明是自己教过的呀。虽然后来经过与其他学生的确认也知道了他，但是后来到底还是忘得一干二净了。

还有一次记忆深刻的事发生在大约工作九年后的春季学期。同样也是在上课期间，只不过地点迁到了崂山。那几年不知怎么回事，一到冬天，我就会有个毛病，不咳嗽则已，一咳嗽起来就"地动山摇"。虽然也看了医生，无大碍，吃了药后有一定缓和，但是总会持续一段时间。那次是在上说文解字导读课,本来就有点儿不舒服,再加上语速太快,结果咳嗽一下子止不住了。恰巧的是,当天还忘了带水杯。我已经记不得当时连续咳嗽了多长时间,只记得教室寂静得很,真是尴尬极了!庆幸的是,不一会儿课间铃就响了,我也慢慢平静下来。很快下一节课开始了,就在我打算先让学生做个课堂小练习的时候,坐在第一排的一位女生气喘吁吁地跑进了教室,将手中的两瓶崂山矿泉水递给了我。不像现在,那时候教学楼的走廊里还没有咖啡机和自动售货机。我知道,从教学楼下去跑到北区的超市再折返回来,十分钟肯定是不够的。看着她额头上布满的小汗珠,我不禁想这一路上她得跑多快呀!后来,这位温暖而且多才的姑娘毕业后在老家天津成为一名优秀的语文老师。很多次,她都邀请我,去天津一定要提前和她说。有了那次难忘的经历,每当我上课再咳嗽时,总是会不由自主地想起那位女生飞奔进入教室的样子。

对于本科生来说,能够获得研究生推免是一件非常开心又极其不易的事情。最近几年,这种"不易"尤其明显,难度指数可以毫不夸张地说"一路飙升"。我听说过的最让我觉得不可思议的是高考结束的第二天就投入背四六级或雅思英语单词中了。9月份入学,为了让新生对大学有一个整体了解和科学规划,院系也会有意识、无意识地谈到推免、考研等问题。说心里话,相较之前,不管是校院层面还是系主任、班主任为了学生的发展真是"操碎了心"。就我所了解到的,绝不是因为有"就业指标"要完成,而是从内心把每一位学生都当成了自己的孩子。目前,我所带的班也即将进入到紧张的推免和考研准备中,看到他们焦虑的眼神,不禁又让我回忆起了发生在2017年9月中旬"惊心动魄"的一幕。那位女生是一位非常朴实的孩子,从大一就"兢兢业业",学习成绩一直名列前茅,各方面能力也很强,一旦确认目标就会全身心地投入。果然,推免研究生的前夕,她不负众望地排在了系里第一,这在当时几乎所有关注她的老师,包括我在内,很自然地觉得不用为她担心了。在此之前,她曾经和我聊过,想在古文字学方向上继续"深耕",第一选择是复旦和清华,因为这两所高校是她"倾慕已久"的,而且是这个专业的"学术重镇"。鼓励是当然的。同时,我也和她从多个角度进行了分析,基于以往的经验,有些客观情况是不得不考虑的,但是不妨试试看。尽管向两所高校都提交了申请,也为此做了一些准备,可是最后都没有回音。因为有了一次"打击",加之时间确实又很紧张,接着我鼓励她报人大,那里的团队虽然不如复旦和清华,但是学科带头人很厉害。幸运的是,她很快就接到了面试通知。可惜的是,面试环节中,在现代汉语相关问题的回答上不太尽如人意,最终没有进入到录取名单里。这时候,基本上所有的高校推免都快要结束了。当时看到她难过的样子,我心疼极了。

她说:"老师,我准备参加年底的统考了。""那不行,你是排名第一呀!"直到现在,我还记得我当时说话的口气。冷静下来,我一边安抚她一边想对策,"咱们不到最后一刻不放弃,你再把还没有关闭推免通道的高校再捋一遍,根据你的意愿排排序。另外,我们在大学里学的都是基础,你觉得对古文字学感兴趣当然很好,但是到了研究生阶段能不能还能保持这个热情也很难说,因为这个方向要想做出点东西来,确实是很难的。时间紧迫,不妨换个思路,考虑一下相近的专业"。接下来,她做她的梳理,我则到处"打电话求帮助",最后我想到了我儿子班里的一位妈妈。她也是一位大学老师,专业是语言学方向,当年正好在中国社会科学院读博士。"那可是中国社会科学院呀,语言文字学强得很,之前好像还从来没有学生推免到那里去"。这时候,已经是9月底了。很快,我就从儿子同学妈妈那里得到了确切的消息,"因为几位导师最近都有外出学术活动,无法集中起来开展推免,所以移至国庆后再进行。古文字学方向没有机会了,但是现代汉字学可以"。真是人有逆天之时,天无绝人之路!"国庆七天呢,完全来得及准备。不管古代现代,都是与文字学有关,只要能去就有机会。而且从就业角度讲,可能做现代的更好呢。有任何问题,我们随时联系"。国庆后第一个工作日的下午,我正在家里,突然手机铃声响起,一个清晰、激动而哽咽的声音传来,"老师,我录取了……""那是必须的。"可以肯定的是,那是我就职以来度过的最温暖的一个国庆节。就在前两天,我和这位学生又通了电话,得知她硕士毕业后去了北京东城区党校工作,去年做了最美的新娘,今年要当妈妈了。

现在手机和网络为人与人的交流提供了极大的便利,但是在我最初工作的几年里,并没有这么发达,很多QQ群和微信群都是后来才慢慢建立起来的。在二十年的工作中,我一共担任过四届本科生班主任,其中有两届只带过两年。一届是第一年工作时,院里为了锻炼年轻人,让我直接接了大三的班。另外一届是因为我要出国一年,按照学校规定就不能继续带了。我曾参加过其中三届学生的毕业十周年聚会。只要学生邀请并且我有时间,就一定会参加。因为过去多年,很多名字都记不清了,但是只要听到他们"手舞足蹈"地讲着当年的趣事,就会感觉幸福无比。特别是我的第一届学生,因为和他们年龄差别不大,所以也格外聊得来。最让我温暖的是,每一次问询都能得到及时回应。有时候是为了他们的学弟学妹们,甚至有一次我还"假公济私"了一回。

2019年年底,自SARS以来的又一次大面积的新冠疫情暴发。一时之间,人心惶惶。对即将毕业的大学生而言,更是"雪上加霜"。往年这个时候,本来他们应该是走出校门出去实习、求职的,但是在现实面前,似乎一切都不得不"停摆"了。

虽然是众所周知的"天灾"，但还是要积极应对。为了能够最大程度地帮助学生，院系都开展了史无前例的"大动员"，希望老师们"八仙过海，各显神通"，尽全力为孩子们多提供一些就业指导和信息。第一时间，我又想到了我的学生们。很快，一个个"内部"招聘信息"飞过来"，有时候是白天，有时候是深夜。而且至今让我倍感温暖的是，在其后，即使我没有再发出"求助"，他们仍然会把自己单位的"招聘信息"发给我。甚至，还有些已经毕业多年，已经做到很高职位的学生会直接给我打电话，请求推荐学弟学妹们。

我不大会拒绝人，同时也最怕麻烦人。工作这么多年，连我自己也没料到，我会因为个人的原因而去"打扰"我的学生们。2022年暑假，我大姐在省医院做了一次大手术，医生建议后续治疗最好是配合中医。看中医，当然第一个考虑的是北京。可是，谁都知道，著名专家的号太难挂了！看着一大家子日夜地守护，尤其是近八十岁老父母满眼的担忧，我决定去"打扰"一下我的一位学生。那位学生从海大本科毕业后去了人大，硕博连读后留在了北京，正好所在单位与医院有着密切的联系。当我很不好意思地给她打电话时，得到的是"包揽一切"的肯定回复。为了我大姐求医的事，她在有三个孩子需要照顾的情况下，忙前忙后，事无巨细，把就诊事宜安排得妥妥帖帖。现在回想起来，我的心里仍然是满心的温暖与感激。

二十年来,我与很多学生仍然保持着联系,也始终关注着他们的发展。"老师,我博士毕业了,留在了南大""我2014年就出来自己干了,现在除了包子连锁,主营业务是单位食堂和团体用餐,离学校很近,您有时间就来""我现在在东营区老干部活动中心负责离休干部管理""我在上海教育报刊总社下面的一家少儿杂志社工作,老师有事找我哈""老师,从北大毕业后,我在北京的一家课外机构教书……我要去清华读博啦""今年我已顺利完成在首师大硕士学业,现在来到北师大语言学及应用语言学专业继续读博啦"……每次收到学生传来的消息,我都感觉很开心。而且他们不光问候我,也很关心院系的发展。

一眨眼,我的人生也过了大半,虽然事业进步不大,但是一直很幸福,再次谢谢温暖我、照耀我的学生们!

2024年3月3日初稿

2024年3月12日改定

海大园里好读书

聂友军

　　2024年恰逢中国海洋大学建校一百周年,值此节点回顾海大的世纪发展变迁,共同探索和创造海大人的未来,可谓正当其时。熊明教授、徐妍教授盛情邀约,让我写点文字共襄其盛,吾生也晚,入职海大更是晚近的事情,对海大精神的体悟尚浅,唯有重温海大数代学人的坚守与风采,以副雅嘱。在领略先贤们的理想、抉择与治学精神之际,感受最深切的一点便是——海大园里好读书。

　　中国海洋大学学脉悠长,春晖四方。齐鲁大地物华天宝,人杰地灵,且历来兴师重教。孔子杏坛设教,有教无类,首开平民教育之先河。稷下学宫,致千里之奇士,总百家之伟说,创世界最早的官办高等学府,并发挥教育、学术和询议功能。

巍巍海大,百年风雨兼程,历经私立青岛大学、国立青岛大学、国立山东大学、山东大学、山东海洋学院、青岛海洋大学等办学时期,经叠次跨越式发展,终奠定大国重器地位,成为一所重点综合性大学、国家战略性大学,模范地履行人才培养、科学研究、社会服务、文化传承创新和国际交流合作等使命,并发挥好头雁作用,引领带动国家海洋科教创新发展。

中国海洋大学一方面继承弘扬中国传统学问的经世济民思想,另一方面热烈拥抱现代科学的求是创新精神,并将二者完美交融。根深叶茂的传统文化积淀与日新月异的现代科学新知,犹如鸟之两翼、车之双轮,相辅相成,共同构成海大坚实厚重的生命底蕴。立足于山东大地,海大自觉做齐鲁文脉和中华教育传统的优秀传承者;崇尚高深学术,学校在中国现代高等教育滥觞之际即头角峥嵘。中国海洋大学以海不辞水的广阔胸襟,将传统文化和现代科学精神冶为一体,超越既往海洋认知的历史惯性,以超迈前贤的视野和格局,助力加速海洋探索、海洋开发和海洋保护的力度、深度与广度。一代又一代海大人以脚踏实地的务实姿态向星辰大海进发,以行远自迩、笃行不怠的韧性,在奋进途中坚守初心和本色,不仅为自身发展注入了强大动力,也为社会进步和人类文明发展做了独特贡献。

自建校以来,海大始终与国家、社会、人民紧密相连。这种紧密联系不仅体现在学校的办学理念和教育实践中,也体现在其延聘的教师队伍以及培养的杰出人才身上。在海大师生中,涌现出一大批载入史册的大先生、大学者,以及不同时期各行各业的翘楚,他们的名字振聋发聩,他们的丰功伟业是时代的强音。杨振声、闻一多、梁实秋、赵太侔、老舍、洪深、沈从文、臧克家、陆侃如、王统照、高亨、冯沅君、赵俪生、童第周、王淦昌、曾呈奎、赫崇本、文圣常、管华诗、王蒙……这个名单可以继续列举下去,直到很长很长,这些大先生、大学者以各自卓越的成就在海大百年历史上留下了光辉的一笔,他们的思想和成就影响了无数海大学子,并逸出校园影响社会各阶层,并必将继续影响一代又一代的后来者。

中国海洋大学情系山海,心系师生。海大众校区犹如一串珍珠,散落在山海之城的各个城区,且多依山傍海而建。八关山、浮山、五子顶、大珠山,山是每个校区的地标。山就在那里,不动亦不语,但那是海大人的底气所在,是我们跋涉万水千山归来时的航标,也是我们整装再出发的大本营。校区多近海,师生钻研却极其远迈,单以地域论,自近岸、近海到深远海直至极地,均被纳入研究视野。海就在那里,风高兼浪急,但那是海大人的向往之地,是我们中流击楫的演武场,是海之子长风破浪的主阵地。中国海洋大学与山海相连,山之高,海之阔,共同凝结成海大高远的追求。早在学校建立之初的

1924年，就确立了"教授高深学术，养成硕学宏才，应国家需要"的办学宗旨。这一宗旨不仅为海大的发展奠定了基调，而且也为后来的学术研究和人才培养指明了方向。

百年海大，薪尽火传，弦歌不辍。海大人始终牢记国家所需就是使命担当，人民期望就是奋斗目标。无论是战争年代的艰难困苦，还是和平时期的快速发展，海大都始终与国家和人民的命运紧密相连，为国家的繁荣富强和人民的幸福安康贡献着自己的力量。创新发展的火种历百年而绵延不息，且常为新。正是这种进取精神，为海大的"海—陆—空"多学科交叉融合与内涵发展注入源头活水和提供不竭动力。海大始终坚持创新驱动，以卓越的学术声誉吸引莘莘学子前来就学，海大人不断在学术研究、人才培养和社会服务领域进行探索，取得了一个又一个令人瞩目的成就。

中国海洋大学以"海纳百川，取则行远"立校。这是海大历经百年风雨洗礼和艰苦卓绝地探索而锻造成的独特品格，它凝聚了几代海大人的集体智慧，体现学校的办学理念、治校精神和社会主义核心价值观。"海纳百川，取则行远"，体现了海大人对多元文化的包容与尊重，对知识的渴望与追求，以及对真理的探索与坚守。

"海纳百川"是雍容娴雅的自信表达。在兼容并包的广阔胸襟内，有对自由之思想的推重，更有对独立之精神的崇尚。

在海大,不同的思想和观念都会得到尊重和欣赏,师生均保持开放的心态,乐于尝试新事物,敢于挑战传统观念。在海纳百川的精神指引下,海大的学术得以持续繁荣与进步,海大人具备全球视野并培养出独立思考、自主判断的能力,他们勇于探索未知领域,并在守正出新的道路上不断取得新突破、新进展。在海纳百川的精神浸润下,海大人普遍有能容人的雅量,能够秉持多元的立场与视角,坚持和而不同,追求美美与共。

"取则行远"始终引领我们行稳致远。世界大势,浩浩汤汤,千帆竞发,百舸争流,海大人常怀敬畏之心,遵循科学规律,守规矩,知进止。海大人有设身处地、身体力行的觉悟,也有挥洒汗水、燃烧激情的行动。海大人遵循仰望星空、脚踏实地的原则,兼具国际视野、家国情怀和社会责任,以经世致用、知行合一、立己达人为旨归。

在一年四季都是风景如画的中国海洋大学读书,可谓良辰、美景、赏心、乐事"四美具"。海大四个校区的共性特点是兼具城市山林和海滨公园之优长,闹中取静且有野趣,自然风光优美,人文底蕴深厚。在海大园,无论细雨鱼儿出,微风燕子斜的和煦春日,或者绿叶成荫子满枝,满架蔷薇一院香的炎天暑月,抑或草木摇落露为霜,夜凉如洗的清秋时节,还是雪向梅花枝上堆,有碎玉声的数九隆冬,在教室,在寝室,在图书馆,在湖畔,在山坡上,在树荫下,在凉亭里,随时随地都可以读书做学问,岂不乐哉！读书倦了累了,抬头看天上云卷云舒,低头看鱼儿觅食吐泡,极目远眺,山光海影尽收眼底,凝神静气,虫鸣鸟啼声声入耳,岂不赏心悦目、心旷神怡！读书间隙,海大学子常常会遇到在校园漫步的长者,其中不乏名满天下的著名学者,如果学子们在读书、生活中出现困惑,打个招呼便可以直接向长者请益,每每有收获悉心点拨的望外之喜,夫复何求！

中国海洋大学校园之美有口皆碑。走进鱼山校区,西洋风格建筑群的历史感扑面而来,鱼山路与大学路转角邂逅的浪漫令人惊喜。徜徉在浮山校区,观山听海,有移步换景之妙。西海岸校区为红瓦绿树、碧海蓝天的岛城再添一抹亮丽。崂山校区,单是几条干道就已美不胜收:海棠大道,春花烂漫,秋果满枝,无花无果时节,尚有湿人衣的空翠。国槐大道,炎炎夏日,绿荫如盖,凛凛冬日,压枝玉皑皑。樱花大道,春深染雪轻,浅浅匀红,绕树重重履迹多。梧桐大道,流响出疏桐,树下好读书。

海大优雅的环境与温润如玉的海大人彼此成就,相得益彰。幽姿淑态的海棠花与华净妍雅的梧桐树,像极了海大学子,或娴雅端庄、温婉明媚,或玉树临风、气宇轩昂,均儒雅沉稳又不失质朴纯洁。海大学子也一如海棠花、梧桐树,充满旺盛的生命力和奋发有为的昂扬精神,努力向下扎根,拼命参天生长,适时美丽绽放。在海大,每个人都自信有自己的花期,也有各自专属的绚烂方式。

说到校园,不能不提到富有中国海洋大学特色的移动的校园——科学考察实习船舶。海大目前拥有五千吨级新型深远海综合科学考察实习船"东方红3",三千吨级海洋综合科学考察实习船"东方红2",三百吨级的"天使1"科考交通补给船。科考船助力海大学子读万卷书,行万里路,进行海上现场科学观测。

中国海洋大学的海洋和水产学科特色显著,但海大的优秀并不局限于涉海学科。事实上,海大学科门类齐全,另有地球科学等十二个学科(领域)进入ESI全球科研机构排名前1%。目前,第五期的教育部、自然资源部、山东省、青岛市"四方共建"中国海洋大学正在实施,在教育强国、海洋强国、科技强国、人才强国的时代大潮中,海大师生兢兢业业、恪尽职守,正奋力书写着"强国建设,教育何为"的海大答卷。

一百年来,谋海济国是海大人的自觉追求。海大一贯将自身发展与国家战略、区域发展紧密相连,为民族的解放和振兴、国家的建设和发展、社会的文明和进步做出了突出贡献。在教育救国、教育兴国和教育强国的历史洪流中,一代又一代海大人勇立潮头,攻坚克难,向海图强,积极研制海洋工程装备,构建"蓝色粮仓",开发"蓝色药库",打造"蓝色智库",着力造就拔尖创新人才，着力培养堪当民族复兴重任的栋梁之材。

一代又一代的海大学人在海大园安心读书，更以学术的方式服务于国家和社会。无论在基础理论研究领域，还是从事应用技术开发，海大人凭借扎实的研究和各自的学术专长，在科技强国的征程中艰辛求索，在学术创新的最前沿精益求精。海大学人、中国物理海洋学奠基人之一赫崇本先生，在新中国成立之初，毅然放弃在美国工作的机会，回国投身于海洋研究，创办海洋系。他积极建言，促成了国家海洋局的诞生，有效地统辖了中国的海洋调查事业。他还参与组织中国海洋仪器会战。在海洋教育与海洋科学事业上建立了丰功伟绩。

一百年来，经略海洋是海大人的崇高使命。历史上，渔民、海商等的民间航海活动，士人的海洋书写与官方的海洋经略，共同勾勒出国人海洋认知的概貌，中国海洋大学的创办和发展，大大促进了我国探索海洋、开发海洋的速度、力度和幅度。中国和平利用海洋其来有自，比如明代郑和下西洋，到访了西太平洋和印度洋的三十多个国家和地区，率领有绝对制海权的大型舰队，打通航路，却始终以和平互利的方式开展海外贸易，加强中外文明的交流。海大人勇立潮头，瀚海求索，不断书写悬帆济国的豪迈与激情，也始终恪守和平、合作、合法地利用海洋的原则。

一代又一代的海大学人在海大园用心读书，继而耕海踏浪,无远弗届,揭开海洋的神秘面纱,不断收获探索海洋的累累硕果。他们的研究成果不仅为我国的海洋事业发展提供了有力支持,也为全人类的海洋科学进步做了重要贡献。海大学人、我国海浪学科的开创者文圣常先生,"唯独信仰爱国主义和追求科学精神",矢志把海浪能量有效利用起来,将研究方向瞄准海洋学科的最前沿,开辟了海浪研究的新途径,撰写出世界上第一部关于海浪理论的专著。

一百年来,向海而生已刻入海大人的基因。在向深海远洋进发、善用海洋能源资源的同时,海大人始终保持对生命、自然和科学规律的敬畏。他们勇于担负起历史使命,为保护海洋环境、防治污染损害、维护海洋生态平衡鼓与呼,且成效显著。"东西两际海,巨细难悉究",海大人清醒地认识到,在科研与人生的前路上,必然会存在种种困难、挑战和障碍,他们也不满足于"驾一叶之扁舟,举匏樽以相属"的闲适,而是义无反顾地躬身实践,将学术与人生都当作美来追求,当作毕生的功课来修习。

一代又一代的海大学人在海大园静心读书,沉潜于学问,但他们的追求和抱负并不局限于书本和实验室,而是须臾不忘心怀天下。海大学人闻一多先生以其文学造诣、学术成就和民主战士的大无畏精神,生动诠释了海大精神的这一光辉层面。作为诗人的闻一多先生,主张"最好是用血肉来写,用整个生命来写"诗;作为民主战士的闻一多先生,在民族危亡之际,勇于担当,悲壮殉身;作为学者、海大师长的闻一多先生,他的呕心沥血,潜心治学,他的无私无畏,勇于斗争,他的言出必行,言行一致,已然铸成海大人说与做的标杆。

海大园里好读书。这真是一片充满神奇魅力的土地,她承载着高远的学术理想,涵育着深厚的人文情怀。这里不仅汇聚了五湖四海的学子,更是他们成长成才的学术殿堂,他们在这里获取知识装备,开拓视野格局,挥洒青春激情,为增长才干、报效国家、服务社会积蓄能量。这里是天南海北的学者碰撞智慧、启迪思维的象牙塔,不同专业领域、不同学术背景的学者在这里读书、研究、教书、育人、生活,他们在这里探究前沿学术,研讨高深学问,分享人生智慧。这里也是一届又一届海大校友们扬帆远航的起点,更是他们魂牵梦绕的精神家园,不管离校多久,不论相隔多远,曾经在海大园里度过的美好时光,在这里收获的友情、爱情、师生情谊,以及那段时光所赋予他们的知识、品格和情怀,总能在不经意间触动他们心底最柔软的地方,又总能催他们向上、前行、奋发。中国海洋大学,我们永远的校园!

2024 年 3 月 2 日

四季 海大

彭敏哲

　　我犹记得第一次来到海大的场景，那是在青岛四月的碧海蓝天里，清亮的蓝色校徽上标识着中国海洋大学，与城市的蔚蓝融为一体，大气与清秀共存，山川与海浪相偎，我站在海天相交的浮云纯色里，忽然有种莫名的感动。

　　初来海大，是在秋天，我住在崂山脚下、校北一隅的宿舍里。窗外有一株栾树，秋天的树叶五彩缤纷——红黄青绿碧，缀满枝头，很是特别。因是在二楼，这株栾树恰在眼前，每天读书写作后，抬眼便见到了它。那半年，我见证了这株栾树从青青碧色到五颜六色，又从五颜六色渐染轻黄，再徐徐缓缓地随风飘落，随着世易时移逐渐干枯……到了来年，它长出嫩茸茸的新芽，树又绿了。

那一年我的心境并不十分愉悦，从南方一路向北，我在南方长大，在更南的岭南求学，北方一直是遥远的地方。初来乍到，诸多不适。青岛的冬天来得很早，不到11月，就已披上了料峭寒意。12月的时候，来了一场雪，北方的雪，横冲直撞，气势磅礴，那大概是我生命中见过的最大的雪。大雪覆盖了整个崂山，也为学校披上了一层白色的素衣，呈现出一片默然的肃静，一夕天地尽白。厚厚的积雪落满操场，踩上去深深浅浅，漫天的白雾和漫天的雪，一切都掩埋在无言的沉默里，然而一切又在表面的肃穆中欣欣滋长着，孕育着新的生机。青山泼墨，白雾渲染，点睛的一笔唯有那漂浮不定的雾气，缭绕在群峦之间。

大雪过后，栾树彻底成了"枯树"，崂山也成了光秃秃的馒头山，冬天的萧瑟，就这样突如其来地降临了。大雪飘扬的冬天，暖气是北方最温暖的馈赠，给予南方人雪中送炭的关怀。我深居简出，读书写作成了生活唯一的主题。冬天的世界如此简单，简单到没有五颜六色，没有红花绿叶，只是简简单单黑白两色，如一棵开满冰花的树，如几座落满积雪的山。冬天的校园极为寂静，我们在尘世的喧嚣里待了太久，眼睛浑浊了，耳朵也不轻灵了，偶尔看到这样的世界，倒还有些不习惯。我惊慕于山海之间这一片黑白分明的雪意，如果生命注定充满了这样那样惊喜的邂逅，也算是对总也无法圆满的世事，最好的补偿吧。

第二年的春天,宿舍北窗的一株樱花开了。宁静的生活,也喧闹了起来。

那是我第一次见到海大的樱花,那样盛大,那样浓烈,衬得春光明媚、岁月静好。樱花大道上成群结队赏花的同学们,令这场春天的邂逅更加盛大和热闹。海大的樱花季格外漫长,从3月到5月,从浅绯到深红,从单瓣早樱开到重瓣晚樱,这一场花事从春到夏,也恰是学生们从答辩到毕业的重要时段,也不知道有多少同学,也像我一般日日注视着花开花落,凡有樱花的地方,总有拍照逗笑的青春面庞。

北窗前的那棵樱花树,只短短地绽放了四五日,"异色与春同到,又匆匆,撇春先去",像极了一期一会的短暂青春,一场春雨过后,樱花就谢落了。我告诉同学们花开了,让他们去看看那些稍纵即逝的春光,一如他们的大学岁月,想起要珍惜时,或许已然错过。席慕蓉的诗里说:"遂翻开那发黄的扉页/命运将它装订得极为拙劣/含着泪 我一读再读/却不得不承认/青春是一本太仓促的书",这本书,时常来不及细细品读,就已然到了终章。恰如一场春风过境,樱花便如天女散花般纷纷落下,尽管曾历经千百次努力的挣扎,却也无法抗拒命运最终的陨落,片刻之间,樱花挥泪告别最初的洁白,静静委身于泥,堕去无香,飘来似雪,迷蒙如梦。那些层叠厚实的一地花瓣,便是她曾绚烂的证明。"刹那芳华",大概正是青春的美妙之处。

在课堂上,我遇见了可爱的同学们,我教他们写樱花的诗,他们便也认认真真地赏起樱来。少年的诗稚嫩却真诚,一如青春一样,"不遇花时久闻芳,春风夜拂满园妆。游人不绝纷纷赏,锦簇花团缕缕香"记录着春华锦簇的校园美景;"他修三世形单叶,我取一枝丽斗华。艳骨缘非红袖意,最风流处是樱花"讲述着与樱花的邂逅;"雨打花飞何处去? 风吹霓舞入前堂。少年不解其中意,学海游舟作楚狂"书写着少年浪漫肆意的情怀;"最是芳菲留客住,花开满树正当晴。东风催得花枝老,一夜归来绿叶新"描绘出时节更替与物候变迁……海大的樱花像青春的见证人,守候着一年一度的相逢与别离,阅尽少年时代并不相通的人类悲欢。

当映月湖第一朵荷花盛开的时候,青岛已然吹起了微醺的夏风。北方的夏天来得晚,但总归是如约而至。只是此时,也到了送别的路口。6月,是浓墨重彩的毕业季。我也经历过许多次毕业,年岁渐长,已然明白人生就是一场漫长的告别,告别亲人、告别朋友、告别故乡、告别过往,但在无数次告别的罅隙里,仍有着温柔的相聚与相守,在无数次告别之后,仍有着不期而遇和久别重逢。学生时代对于别离,总是热烈直白的抒情达意,所以有了一次次依依不舍的毕业典礼、一张

张恋恋相惜的毕业照、总也唱不完的毕业晚会、总也聊不完的
告别聚餐……而别离未必全是伤感,分开也不都意味着结束。
因为,在大学里,奔赴山海是为了下一次更好的遇见,走出校
园是为开启星辰大海的征途。时光漫长,我们总会再见,归来
仍是少年。

　　都说青岛最美的是金秋9月,日日晴空,海天一色,天高
气爽。9月,是大学里最繁忙的时间,"迎新"是这个时候的主
题。秋天是收获的季节,对于海大来说,也收获了一批新鲜的
"树苗"。他们将在这里度过或长或短的几年光阴,像麦穗一
样朝着阳光拔节生长,直至长成参天大树,长成国之栋梁。对
于农人而言,秋是丰收;对于新生而言,秋是启程。从秋天出
发,开启了一段崭新的人生。到了10月,就是银杏飘飞、叶满
阡陌的时节。此时的青岛是最热闹的,散落在老城区里的银
杏为岛城点染出金黄的色彩。校园里银杏不多,偶然翩跹的
金黄树叶,捎来了深秋的期盼。而梧桐大道上的梧桐树,成为
秋的主角。"微云淡河汉,疏雨滴梧桐",秋的意境,总要靠几片
梧桐叶来渲染。秋风过境,梧桐叶飘飞,"梧桐引凤"的寓意,
令这条校园的主干道多了份美丽的期许。从春到秋,从樱花
大道到梧桐大道,岁月流转于这些花与树间,从稚嫩走向成
熟,从明媚轻盈走向内敛沉实,映照着每个师生的成长。此时
即将步入寒冬,大家共同期盼着,一场初雪的到来。

　　一年又一年,海大的四季轮换,一个轮回又已开启。海大是包容的,沉浮起落,阅尽沧桑。都说"流水的和尚铁打的庙",海大永远在这里,见证着花开叶落,岁月枯荣,也见证着桂花同载酒的相会,凤凰花似酒的告别。在海大,有一片大海治愈伤怀,有一方蓝天净化烦忧,无论何时,那些默然往复的潮汐总是温柔而坚定地告诉你,海纳百川,有容乃大。

2024 年 3 月 12 日

驻足校史的一瞬

李 莹

　　5月的青岛乍暖还寒,关于学院历史与文化的资料搜索工作也即将收尾,但因为还有几处无法确证的史料,故一路南行到南京。在中山东路穿过一行郁郁苍苍的梧桐,到了有荷枪实弹的警卫守护的明故宫遗址,就是现在的中国第二历史档案馆了。院内清幽可涤烦嚣,沿着古色古香的回廊拾级而上,不知可否遇见百年时光深处的身影。

　　检索到的第一条档案,标题是《国立山东大学迁校、复校计划与教育部的往来文书》。看到"迁校",即刻想到史书上一笔而过的"1937年,因抗战爆发,国立山东大学被迫迁往四川万县"。查档时间宝贵,本不想多停留,但好奇心驱动下,却又止不住一看究竟。

打开历史卷轴的一刻,耳边隐约回荡起抗战烽火声。渐渐地,更加真切了,1937年7月7日,这一天,端木蕻良刚刚到达青岛。他终于见到了曾在《东方杂志》看过的青山碧海、红瓦绿树,也看到了中山路涌动的人与满载行李的车子。画里画外的差异让他感到惶恐不安……战争导致铁路交通紊乱,上海等地的逃难者仍然如潮水般涌入青岛以作中转,而青岛在地者亦如潮水一般流出。

熙熙攘攘的海滨盛景不再,阔气的避暑客也只好收起来不及炫耀的新衣,从北平而来的王度庐"高兴地买了一件廉价的游泳衣,预备在汇泉避暑闲人的行伍里厮混,使久为生活所蚀毁的身体,藉着海水伟大的恩惠复生起来",不意遭遇了时局的变化,感叹"把避暑变成了避难,快乐休养变成了忧患战亡"。这,可是素有"东方小瑞士"之称的青岛啊。

到了8月,住在黄县路12号的老舍,看到了"此地大风,海水激卷,马路成河。乘帆逃难者,多沉溺"。暑季天气湿热,老舍趁着深夜到友人家里听广播,探知时局战况,然而并无所获,徒感海寂天空,夜不能寐。市区内外,到处都在挖战壕、堆沙袋,空袭警报此起彼伏。王统照、孟超等寓居青岛的文人到老舍家中匆忙告别,又各自远行。送别好友,老舍想起两年前为《避暑录话》终刊号写的"故人南北东西去,独领江山一片哀。从此桃源萦客梦,共谁桑海赏天才",朋友们还会重逢吗?

老舍寓所不远处的国立山东大学,原本定于9月23日开学,10月1日上课,如果没有战事,1934级中文系学生徐中玉就要开始大学第四年的课程学习了。8月12日,教育部通知青岛等地延期开学。当时还在江苏江阴老家的徐中玉,不顾家人劝阻,毅然冒险返校。不知他是否想到了年前在学校大礼堂发表《敬悼鲁迅先生》的话:"依着他的指示和教诲,尽可能地学习着他那坚苦倔强的斗争的精神,踏着他已经走上而没有到达目的地的道路,叫醒着大家一同继续前进,不流一滴眼泪,不吐一声叹息,不惜任何一点牺牲,英勇地,坚决地,跟一切的恶势力斗争到底。"回到学校后,他加入了"中华民族解放先锋队",与同学吴绩、廷荣懋、王广义、胡家珍、蔡国政等到崂山等处宣讲抗日救亡,在乡村街头演出《放下你的鞭子》《张家店》等短剧,所到之处,听众无不为之动容。

向海中蜿蜒里许的栈桥,已少有瞻眺徘徊者,偶尔传来离人的低声呜咽声。山静如醉卧,海鸣似陷阵。9月的青岛,市政府限制各报社的号外,却无法阻止泛滥的谣言,恐慌情绪在流动的人群中弥漫。警报此起彼伏,平时霓虹灯闪烁的中山路,大多店铺歇业,仅有几家小食店、布店、杂货店勉强开着门,物价骤涨。

眼看着昔日充满欢声笑语的校园岌岌可危,返回国立山东大学的学生们向山东省政府发出求救信,恳请将学校迁离青岛。先得到的消息是省政府计划将学校迁往山东单县。单县是否合适？学生们以为，"单县位居鲁西，壤接济宁曹州诸军事要点，恐非长久安全之地，此其一也。而该县地窄城孤交通不便且无适当校舍，此其二"。于是，10月2日，学生们给国民政府教育部部长王世杰写信："全体同学势难安心就学，近闻校方有迁往单县之议，……"请求教育部另示迁校处所。字里行间满是爱校、护校的拳拳情义，言语措辞小心翼翼，而又掷地有声。

当时，市民们都在传言，沈鸿烈市长即将实行焦土政策，轰炸青岛的日本纱厂……

然而，学生们并未等到复电，心焦如焚。于是10月8日又书信一封："全体同学仍持原有主张，坚决反对迁往单县，至迁移地点，同学等以为西安可，长沙可，四川亦可，敬恳钧长迅为指定，转饬校方尊办，至迁移之后，为维护山大精神计划，并盼于可能范围内维持本校行政上之独立状态。"国立山东大学是山东省唯一一所国立大学，建校之初即秉持"教授高深学术，养成硕学宏才，应国家需要"的教育理念。1934年到校任教的老舍曾以静肃态度、朴素风气与强毅精神摹写国立山东大学学生的气质，他未曾见过这些往返于抗战烽火中的羽书，如果先生看到了危难时刻学生护校的赤诚与勇毅，也一定会感到欣慰的吧。

没错,他们正是"九一八"事变后连夜乘火车赴南京请愿的学生,是支援"一二·九"学生运动高呼反对不抵抗、主张抗日的学生,是立志开拓文化荒岛的学生,是"预报了暴风雨的海鸥"! 国难当头时刻,学校的命运未卜,他们怎会无动于衷,是他们,他们冲出象牙之塔,翱翔于波涛汹涌的海上了。

　　时任国立山东大学校长的林济青也在此间收到了教育部函电,"顷接三电,藉悉该校有迁单县之意,该地交通不便,势难切实开课,该校仪器设备尚佳,须求安全措置,部中考虑,以暂迁西安上课为宜",于是准备将校产迁往西安。但11月初看到大部分仪器图籍尚滞留青岛、济南两地迟迟不动,学生们按捺不住内心的忧虑,又一封电报直抵教育部,"盼令催校方速即向指定地点迁移,俾生等幸甚,国家幸甚"。信纸泛着发黄的颜色,那写于风声鹤唳中的文字遒劲有力,理性而深情。

　　11月,日军轰炸济南,但胶济铁路尚可通行,仍有到青岛的旅客,海上交通亦然。13日,靠海停泊后,吴宓到中国旅行社住宿,看见华丽整洁的房屋,又看见青岛高空中盘旋的日本战机,连连慨叹此处"惜不日将沦战区矣"! 就在这一天,国立山东大学随校南下的师生们出发了,先到安徽安庆,又西行至四川万县。

　　1938年2月20日,林济青写信给教育部,"本校西迁万县,校址择定城北专洞子石家庄地隔市区,颇为清静,周围旷阔,尚堪发展,经于2月14日复课,即将注册选课事宜,办理就绪,并已正式上班……"一路的辗转终于落定了,跟随迁校队伍到达四川的徐中玉回忆起1937年11月13日离开青岛的那个下午,"我们带着无可奈何的心情,含着满眼泪水,踏进胶济铁路的车厢,走了,我们喊:青岛,我们再见了! 我们一定要再见呵!"他也许没预想到,1938年1月10日再度陷入日军统治的青岛,又经历了七年怎样的劫难。1946年,当接到赵太侔校长聘请他回母校任教的信函时,当即写道:

太侔校长吾师钧鉴:

生已由乡抵沪,即可来校,母校何时可以开课。函盼赐示。生决于开课前到校。敬请勿念。

专书敬请教安。

受业 徐中玉 谨上

9月26日

看完档案卷宗的最后一页,抬起头时,窗外已白雨如珠,不禁恍然。雨声潇潇,鸟鸣啁啾,它们低吟浅唱着什么? 二史馆里的卷宗只可手抄誊写,不能拷贝。于是握笔疾书,无奈时间有限,不能将掩藏于历史褶皱里的镜像完整地带回青岛。返程时,车要到青岛了,想起闻一多先生的《青岛》,"海船快到胶州湾时,远远望见一点青,在万顷的巨涛中浮沉;在右边崂山无数柱奇挺的怪峰,会使你忽然想起多少神仙的故事",而这一路向北的路,我更愿想象百岁的母校还有多少动人的往事。

下一站,我们一起回到鱼山路5号吧,在教室的座位上,"一歪头,就可以从红楼的红瓦和绿树叶间看到海;从石头楼的寝室里,午夜醒来,就可以听到海;从潮润的风里,从早晚的烟雾里,从鸥鸟的翅膀上,随时可以感觉到海的存在"。这里是我们的海大。当你在大学路和鱼山路的网红墙拍照打卡时,不妨到我们的校园走走、看看,在图书馆旁,那里曾是百年前的学校大礼堂,如果有时间驻足停留一会儿,或许,你可以看到那里正上演着海鸥剧社的《月亮上升》呢……

国槐大道

王子恒

　　海大校园内的道路常常以两旁植物命名,例如教学区与学院区之间的路被冠以梧桐大道,梧桐高大且温和,乌压压的学生每天都在它们之间穿行而过。更为出名的是图书馆与五子顶之间的樱花大道,那些绚烂的樱花已经成为海大的标志,在每一年的春天如约吸引无数的赏花人。少有人知的是,在五子顶的另一面,临近生锈的栅栏和浑浊的张村河,还有另一条路,这条路宽阔、平坦、蜿蜒,却很少有人光顾。路两旁栽种的树也很眼生,他们粗犷、黝黑,树皮皲裂,枝条张扬,没有梧桐的高大也没有樱花的绚烂,实在谈不上好看。他们是国槐,这条路也被称为国槐大道。

　　2022年春天,我从南海苑搬到东海苑,得以与国槐大道结缘。从那时候起,我开始每天前往图书馆,国槐大道正好连接起了东海苑和图书馆,成了我一早一晚的必经之路。我曾经对国槐大道进行过详细的勘察,它长约1.2公里,路呈S形,与另外两条路一起将五子顶紧紧包围起来。这三条路恰好合围出了一个心形,让杂乱潦草的五子顶无意间拥有了一份细腻的浪漫。这条路空空荡荡,海大在这条路的两边没有规划任何的建筑,只有几只流浪猫在这里安了家,路的两头分别延伸至中海苑与法学院,好歹算是让它有了存在的意义。鉴于这条路人流稀少,那些其貌不扬的国槐树不被海大师生熟知便在情理之中了,就连园艺师傅们也常常忘记了对它们的修剪,随他们肆意生长。

国槐是这条路毫无争议的主人,它们拥有道路的命名权,而我则是一位不请自来的冒昧访客。通往图书馆的路有很多,主流的路线是沿着五子顶途经田径场与篮球场,在食堂和教学区交会的路口转弯拐进樱花大道,再沿着樱花大道走上十二分钟,就踏进了图书馆的地界。为什么我会选择一条与众不同的路呢?我给自己的说法是,这条路离图书馆更近,但是这一说法缺乏足够的说服力,走国槐大道比走樱花大道快不过一分钟。如果对自我的内心进行残忍解剖,就会发现,我是被国槐大道的衰败、孤独所吸引。当我第一次站在路口面临选择的时候,其实我并不知道哪条路更近。我只看见一条路人流如织,一条路寂静冷清,便不经思考地躲进了后者。倒不是因为我特立独行、偏要标新立异,而是我确实需要一个独属于我的空间,一段拒绝与人分享的短暂旅程。我于2021年考入海大读研,恍惚间已经研三,再过三个月就要从海大毕业。如果需要总结我的研究生经历,有几个词会立刻从我脑中跳出:恍惚、焦虑与不知所措。入学后,考上研究生的喜悦感很快便荡然无存,我开始变得沉默并过上了一种非常规律的生活,那是我从未体验过的生活方式:宿舍—图书馆—食堂。海大的其余地方并没有对我拉起警戒线,但是我却死死地陷在了这条固定的线路无法逃脱,并且,这还是我自愿的。我就像一个未经培训就匆忙上岗的工人,被人胡乱地塞进了某个车间,便立即开始三班倒的流水线工作,我干得很卖力,但一直不知道自己在做什么以及怎么做。住在南海苑的时候我并不需要选择我的路线,因为它有且仅有一条。搬到东海苑之后,我突然发现我有了选择,于是,在樱花大道与国槐大道之间,我非常确定地选择了国槐大道,我其实是在将它作为我的生活历险,作为我对自我生活的反抗。我很感谢它,它接纳了我,也纵容了我。每一次走国槐大道都是全新的体验,路上有太多新鲜事物等待我去发现,就算是它的道路形状,我也是花了好几次才弄清楚。它需要拐五次弯,但是樱花大道只需要一次。我记得有一次我走得很迟,以至于国槐大道上的路灯已经全部熄灭,我在伸手不见五指的柏油路上将电动车骑得飞快,风在我的耳旁呼呼作响,不用担心出车祸,也不用考虑我那混乱的论文,那一刻我确定我是自由的。

　　一开始我并没有注意到路边的这些树,它们真的很普通,就算绞尽脑汁也很难想出它们的特点。海大校园内的花很多,除了冬天总有鲜花盛放。我很喜欢樱花,当它们一齐开放的时候,就像是五子顶下弥漫着一团团粉红色的烟云,在烟云的下面则是一场持续数天的漫不经心的樱花雨。樱花的美是显而易见的,也是人们趋之若鹜的。相比之下,国槐的花小小的,淡淡的,散落在它浓密的绿树叶中,没什么看头。我并不认识这种树,通过路边"国槐大道"的指示牌我才知道它的名字,并立即产生了疑惑:槐树怎么长这样? 在我模糊的记忆里,家门前曾有一棵槐树,花朵是白嘟嘟的,一串串垂下来,很香,妈妈曾用来炒鸡蛋,很好吃。可眼前的这些树开的花却一点儿不如我记忆里的好看。好在方便迅捷的网络检索很快,解决了我的疑惑:原来我记忆中的是刺槐不是国槐,并且又立即带给了我新的震撼——刺槐是国外引进的,国槐才是土生土长的中国树。我忽然就产生了一种本末倒置的错觉,而此时再看国槐,已生出一种陌生的亲切。这些在今天被人不屑一顾的小花朵,或许在秦汉、唐宋就吸引人们驻足，成为古代人的精神载体。这些粗野的树，或许几千年前就被种植在道路两旁，作为配角成为人们生活的一部分，韦庄诗里就有这样的句子："明月客肠何处断，绿槐风里独扬鞭。"时过境迁，它的地位越来越低了，就连种植的位置也是在校园的最边缘。我很为它感到可惜，可是抬头望向它的时候，它却仿佛在说：我不在乎，这是人类的自作多情。在了解到这一真相后，每次走过国槐大道，我就会有意识地观察这些树，看它的颜色，它的大小和它的形状。它们长得并不好，五子顶另一边的樱花树和梧桐树早已十分高大粗壮，它却仍然瘦弱，简直不像一株乔木。有时候我也会想，我和这些树真像，但是当我凝视它的时候，我就知道我又错了。它很张扬，也很执拗，还很冷漠。即使有一天海大成为一片荒原，它大概还是现在的模样。

国槐大道的风景很好，如果天气晴朗，那么远处崂山的余脉便一览无余，这些散落着的小山峰呈现出一种迷人的淡紫色，自证着自己作为仙山的存在。但我最喜欢的还是夜景。每当晚上从图书馆出来骑车回东海苑的时候，我总有一种如释重负的感觉，可以清空脑袋，安心地欣赏头顶的夜空与山下的万家灯火。我很喜欢看月亮，这条路完美地满足了我的要求。它的月色总是清晰而明媚，漂浮在对面的山上，有时候大如车轮，有时候又细如条，无论如何都对我不离不弃，成为我不会说话的老朋友。我总会在路上想起海子的诗:"远方只有在死亡中凝聚野花一片,明月如镜高悬草原映照千年岁月。"这显得很不合时宜,因为我从未去过草原,这里也不是草原,唯一相似的只有明月如镜高悬。我也喜欢在这时候听歌,一首吕方的《弯弯的月亮》,可以陪伴我走完一半的路程,带给我四分半钟的乡愁。我在这条路上也会遇见星星点点的行人。他们或是在夜跑,或是在约会,或是干脆在乱逛。有一天晚上十点多,中海苑的施工进入繁忙的尾声,工人们还没有下班,这是我头一次这么迟在这条路上见到他们。压路机开起来轰轰作响,照明灯光直刺得人眼睛疼,有几个人正在有条不紊地拆除建筑挡板,其余的工人则排坐在路边的台阶上,他们尽情地闲聊,时不时传来一阵笑声。那晚的月亮是我见过最好看的月亮。

说起来,由于一直施工,在这条路上走实在是有些费劲。总有建筑工具和建筑车辆挡住了我的路,也总有满地灰尘随风而起飞进我的嘴巴、鼻子和眼睛。但是我依然选择走这条路,一次也没有例外。

国槐的时序很固定,现在是3月,它们还没有抽出新芽,再过一两个月它们就会慢慢变绿。海大国槐的花期略迟,大概在6月底到7月盛开,那会儿我正好放暑假。因此,我从没有捕捉过它开花的过程,只有在假期过后重新踏上这条路之后,从满地的花朵中才能感受到它们汹涌又含蓄的爱意。到了10月、11月,它们又会随着其他落叶植物一起,变得光秃秃,用枝条做出张牙舞爪的表情。

它们好像过得很快乐。

我再也看不见国槐大道上的花了。

2024年3月12日

你在旷野

钱新玥

2016年，夏。青岛一浴池附近的小吃摊上，摊主在我结账时突然改口馒头的价格，我们为此大吵一架。

我与青岛结缘的序幕就是这样，不愉快。正巧那时我不懂圆融，擅长迁怒，于是对具体个人的不满，上升为对青岛的不满，对青岛的不满，自然也导致了对学校的不满。

于是，在初入学海大的一个月里，我无数次想过退学重考，几近付诸实践。当时看，似乎是讨厌海大，后来细想，那讨厌不过一层张牙舞爪的皮，虚弱地覆盖在我对未来的恐惧上面——一台听话的火车，在升学的既定轨道上，平稳行驶了十二年，突然，咔！轨道到此结束，接下来是旷野环节。小火车自然眷恋轨道的安稳，拒绝驶入颠簸无路的旷野。

海大是毫无疑问的旷野。最初，我尚未察觉，置身其中，只感到一切稀里糊涂，而我不过随波逐流。上课，下课，听训，考学，在操场狂跑，一圈圈，放空自己如滚轮上的仓鼠；我还是想要一条既定的轨道。但轨道终究容不下我，又或者，其实是我自己嗅到了自由的味道，却又害怕自由的代价，只好以一种被抛弃的姿态，挣脱心中的枷锁，再好似没奈何地，实则脚步轻快，奔向自己喜欢的地方。

离开工科专业，转入中文系，这件事情在经济实用的角度上看，好像是把路走窄了，毕竟每一年的人才市场上，失意滞留的文科生总是更多。父母家人、同窗旧友，也大多不明白我的选择。但这算是我人生第一次在大事上自己拿主意，摆脱父母的包揽，也跳出随波逐流的慢性自毁。那一刻起，我感谢命运的差池让我进入海大，我才发现，旷野之上的天空，可以是何等地大。

从工科到文科，从鱼山到崂山，为了追赶第一年落下的课程进度，我每天六点搭校车，从红岛路出发。螺旋般的坡道两旁，红顶小别墅错落，绿树恣意生长，校车穿梭其间，驶下坡道时的轻微失重感，如滑翔般畅快，令我兴奋到想呐喊。

在东海路沿线，校车的轮胎无数次碾过朝阳映照着的马路，晨跑的人们一个个退出我的视线，我知道，我在前进，全速前进；也在东海路沿线，夜晚的浪潮雪一样卷起，一次次奔向海岸，我知道，我正疾驰在旷野上，又坚持了一天，又坚强了一点。最初伪装为不满的那点恐惧，在无数次看过海上的日出后，随晨雾消散无迹。

如今，快四年没见，我早已记不得迷宫般的四区、五区该怎么走了，也记不得自己曾在哪个教室上过课。但在操场上躺着，看过的流星雨，我记得；拂过我头顶的、粉色轻云般的樱花，我记得；在五子顶的松树下打过的盹，我记得。

我也已经记不清上课时的细枝末节，但感觉仍鲜活。在文学与新闻传播学院上过的所有课程，有的新鲜灵动，有的古奥艰深，这些感觉的最大公约数，毫无疑问是"愉快"。知识本身带来的愉快，海大的学术氛围带来的愉快。

我不想单独提起哪一位老师、哪一位同学而终致难免的顾此失彼，因为在这里遇到的所有人，都像这所学校本身，带给我无穷的温暖，无尽的勇气。我很想谢谢在海大度过的每一天，那时候我不明白它的珍贵，直到它成为回忆。

2019年冬，大四寒假。我离开海大的那天，心里突然有种大概无法再见的预感。当时怪这念头无稽且不吉，现在只觉得惊人。原来我潜意识里的不舍曾远远凌驾了理智，甚至似乎穿透了不可逆转的时间，好心提醒我：再看一眼吧，最后好好地看一眼海大。

而我茫然无觉，置若罔闻，与海大的长伴，果然就这么潦草结束了。

当时甚至庆幸,尽管虎头蛇尾,无力的学生时代总算完结。我想要尽快彻底独立,不用再受他人安排掣肘。

后来的确独立了,朝九晚五,不少人称羡,一生似已落定,心却在尘埃中隐隐不安。住所不远处,有火车轨道。每每列车经过,笛声响起,我满怀羡慕,火车尚能驶离,我却坐困愁城。这感觉和当初跨进海大校门时的感觉,像,也不像。像是因为,彼时此时,我同样不满于当下;不像是因为,在海大的那些日子,我已经学会勇敢,如今置身旷野,我不再只懂得害怕。

于是我带着海大赠予我的勇气,再次跳出轨道,去追寻我称之为梦想,而其他人难以理解的东西。每次遭到失败打击而想退却时,我总记起曾乘坐校车,飞驰在东海路沿线,身体里涌动着勇气的感觉。从象牙塔中获得的经验,于我而言从未被悬置,它始终连接着现实,也始终不抛却梦想。

屡战屡败,屡仆屡起,最终,幸运的,我还是如我所想,去了更多的地方,可是再没有哪个地方能像海大一样,包容一个因年轻而蛮横迁怒的孩子,直到她内心平和宁静。再不计前嫌地送给她旷野般的自由,以及在那旷野上肆意飞驰、大声欢笑的勇敢。

海大即将迈向第一个一百年,毫无疑问,她还会有更多的一百年,好让她在此后无尽的岁月里,引领着更多刚刚告别轨道的、对未来充满恐惧或憧憬的孩子们,带给他们力量、智慧和勇气。好让他们明白,眼前迷雾重重,脚下的路,看似没有选择,但其实,心是罗盘,你在旷野。

2024 年 2 月 28 日

(作者为文学与新闻传播学院 2016 级本科生)

后记

熊　明

　　整理好《遇见——中国海大》散文随笔集的文稿。窗外，正是烂漫的四月天。林徽因"一句爱的赞颂"——"你是人间的四月天"，除了春花渐次盛开中的春景的美好，四月天也因此多了柔柔绵绵的爱的情意，"我说你是人间的四月天"，于心中所念，也便成了最美好的称誉。四月的海大，就是人间的四月天。

　　海大浮山校区坐落在浮山南，背山面海。我曾在浮山校区海大家属区的52号楼寄住三年，楼的东侧是家属区和校园的中间地带，缓缓的斜坡上间植高大的乔木和低矮的灌木，靠近我的窗户，有三株早樱，更远处有几株玉兰、几株柳树。四月，玉兰开出花来，凝脂般的白玉兰和胭脂般的紫玉兰，挂在高高的枝条上,就像雕刻在蓝天上的一样,潮湿幽凉的空气中就有了丝丝缕缕的香气,那是春天的气息。如果抬头看见玉兰花开,那么,在白石后面,或者路隅墙角,也会发现星星点点细小的明黄的迎春花,几株柳树僵硬的枝条便也柔软了,泛出浅浅的新绿的晕。这时,我便期待三株早樱的花开。

每天从书桌边一抬头,就可以看见这三株早樱,我见过她光秃秃的枝条一点点滋润,一点点饱满,一点点冒出花苞,然后一场夜雨,突然就满树花开,花影落在我的窗户上,轻盈而雅媚,五角形轻红的花心,伸出明黄的花蕊,洁白的花瓣。一朵一朵小心翼翼地缀满枝条,偶尔三五朵开在粗壮的老干上,一眼看见,便生出莫名的欢喜。早樱娇气,如果春风吹得稍稍快了些,如果春雨下得稍稍急了些,花们就纷纷凋落。早樱的凋落是一场盛大的告别,留不住。看早樱随风随雨,心中念念,是王国维的"最是人间留不住,朱颜辞镜花辞树",让人生出许多美丽的哀愁。但也有例外,那应该是2021年,从四月到五月,足足一个月,三树早樱一直开在窗前,静静地,只是在我抬眼望向她们的时候,才缓缓地落下三五片花瓣,像是专门为我落下,如梦。以致我怀疑,这是不是早樱,曾三番五次拿着手机的识花软件反复地识别,确认她就是樱花。我想,她们知道我的欢喜,报我以一季长久的盛开。

家属区去往青大三路的西南门路侧,是一行晚樱,早樱开过,晚樱便盛盛大大地开起来。不像早樱那般带着浅浅的羞涩,复瓣的晚樱花团锦簇,粉红堆积,落霞般一团团挂在树梢。晚樱要比早樱开得持久,等到一些青红的樱叶长出来,花才漫漫凋落,萎积在路边,厚厚的一层,像青春的回忆,烂漫而迷离,正如崔道融《寄人》诗云"落花相与恨,到地一无声",纵有万般滋味,无法说,亦无从说。

浮山校区除了樱树,还多枫树,楼西侧行道的两旁,都是高大的枫树。在樱花开落之间,这些枫树就会长出青绿的小叶片,密密麻麻。透过这些新叶,春阳点点滴滴洒下来,是梦幻的斑斓,行走其间,光影如烟雨,似有元结"千里枫林烟雨深"之感,恍然如穿过时间的隧道。枫树也开细小的黄色的小花,不像樱树,先开花后长叶,枫树的小黄花在新叶的陪伴中开放。当透过枫林的光影越来越淡,风过,细小的枫树花洒落下来,一如烟雨,有浅浅的香。

通过家属区南边的小门,可以进入浮山校区,教学区与家属区相邻的行道,路旁是高大的梧桐,这时才刚刚有些返青,枝干光秃秃的,悬着些去年所结的圆圆的果,如铃铛一般,大概悬铃木的学名,应该由此而得。梧桐按照结果的排列分类,分为一球梧桐,两球梧桐,三球梧桐,最初我是分不清的,一球梧桐据说是正宗的法国梧桐,树干一色,不换树皮;二球、三球的梧桐据说是在中国的杂交品种,树的老皮每年会掉落,然后换上新皮，所以往往一块青，一块白，斑驳中透出沧桑，尤其在这草木欣欣的四月。还好，新芽正在萌发，期待的绿荫会在初夏展开。

海大鱼山校区坐落在小鱼山北，隔小鱼山而望海。鱼山校区的梧桐最好，在弦月池的南面、科学馆与化学馆北面广场，有两行百年梧桐，或是当年校区初建时所植，与鱼山校区同经百年风雨，如今树已成围。我曾在夏天时于其荫下走过，森然如庐。而沿樱海路、桃海路两侧，也是两行梧桐，枝叶相接，已将两条行道完全笼罩。本来，鱼山校区就以民国老建筑为主，藤萝缠绕，加之这梧桐的掩映，历史感与时间感扑面而来，特别是在这四月天，梧叶新发，藤蔓初芽，与这些朴实厚重的楼馆相映，古老与新生就这样在这四月天完美和谐地融合在一起，就像海大。

如果要了解海大，了解海大的历史，鱼山校区就是一卷展开的校史。那些曾经在晨昏中穿过校园的匆匆身影，虽已远去，却似乎又从未离开，遗迹宛然，风流仍在口耳间流传。从红岛路的校区东门入校，学术交流中心后，就是闻一多先生故居，闻一多先生1930年夏至1932年夏任教国立青岛大学期间于此居住，故居前有闻一多先生半身塑像。我曾多次在此流连沉吟，敬其风范，爱其执着，因题其故居，有句云"新月无心留素影，红烛有泪为君弹"。向西南，在图书馆、水产馆与海洋馆、地质馆与化学馆、科学馆围成方形广场，图书馆前，有王统照先生雕像，王统照1927年迁居青岛，居观海路49号，那时，包括杨振声、闻一多、老舍、洪深等以及青年学生臧克家，都曾是这里的常客。他们的雅集清聚，是岛城华美的文化记忆。时2021年，当在早春二月，曾来瞻仰，正好一片夕阳斜照如巾，汉末郭林宗，遇雨，其巾一角需而折，士林仿效，因名"林宗巾"。夕阳无心，却正与王统照先生之精神影响相合，因留句云"黄铜有幸息庐像，夕照无心郭氏巾。"过弦月池，穿过百年梧桐掩映的路口，科学馆前又有海洋学家郝崇本先生像、化学馆前有生物学家方宗熙先生像……而过弦月池向西，就是文苑楼，海洋物理学家文圣常院士生前就在此楼工作。

　　崂山校区的樱花最著名。海大崂山校区坐落在崂山西麓，校区中央是五子顶山，国槐大道、樱花大道与梧桐大道，环绕五子顶山如心形。当路灯在夜幕中点亮，一颗心便挂在松岭路上，青岛因此不眠。樱花大道在五子顶山下西南蜿蜒，靠山一侧是一行早樱，另一侧是一行晚樱。崂山校区的花事，常常是通过学生们的晒照知道的。也经常在教学三区和五区上课，课间望向窗外，九球广场周围的一圈玉兰树最早开放，几树紫玉兰，几树白玉兰，从教学楼的高处望见，与在树下仰望又不同，能看见玉兰花瓣展开的姿态。

　　进入四月中旬，樱花大道上早樱的状态，不但可以从学生们的晒照中得知,学校官网也会有花的消息。何时第一朵花发,何时第一树花开,何时盛开烂漫,是这四月的校园里最大的新闻。然后,樱花大道的两端就竖起了交通管制的标牌,樱花大道也变成了"步行道",络绎的赏花人,与花同美。下课后,我也常常流连其中,看花,也看赏花人看花的姿势,就如卞之琳诗云"你在桥上看风景,看风景人在楼上看你",相宜处,别有美在。人多,花开热闹,无人,只有花开,亦美。那应该是2020年,春四月,一次晚课结束,就曾独自走过樱花大道,独自欣赏这一路的花开。

美的离开或消逝,最动人心。因而,樱开欢喜,樱落惆怅。见早樱凋落,往往不能释怀。特别是雨中朝夕,行过花下,看似无意间的零落,牵衣附鬓,宛转路隅,总是情衷难平,如欧阳修之咏:"不堪零落春晚,青苔雨后深红点"。曾有同事拍过一张雨中花落、铺满路面而无人经行的照片,意象绝美。想来那应该是花落最好的意境了。尚作《江南好》:"樱花雪,总是最堪怜。无心春衫拂还满,有情东风去复牵,篱下与翩跹。"真想如《雨中曲》卓别林那样在雨中酣畅地跳舞,但人已老,不能肆意,怕人笑话,与花翩跹,只能是心中的想象。还好,早樱开过,接着就是晚樱的盛开,可以很快消解早樱凋谢的落寞。面对晚樱的开落,却没有那么多感慨。我没有深究原因,或是晚樱盛开的时候,桃花、梨花、海棠都相次开放,花事磅礴,少了牵念,少了执着。

梧桐大道边有一段溪水,临水几株红枫,春四月新发,别是一种与花开不同的美。特别是在对岸新出柳绿的映衬下,一树新鲜的殷红,层层叠叠,倒映水中,如红妆照水,妍而安静,十分地抢眼。

西海岸校区坐落在青岛西海岸新区古镇口军民融合创新示范区,傍海而立,刚刚启用。西海岸校区还有一座专用码头,当东方红船迎着朝霞出海,那应是特别美好的画面,就像我们的百年海大。

常谓“大学者,非有大楼之谓也,有大师之谓也”。诚至理焉。先贤已远,其学问风范,自为标格,代代相传,是为“精神”;而其行藏坐立之处,遗迹宛然,则是我们追怀他们的依凭,临之则可想见其为人,是为“人文”。如当年闻一多先生执教时所曾居,普通一屋,却因其所曾居,也便成了他的一部分,成了他的象征,成为海大的精神圣地。文苑楼、王蒙文学馆、林少华书屋,又何尝不是?学子八方来聚,晨夕寝处,必托校园;既学业有成,又四散而去,念兹在兹,必依校园。校之风气,师之言教,成于身而化于行,而菁菁校园之花草树木,馆台亭榭,所见所履,或当时惘然,后来遥想则都成风景,何况这人间四月天的校园,风华菁菁,正是情之所寄、意之所寓。

自1924年立校至今,百年之间,一批批理想主义者筚路蓝缕,崇教兴文,不仅留下"精神",也留下"人文",而后来的海大人也追随先贤的脚步,不忘初心,戮力前行。他们不止践行先贤的精神,也不断树立新的典范,从鱼山、浮山、崂山到西海岸的山海之间,嘉言懿行,高范崇德,亦为故事。

2024年10月,中国海洋大学将迎来百年华诞,这是中国海洋大学史上的一件大事,更是所有海大人的一件大事。在迎接这一历史性时刻到来之际,我们编纂出版散文随笔集《遇见——中国海大》,为海大百年华诞献上一份别致的礼物,以表达我们对这所百年名校的祝福。集中所录各篇,皆为海大人所作,无论是缅怀昔日先贤,还是称扬当代模范,抑或素描身边同事,摄取偶遇感动;无论是追念鱼山旧影,还是沉醉浮山云天,抑或诉说崂山日常,指画西岸新景;无论是长歌浩荡,还是漫吟浅唱,抑或击节高亢,萧然独啸;都是这些海大人所见所闻海大之一人一事、一物一景、一树一花,所知所识海大之一情一感、一念一想、一亲一爱……故文章或长或短,不自拘束;正体变体,亦无规限,而皆发于心而已。

书于后,是为记。

甲辰春四月二十日熊明于耕烟堂

总 策 划 | 王轶冰

责任编辑 | 苏 晨

装帧设计 | 明轩文化·王 烨